「大叔，請給我兩根新口味的串燒。」

希耶爾

陪伴空旅行的精靈。
只有少數人才看得到。

我拿著遞過來的串燒，
尋找可以進食的地點。
串燒一根是我的，另一根是精靈的。

空

被召喚到異世界的高中生。
遭逐出勇者小隊，
便決定漫遊這個世界。

異世界漫步

～艾雷吉亞王國篇～

【鍊金術】
使用素材製作道具的技能。
可以透過增加ＭＰ消耗
來提升品質。
「……那個，我學到的技能是鍊金術。」

克莉絲
魔法師冒險者。
性格怕生，
但對空敞開心房。
「真的做出了藥水……」
「這個要給我們？」
盧莉卡
克莉絲的搭檔冒險者。
雙劍士。
性格直爽外向。

「異世界人，藤宮空。
已確認你的力量。我奉命將你帶走。」
13號
????????????

1

異世界漫步

~艾雷吉亞王國篇~

あるくひと

[Illustration]
ゆーにっと

Walking in another world

Kadokawa Fantastic Novels

CONTENTS

Walking in another world

序章

「那麼，空。今天這個就拜託你了。」

熟面孔的委託者遞給我一個足以帶去爬山的大背包。不誇張地說，背包寬度有我身體的兩倍以上，還有額外的貨物捆綁在背包上。簡直像在挑戰極限一樣。

我拿起肩帶，背包沉甸甸的。看來裡面裝滿了與外觀相符的重物。

揹上背包後，正如外觀一般的負荷落在肩頭與身體上。儘管我不知道這個世界的人平均體力如何，以前看過好幾名成年人一起搬運差不多大小的貨物時顯得很吃力，所以我現在的體力應該比一般的成人來得好吧……不對，還在那之上嗎？

儘管如此，背包還是重到只要一鬆懈就會站不穩的程度。

「喔喔，真的假的？」

「他把那個揹起來了！」

「竟然有這種事……」

當我揹起背包，委託人便發出感嘆。也許我被當成下注的對象，在他身後那些像工作人員的人有些歡喜，有些顯得很不甘心。他們沒有為了打賭而故意增加貨物重量吧？

「那麼，我出發了。」

我打聲招呼，邁出一步。

於是，至今沉甸甸地壓在身上的重量像假的一樣消失了，我挺直弓起的背脊。

技能「漫步」的效果「不管走多少路也不會累」發動了。這正是我被召喚到異世界後所擁有的獨一無二的技能。不過，召喚我的那些人並不滿意這個技能。

看到我的樣子，周遭再度響起一片感嘆，但我沒有停下腳步，匆匆趕路。

當我邁步前進時，有個白色的東西輕飄飄地靠近我。

如果相信聽來的說法，這個來歷不明的東西是精靈。牠的顏色像雪花一樣潔白，外表圓滾滾的，還長著毛茸茸的細毛。

聽說本來普通人看不見精靈，但我不知為何看得到牠。而且牠不知為何跟在我後面。儘管理由依然是個謎團，因為沒有危害，我就放著不管了。

騙人的。我偶爾會偷看牠一眼，注視著牠的模樣得到療癒。即使沒養過寵物，我想養寵物的人們一定抱著這種心情吧。牠的性情不定，有時會不見蹤影，這方面是像貓嗎？外表感覺像安哥拉兔就是了。

「那麼，今天你也要跟我一起去嗎？」

精靈聽到我的呢喃，開心地在周遭飛來飛去，並跟著我。

我將在公會接下的多件送貨委託的貨物一起放在背架上，所以重量隨著每件貨物送達逐漸減輕。因為貨物漸漸減少了呢。由於技能的好處，我在行走時感覺不到重量，因而不以為苦。

儘管看在別人眼中我扛著沉重的貨物很辛苦，我自己卻游刃有餘。能夠觀賞周遭新奇的景色，最重要的是，有技能的隱藏效果「每走一步就會獲得1點經驗值」，送貨時走愈多路就有愈多樂趣。

因為漫步技能升級時會獲得技能點數，使用點數可學到新技能……【鑑定】、【生活魔法】、【察覺氣息】、【劍術】等等。而且狀態值也會上升，走愈多路，我就會自動變得愈強。

這個世界與地球不同，沒有汽車或者電車這些方便的交通工具。說到交通工具就是馬車。

正因如此，我認為不管走多少路也不會累這點有很高的價值。

我在半途中經過的道具店收取貨物後邁步前進。由於到了中午時分，我走向下一個送貨地點會經過的街道，兩旁都是露天攤販。這裡通稱攤販街。這只是我擅自命名，並非正式稱呼。如果另一個世界的人看到，一定會說這是祭典現場。

帶著大件貨物走路原本會很礙事，但行人們不知為何避開我，讓路給我先走。

「今天的湯別具風味喔。要不要來一碗？」

「小空，我做的湯比那邊的湯更好喝。算你便宜喔！」

競爭的攤販起了爭執，是一如往常的景象。而且別看這樣子，這兩個人可是夫妻，我第一次聽說時吃了一驚。我想那一起開店不就好了，不過他們兩人之間好像有無法讓步的堅持，便分別經營不同的攤位。

「口渴了嗎？我們有賣冰涼的果汁喔！」

「空，今天肉片炒蔬菜很便宜喔～」

道路兩旁的露天攤販老闆們向我吆喝，自己只是揮揮手回應。儘管四處傳來友善的呼喚聲，我已經決定好今天要吃什麼了。

精靈已經在目的地的店鋪前等候。牠什麼時候過去的？並非知道我會在這裡買午餐，而是從幾天前起，牠就會停駐在這裡觀看老闆準備料理，看起來很感興趣。

「大叔，請給我兩根新口味的串燒。」

總覺得精靈聽到我的話後表情亮了起來。微微下垂的耳朵豎得筆直。

「哦，這不是空嗎？還是老樣子揹著很大的東西呢。」

一靠近攤販，肉的香味便刺激著肚子。

我停下腳步準備付錢，正要從零錢包掏錢時，感到一股異樣感。

「嗯？怎麼了？」

攤販老闆格雷看到我停下動作，擔心地問道。我回答「沒什麼」並拿錢給他。

我接過串燒時，以視野角落查看狀態值。

那種異樣感是停下腳步時感受到的貨物重量。我覺得身體感受到的負荷減輕了，結果不出所料，技能「漫步」升級，狀態值提升了。技能順利成長，讓我自然地露出笑容。

我拿著串燒，尋找可以進食的地點。精靈看來隨時會撲向烤肉串，但牠拚命按捺著衝動。因為攤販街附近人潮洶湧，我先走進岔路來到沒有人影的地方。在一排低矮住宅的角落，有個可以坐下的地方，我決定今天就在這裡吃飯。

這一帶的房屋大多是磚造平房。我忍不住將其與一般住宅大部分為木造房屋的家鄉做比較。不過現在漸漸習慣，讓人聯想到中世紀歐洲的街景，給我一種彷彿走在異世界的感覺。實際上也是異世界沒錯啦。

串燒一根是我的，另一根是精靈的。因為精靈吃串燒時食物會突然消失，不能當著眾人面前吃。

我以前造訪過的村子，說這是精靈大人降臨，掀起一場祭典狂歡。或許是在那個村子裡記住了料理的味道，精靈在各種攤位偷吃，一時之間引發騷動。被怒喝與叫喊聲嚇到的精靈逃跑似的消失蹤影，直到幾天後才歸來。

在那幾天內發生了什麼是個謎團，但是自從回來以後，牠就不再亂吃東西了。說真的，到底發生了什麼事呢？

也許是因為在想這些事情，當我回過神時串燒已經吃完了。吃一根肉串當午餐。只用言語描述感覺分量很少，肉的大小可不一樣。串燒上插著四塊有小孩子拳頭尺寸的肉塊，分量十足。以那種厚度和大小能烤得肉質柔嫩，手藝真是棒極了。美味到在攤販上販賣會覺得可惜的程度。醬汁似乎也是經過多年來不斷熬製，滋味很有深度，不容小看。聽說這次還加上提味的祕方……若使用鑑定，可以查出老闆用的是什麼調味料，不過那是商業機密呢。

吃飽飯休息後，繼續下午的送貨工作。當我站起身，正心滿意足地在休息的精靈抬起臉來與我目光相對。牠有點愛睏地垂著眼皮，並輕輕地飄起來鑽進我的兜帽，就像那裡是固定位置般剛剛好適合牠鑽進去。我明明沒辦法摸到牠，這是怎麼回事呢，真不可思議。

科學無法解釋的謎團！是這種感覺嗎？雖然我很想說真不愧是異世界，希望有一天能解開這個謎團，享受觸摸那團毛茸茸的樂趣。

在送貨途中，我經過常常出入的南門前，看到穿著旅行裝的冒險者與像是商人的人。他們在門前辦好手續入城後，其中幾人走向在附近等候的魔術師打扮的人們旁邊，付了一筆零錢。

至於那在做什麼，大概是用生活魔法──「洗淨」清除汗水和衣服上的汙漬吧。在會用魔法的人當中，生活魔法是使用者最多的魔法，但就算如此，與總人口相比，能使用魔法的人數還是不多。因此夥伴中沒有會用這種魔法的人，就會像那樣付錢請人洗淨。

這裡雖然有浴室，但有錢人才用得起。貴族或富商住宿的旅館會附帶浴室，不過在那種旅館住一晚的費用，就抵得上好幾天的生活費。儘管我並非喜歡洗澡，幾十天不洗還是會想念浴室，可是實在花不起。我現在住的旅館當然也沒有浴室。

拜技能效果所賜，我幾乎不會流汗，然而只要走在路上，衣服就會漸漸染上髒汙。

最初很困擾的我，在得知用技能點數可以學習生活魔法時，馬上便學習了。

因此，我不曾找他們幫忙。縱然價格便宜，如果每天都用一次，積少成多也是一筆不小的開銷吧。知道我會生活魔法的冒險者同伴，經常在訓練後拜託我洗淨並道謝，而且技能愈是使用，熟練度就提升得愈高，對我來說也有好處。

真的很感謝技能「漫步」。

另外我還用技能點數學會讓我這個外行人也得以用劍的劍術，也學會了空間魔法，能使用對冒險有幫助的收納魔法。以後我還想學習鍊金術自製藥水，以及學習烹飪技能，以便在離開城鎮時也吃得到美味的食物。

結果那一天的送貨工作比預期中更早結束。大概是因為升級後走路速度變快了吧。在獨自行動時，可以按照自己的步調走路，這一點很棒。接下來只要向公會報告就算完成。

抬頭仰望天空，太陽還高掛在空中。我基本上都在太陽下山前回旅館，就算這樣，看來還剩很多時間。令人猶豫要不要再接追加的送貨委託。

「空？」

當我正在煩惱時，忽然有人呼喚自己。

回頭一看，眼前站著兩名少女。雖然說是少女，她們的年紀與我相差無幾。

舉起手回應，走向兩人身邊。

這時候，聳立在兩人後方的王都象徵——王城映入眼簾。

現在，我認識的人也增加了，多虧了技能，我的生活過得還算不錯。

就算如此，在剛被召喚時依然困難重重。

看著那座城堡，當時的回憶鮮明地復甦。

第1章

「回應我等呼喚之人啊，來得好！」

當視野恢復時，我發現自己身在從未見過的地方。我明明應該在前往高中的電車上，這裡是哪裡？應該提在手中的書包不見了，我檢查制服口袋，裡面沒有任何應該在那裡的東西。啊，有一條手帕。

眼前那個誇張地張開手臂，衣著華麗的大叔興奮地顫抖著。他頭上戴的是王冠嗎？

在他周遭有個蓄著鬍子的肥碩中年人。左右排成兩列，看似鎧甲騎士的人們警惕地觀察著我的狀況。

在我的周遭有一群服裝跟我……不一樣呢。一群穿著學生服、西裝與休閒便服的男女，包含我在內共有七人。男性三人，女性四人。

人人都顯得很困惑，其中還有人面露不安之色。

我根本不記得回應過呼喚，是他擅自呼喚我們過來的吧。原理成謎。

「這裡是哪裡？還有你是誰？」

一個學生（大概）走上前發問。

那一瞬間，我看到騎士準備行動，但眼前的大叔舉手制止他。

「這裡是艾雷吉亞王國。而朕是艾雷吉亞王國的國王。這次朕以我國相傳的祕術異世界召喚，將你們召來這裡。」

我們被迫聽了一個冗長的無聊故事。

簡單來說，被召喚者擁有優秀的技能，他要求我們運用那股力量討伐復活的魔王。

學生詢問討伐魔王後是否就能返回世界，而他們說使用魔王持有的魔石好像可以返回原本的世界。魔石相當於人類的心臟。意思是叫我們殺掉他搶過來嗎？

他們還主張這番解釋之所以模糊不清，是因為只在文獻上有勇者使用魔石歸返的紀錄。

「那麼，勇者啊，詠唱開啟狀態，向朕展示你們的力量吧！」

周遭傳來「開啟狀態」的呢喃聲。

「開啟狀態。」

我也沒有反抗地開口。

隨著那句話，像是透明面板的物體浮現在眼前。

上面顯示著類似遊戲狀態值的資訊。

我驚訝地看向周遭，但看不見其他人的面板。不過他們也專注地看著半空，看來同樣在觀看面板。

> 姓名「藤宮空」　職業「無業」　無等級
> HP10／10　MP10／10　SP10／10

力量……1　體力……1　速度……1
魔力……1　敏捷……1　幸運……1
技能「漫步」　效果「不管走多少路也不會累」

「這是什麼狀態值啊……」
我是弱角。連能不能戰勝最弱的怪物都成問題？
我在另一個世界是學生，但現在是無業。因為什麼也沒做嗎？
話說，無等級是什麼啊？是一開始就這樣設計，還是如字面意思？如果是無，這代表無法期待我有進一步的成長嗎？
「查看完畢了嗎？假如看完了，就輪流觸摸這塊水晶吧。」
站在國王身旁的長袍老人，指向放在豪華台座上的水晶。
據說觸摸這個，他人就能看到觸摸者的狀態值。
眾人一個接一個輪流觸摸水晶。
首先是方才對國王發問，學生服穿得整整齊齊的少年。
然後是服裝輕便，看起來有些睏倦的女性。
西裝穿得一絲不苟的大姊姊，以及與那位女性正好相反，給人愛開玩笑印象的西裝男子接在後面。

留著醒目的及腰烏黑長髮，穿著西裝外套制服的少女碰觸水晶，最後則是留著茶色娃娃頭的女孩，弓著背小心翼翼地靠近水晶球。

狀態值接連顯示，國王陛下與老人，還有周遭的人們看到後接連發出歡呼。

「劍王」、「魔導王」、「聖騎士」、「劍聖」、「聖女」與「精靈魔法士」。

隨著唸出職業的聲音，他們的等級也令人發出驚呼。

高的人已達到50。最低的也有30。

而且每個人都具有多個技能。

多的人居然超過十個？最少的人也有六個……我不禁重新拿來和自己的狀態值做比較。這樣的差距不會太過殘酷嗎？

期待地看過來的無數目光好刺人。

可是我也沒辦法逃跑，於是我往前走一、兩步，認命地觸摸水晶。

雖然一瞬間掠過雜訊，狀態值面板似乎同樣顯示出來讓其他人也能看到。

每個人都對顯示的資訊啞口無言。不過是負面的意思！

受到召喚的同鄉們也有同樣的反應。剛才那股狂熱如退潮般逐漸平息。

「這是什麼狀態值和技能！」

國王陛下的叫喊說得很對。

反倒是我才想問啊！我要求重來。

在我快要因為周遭的竊竊私語和自己的沒用而灰心喪志的時候，目光忽然落在狀態值面板顯示的某個地方。

「……奇怪？」

變得和剛剛不同了。

技能「漫步Ｌｖ二」
效果「不管走多少路也不會累（每走一步就會獲得1點經驗值）」
經驗值計數器　21／1000
技能點數　0

但是我看向水晶那邊顯示的狀態值，並未顯示追加的項目。

光是走路就能升級……可是若沒有等級，這又是什麼的經驗值？啊，因為技能有標示Ｌｖ，所以是這個嗎？

只是經驗值計數器的數值不是0，而是變成21。

我走到水晶的步數被記入了嗎？

雖然記不太清楚，我覺得大概走了那麼多步。再來令人在意的就是技能點數。

當我在思考時，周遭不知不覺間安靜下來。

我抬起頭看向國王，他別開臉龐。

接著看向長袍老人，他同樣別開臉龐。

「嗯。這次成功召喚出六位獲選的勇者。接下來要舉行歡迎宴會！各位勇者請往這邊走。」

看樣子他們把我當作不存在。

被召喚的同鄉們有人困惑、有人別開目光、有人看起來一臉擔心，但最後都被強制帶走了。即使職業氣派，等級很高，我們原本生活在沒有戰鬥能力的社會。若被武裝騎士包圍，也只能服從吧。

至於留下來的騎士走到被獨自拋下的我面前，低聲說了句「請跟我來」，接著不等我回答就邁開步伐。

結果，沒錯，我被趕出了城堡。

我跟隨他來到王城大門前，被要求在此等候，在看守的監視下，我等了大約三十分鐘。

不久，一輛看似頗為豪華的馬車駛來，我被推上馬車後，沒有告知目的地就出發了。

車窗掛著簾幕，看不見外面。難道我會就此被送到某處監禁嗎？

兩名強壯的騎士坐在我面前，身旁也有兩人將我夾在中間。沒有機會逃跑。不過就算有機會，我也不知道該逃往何處。在馬車搖晃時，撞到金屬鎧甲很痛耶。

「下車。」

當馬車停下時，我像被掃出去的灰塵般被趕到外面。

回頭望去，看到一座敞開的宏偉大門。大門另一頭是座壯觀的城堡，通往城堡的道路兩旁排列著豪華耀眼的大房子。

當我愕然地看著這一幕，晚一步下馬車的一名騎士扔給我一個小袋子，並說了句：「這是路費。」

我設法接住袋子並且看了一下，裡面裝著兩個閃爍銀光的硬幣與十個古銅色的硬幣。

我無法判斷這算多還是少，但當我看向騎士時，他正在竊笑並輕蔑地看著我。從中感覺到惡意，是錯覺嗎？

騎士隨即坐上馬車消失在門內，敞開的大門緩緩關上。

「就算世界不同，人還是人嗎……」

不管在哪個世界都有討人厭的傢伙呢。我一邊這麼想，一邊覺得反正也不會再見面了吧，望向街上，看到自己至今不曾見過的世界在那裡展開。

「…………唔！」

我震撼得說不出話來。

直到剛剛還在心頭的壞情緒頓時一掃而空。

如果我一無所知，或許會認為這是一場化裝遊行。路上的行人拿著劍或法杖，也有人穿著像遊戲中會出現的鎧甲，以及戴著像故事中女巫會戴的寬邊尖帽。充滿異國風情的服裝，讓我有種簡直像進入了遊戲世界的不可思議感。

一排排的建築物也是由石塊與紅磚砌成，讓我一瞬間有穿越時空的錯覺。只在書本或網路上看過，宛如中世紀歐洲的風景在眼前展開。

我有半晌忘我地看得入神，但在感覺到許多視線後回過神來。

起初我以為是在全都是金髮的行人中出現一個黑髮男子很稀奇，不過看了看對方和自己的服裝，感覺到自己明顯格格不入。不合時宜的感覺非常強烈。穿著制服的我的確奇異又顯眼。

我逃也似的離開現場，思考目前置身的狀況。拚命壓抑自己怦怦直跳的心跳，從現實的角度思考。

第一，我需要儘快知道金錢的價值。特別是能靠這筆錢生活多久。如果馬上就會花完，便需要找些方法賺錢。

第二，需要確保當作據點的地方。果然是旅館嗎？露宿野外實在很可怕。看看街上的行人，雖然有人穿著輕便，但是也能看見攜帶武器的人。假如在睡覺時遇襲，很可能瞬間喪命。

再來就是……關於這個世界的基本知識啊。

我想到這裡，突然停下腳步。

「這股可口的香味……是什麼？」

我東張西望地環顧四周，在找到來源後，腳無意識地挪動了。

「怎麼，小伙子。如果你是來嘲笑我的，就到別處去吧。」

我一直盯著看，惹老闆生氣了。

肚子明明應該不餓，卻沒來由地想吃。我無從抵抗那股飄盪的香味。

「可以賣一個給我嗎？」

我覺得這在某種意義上是機會，各拿出一枚銀幣和銅幣遞給他。

啊，老闆的表情非常奇怪。

「喂喂，小伙子。就算你拿銀幣我也找不開啊。若是銅幣，找你八枚錢幣。」

我遞出銅幣，接過一根串燒和八枚錢幣。

雖然想打聽很多事，總之先吃一口吧。我這麼想著，手卻頓住了。

烤肉串乍看之下平凡無奇。其他人也吃得很理所當然，所以材料肯定可食用沒錯。可是……

我不知為何回想起在外國露天攤販吃東西的綜藝節目中，事後聽說材料時驚愕不已的藝人。

儘管衝動地買下，這個真的吃下去也沒問題嗎？

倘若光聞香味，毫無疑問很好吃。我可以這麼斷言。大腦發出「吃吧」的指令，手卻沒有進一步動作。

攤販老闆訝異地看過來。現在的我看起來肯定很可疑。

怎麼辦……怎麼辦？

沒有人會幫助我。

這時候，我的目光直盯著保持開啟的狀態值面板的一部分。

> 技能「漫步Ｌｖ１」
> 效果「不管走多少路也不會累（每走一步就會獲得1點經驗值）」
> 經驗值計數器　１４９／２０００
> 技能點數　１

漫步技能升級，技能點數增加了。

而且顯示出新的可學習技能清單。

一看到清單最前面的技能……【鑑定】，我在思考前便先選了它。

對於要使用技能點數學習嗎？面對這個問題，我回答是。當然是在心中回答。

使用那個技能後……

【狼肉串燒】食用魔物肉。品質：良

冒出有如對話框的文字。

這就是技能？

雖然有一部分詞彙令人在意，我僵住的手動了。

「……真好吃。」

烤肉與外觀相反，肉質柔軟，愈嚼愈有肉汁在口中擴散。而且彷彿要強化這點一般，肉串摻入口味濃郁的醬汁，將味道提升得更加美味。

「喔，小伙子吃得出來？」

聽到我脫口而出的感想，大叔轉而展顏一笑。這是好機會。

「嗯，我第一次吃到，很好吃。這是什麼肉？」

儘管我知道，還是為了確認而發問。

「這是狼肉。普通動物的肉也可以，但魔物肉質略有不同。還有就是我的醬汁吧。這種醬汁和狼肉最搭了。」

我只是問點問題，老闆就開始自誇。默默地邊聽邊吃吧。

當老闆心情變得很好，我決定試著打聽關於金錢的詳情。

他起初面露驚訝之色，從頭到腳打量我，在自顧自地理解後開始說明。

這個世界的金錢，分為錢幣、銅幣、銀幣、金幣與白金幣。

十枚錢幣等於一枚銅幣。

一百枚銅幣等於一枚銀幣。

一百枚銀幣等於一枚金幣。

一千枚金幣等於一枚白金幣。

據說白金幣是王侯貴族與富商在使用，一般人應該不曾見過。

攤販老闆大叔（名字叫格雷）告訴我，他們這些平民連金幣也很少看到。

「明明這麼好吃，價格卻好便宜。」

「因為我的攤子主打便宜又好吃。不如說小吃攤都是這樣。比起這個，小伙子是生面孔啊，你從哪裡來的？」

「……我來自很遠的地方吧？搭馬車來到附近的。」

「喔～你是富裕人家的小孩嗎？還有看你的容貌，該不會來自外國？啊，問東問西也很失禮，可是老實說你的衣服很顯眼，這樣會有危險喔？」

「咦！是這樣嗎？」

「嗯，因為世上有壞人嘛。就算這裡是王都，在國王陛下腳下也一樣。」

「我該怎麼做才好？」

「最好的方法是去服裝店買普通的衣服。你既然有銀幣，買個一整套應該還綽綽有餘。如果買昂貴的款式，錢會花光就是了。」

我打聽服裝店的位置，向他道謝後便告別了。明明只吃一根串燒，肚子卻吃得很飽。

結果。我明明是買衣服，手頭的錢竟然增加了。若要簡單的說明，是因為我身上這套制服的觸感令服裝店老闆很感動，於是向我收購制服。就算他問制服產地是哪裡，我也無從回答。

最終服裝店老闆給我三枚金幣，在我對於如何交易感到困惑時，他自顧自地判斷我不願意出售，於是加價到這個程度。再說現在的我無法判斷這個價格是高還是低，如果相信格雷的說法，這是一大筆錢了。

現在我的打扮不管怎麼看都是路人甲。只是或許黑髮黑眼很少見，不如說，我還沒有在鎮上看到過呢。

我在服裝店打聽幾家旅館，在衡量預算與評價後，選擇了據說冒險者和旅行商人經常入住、廉價而且食物好吃的旅館。

當我回過神來，已到了早上。

看來在思考事情時直接睡著了。環境的變化在心理意義上似乎令我比預期中更加疲憊。

我走近窗邊，再度眺望城鎮。

「……不是夢嗎……」

如果睡著後醒來……我不否認在心中某處這麼想過。

然而這是現實。毫無疑問是現實。

若相信那些人的話語，那麼不打倒魔王就無法回去，可是那種說話口氣、那種態度實在令人難以信任。

那麼乾脆認為沒有方法可以回去，來決定往後的行動會更好。

【魔導油燈】消耗魔石來點燈的魔道具。有使用時間限制。

我鑑定像油燈的東西，冒出了說明對話框。

技能。另一個世界沒有的能力（力量）。

而且如果走路不會累，只要我有心，感覺就能前往任何地方。

就連在城鎮內景色都是如此不同。那麼在城鎮外面，可能有某些我至今從未見過或體驗過的事物。

「沒錯。雖然被人擅自召喚來異世界，難得有機會，在這個世界到處看看或許也不錯呢。」

我重新望向窗外。

艾雷吉亞王國的王都以王城為中心呈圓形往外擴散。愈靠近中央，高聳豪華的建築物就愈多；而隨著愈靠近外圍，就漸漸變得都是低矮的房屋。還顯得昏暗的天空上飄浮著雲朵，緩緩地流動。

昨夜仰望的夜空掛著兩個月亮，再次讓我切實感受到這裡是另一個世界。

我目前所在的旅館是離外圍區較近的廉價旅館，建築物有兩層樓高，一樓的空間是餐廳。住宿費為附早餐與晚餐，住一晚十銅幣。本來還要更貴一點，但我一次支付十天住宿費，他們因此給我一點折扣。

在我想用金幣付帳時，老闆娘露出一臉嫌麻煩的表情，不過這是我第一次住宿，她勉強同意了。看來金幣果然不是一般情況會看到的東西。

老闆娘還告訴我，在商業公會可以換錢，但公會成員以外的人兌換要收取手續費。在願意收金幣的商店儘量用金幣或許比較好。然而零錢數量一增加，隨身攜帶起來感覺滿辛苦的。

不過考慮我收到的路費是兩枚銀幣和十枚銅幣，假如沒有服裝店那筆臨時收入，現在我手頭的錢就幾乎花光了。如果那些人有良心，我認為不會給這麼少的錢當作路費，但他們就是沒有良心，才會把我趕出來。只是從那名騎士的態度來看，他肯定侵占了那筆錢。

……想這些也無濟於事呢。

接下來手頭的錢大概只會不斷減少，不想辦法賺錢不行。考慮到住宿費與小吃攤的價格，因為我有金幣，手頭還很充裕，但不知道會發生什麼情況乃世間常理。像我現在可是實際置身於異世界。

「首先必須取得身分證……」

沒有身分證會面臨許多不便。特別是進出城鎮時如果沒有身分證，每次進入都必須付費，聽說有些城鎮還會徵收很高的金額。另外，聽說有時還會以檢查犯罪紀錄為由，遭到拘留審問。身分證好像類似於清白無罪的保證書。一旦成為罪犯，當然就會被剝奪身分證。

當我對此感到驚訝時，老闆娘露出一臉不可思議的表情。

她可能是對於我人在城鎮中，已經進入城鎮卻不知道這個規定感到疑惑。

「要迅速獲得身分證，需要加入公會嗎？」

最常見的是冒險者公會。即使沒有特殊的技能，只要付費就可以註冊。

其他還有鍊金術公會、藥師公會、商業公會、魔術師公會等等各種公會，但好像也有必須習得特定技能才能正式註冊的公會。

「冒險者公會嗎……果然是異世界的基本款呢。」

而且鍊金術和魔法也在學習技能清單上，等我更加了解這個世界一點後，我也想學習這些。先不提要不要加入公會，能使用魔法這種事，在看動畫與電影時不知曾有多少次想擁有那種特殊的力量。而自己正置身於或許可以使用魔法的世界。

我在心中詠唱「開啟狀態」，顯示狀態值面板。

昨天後來試過，發現在心裡詠唱也能叫出面板。關閉時如果不同樣詠唱，面板好像會保持顯示狀態。我有點好奇這種在行走時會自行移動以免阻擋視野的友善設計是誰做的。

而且多虧我抵達旅館前在鎮上到處走動，等級又進一步提升了。

姓名「藤宮空」　職業「無業」　無等級
HP60／60　MP60／60　SP60／60
力量……50（+1）　體力……50（+1）　速度……50（+1）
魔力……50（+1）　敏捷……50（+1）　幸運……50（+1）

技能「漫步Lv5」
效果「不管走多少路也不會累（每走一步就會獲得1點經驗值）」
經驗值計數器　452／6000
技能點數　4

已習得技能
【鑑定Lv2】

各種數值都增加了。經驗計數器按照技能的效果隨著每次走路而增加，當數值達到上限時就會升級。目前每升一級，上限就會增加1000。

在升級後，狀態值分別提升了10。

同時，顯示也變化為「力量……50（+1）」。我擅自猜想括弧內的數值大概是職業的補正數值吧？

每升一級，技能點也會增加1點。

現在技能點數會減少1點，是在獲得鑑定技能時用掉了。

另外我還知道為已習得技能升級的方法有兩種，分別是熟練度與技能點數。

熟練度是隨著使用技能逐漸提升。熟練度要求的數值好像會隨著等級提升漸增。

我試著靠這個方式提升鑑定等級。

用技能點數升級的情況，從Lv2需要2點，Lv3需要3點來看，似乎是需要對應於等級的點數。

而其他需要特別提到的事情……果然是職業吧。話雖如此，也許是有什麼條件，目前文字呈現灰色，無法選取。

儘管有劍士、魔術士、鍊金術士等各種職業，但我沒有找到劍王與魔導王之類的。

昨天一整天的發現就是這些吧。當我正在思考時，肚子咕嚕叫了起來。

我看向窗外，太陽已經升起，有行人零星地走在街道上。

早餐是麵包、薄切肉片配沙拉和湯。

與昨晚的晚餐不同，調味上鹽用得少，味道清爽。

老闆娘說過一方面是為了補充消耗的鹽分，晚餐的調味放得比較重。

餐點感覺直接呈現食材原味，即使說客套話也稱不上好吃。麵包也很硬，要泡在湯裡食用。

可是考慮到價格，這似乎算好吃了。人人都沒有怨言地吃著早餐。這便是這世界的常態吧。

吃完飯後，我回房休息片刻。稍微打發一下時間後離開旅館。

在我走出房間時，拜託老闆娘只需換床單即可。因為在決定連續住宿時，她問過我要怎麼處理，於是我這麼拜託她。

「先去打聽消息吧。」

我也愈來愈常自言自語了。

因為城鎮沒有地圖，必須向人問路確認地點。我想找人問路，卻遲遲找不到攀談機會，回過神時已來到露天攤位前。

「喔，我還想說是誰來著，這不是空嗎？簡直判若兩人啊。今天也來吃串燒嗎？」

「不好意思。我才剛在旅館吃過早餐。」

「這樣啊。唉，肚子很飽的時候吃東西也沒用嘛。那麼，你今天要做什麼？」

「……我在找公會所在地。」

根據格雷的說法，公會位於面向大馬路之處，應該不會迷路。也許是有地盤之分，除了部分公會以外，各公會的建築物都相隔一段距離。

「身分證啊……空想做什麼呢？」

「……我對體力算有自信？然後我想嘗試各種事。」

「各種事嗎……如果沒有特定技能，有些地方很難加入。有時還會吃閉門羹呢。」

這方面也和我在旅館打聽到的一樣呢。

「假如你在猶豫，我認為冒險者公會不錯喔。有討伐魔物與採取素材的委託……還有在城鎮裡送貨的工作等等？總之應該會有什麼適合自己的事情。即使沒有特殊技能也可以註冊。而且就算在冒險者公會註冊，也不代表無法加入其他公會喔。」

「……也對。嗯，謝謝。我會先試著去冒險者公會看看。」

我決定按照格雷的建議，前往冒險者公會。其他地方……等到有必要時再打聽詳情就行了。

我朝他說的路上往前走後，仰望一棟大房子。我看向門口掛的招牌，上面寫著冒險者公會。明明不是日文，我卻不可思議地看得懂。原本的文字保持原樣，上面彷彿浮現日文對話框，感覺像字幕一樣。

我印象中的冒險者公會是暴徒們的巢穴。即使是格雷推薦的，感覺還是好緊張。

我深吸一口氣，邁步走進公會。本來以為會很擁擠，裡面人卻不算多。公會正面是接待櫃檯，左邊整面牆上幾乎貼滿紙張。有幾處或許是被撕掉了，像缺牙一般空著。在牆壁前站著幾個人，正在爭論什麼事情。

我在此時聽見響亮的聲音，朝另一側的聲音來源看去，那邊好像是餐廳。不過圍坐在桌邊的冒險者們，手裡似乎拿著啤酒杯。我昨晚在旅館好像也看過一樣的東西。那是……從一大早就在喝酒嗎？

當我愣然地呆立不動，一位接待小姐發現我，便朝氣蓬勃地向我開口：

「歡迎來到冒險者公會。您是第一次過來嗎？」

我彷彿受到聲音引導般走向櫃檯。也許是為了同時接待多人，櫃檯劃分為數個窗口，有幾處已經有人了。

我側耳聆聽，有人好像正在搭訕櫃檯小姐。

我看到後心血來潮，嘗試對那名冒險者使用鑑定，結果顯示無法鑑定。我試著對櫃檯小姐也使用技能，結果是一樣的。

看樣子無法鑑定人類。我還不懂是因為技能等級太低，還是人類本來就無法鑑定。

「是的。我想在公會註冊。」

我點點頭，聽她說話。

擔任櫃檯接待的女性名叫米凱兒，年紀十五歲。她高興地告訴我，自己擔任公會櫃檯小姐滿一年，終於從新人階段畢業了。

「呃～那麼，關於公會的說明呢？」

聽到我的指謫，她難為情地紅著臉頰為我做說明。

冒險者公會的階級分為S、A、B、C、D、E，S是最高級，E是最低級。

想提升階級需要持續完成委託，如果失敗會受到懲罰。另外升到A級以上還要接受考試。

接一般委託只能升到A級，要晉升到S級，好像必須收到多個指名委託與公會會長的推薦。

還有其他詳細的規則，但需要注意的頂多就是每個階級各有接受任務期限吧。假如不遵守，就會降級或是要重新註冊。我得注意才行。

「接受委託時，請拿貼在牆上的委託單來這邊的櫃檯辦手續。關於經常性委託，只需告知我們內容即可。素材是在那邊的收購櫃檯進行結算，請在那裡辦理手續。請問在剛才的說明中，有什麼不明白的地方嗎？」

「接討伐委託時，如果把打倒的魔物不解體直接帶回來，會怎麼處理？」

「雖然有些魔物無法收購，不過有部位可當作素材使用的魔物，會在扣除解體費後支付收購費。請注意，也有極少數魔物會收取處理費。像哥布林或哥布林或哥布林。」

嗯。她對哥布林有什麼不好的回憶嗎？

「啊，另外若在接下委託前打倒魔物，不算達成委託。但我們會收購素材。而且依情況而定，這會關係到接下討伐委託的冒險者成功與否，因此請提出報告。」

我思考有沒有其他想問的事，判斷目前沒有。如果碰到不知道的事，再來詢問就可以了吧。

我支付註冊費（三枚銀幣），在櫃檯小姐遞過來的卡片上滴下一滴血。

吸收了血液的卡片一瞬間發出光芒後變得漆黑。

在她遞給我一段時間後，卡片的顏色變白了。

在註冊者拿著卡片時，卡片的顏色會發生變化，依照階級而變色。

真是無用的高性能。也許這張卡片本身就是魔法道具。

這麼一想，感覺有點興奮呢。

或許是因為這樣，遺失時重發新卡需要收費。

手續費是十枚銀幣。嗯，要注意別弄丟了。

在我聽米凱兒介紹的期間，男人們正大膽地追求旁邊的櫃檯小姐。

儘管剛才沒有提到，這裡的櫃檯小姐個個是美女。如果在地球上，外表足以當偶像了。相反的，男性的長相大多有如強盜般粗獷。當然其中也有人不是這類，但好像是少數派。至少現在在冒險者公會裡的人看起來感覺是這樣。

當我起身離座，下一個男人鑽過來向米凱兒攀談。

內容不是討論委託，好像是要約她吃飯。

雖然午餐時間快到了，我還是接下幾件委託。

我先查看貼在牆上的委託。在城鎮內的委託酬勞不高，但內容大多很安全。委託以送貨為主，不過也有幫忙建築施工與搬家之類的。

送信？上面沒有寫送達截止日期，這有打算送到嗎？委託者匿名，送信地點是西南地區的某戶民宅。

這是配送便當的委託。因為有指定日期，即使今天接下，也是別天去送嗎？不過如果沒人接單要怎麼辦？自己去送嗎？

也有把素材運送到道具店與其他公會的委託呢。

這是來自冒險者的委託。要出遠門，募集行李搬運工？上面寫著不限戰鬥經驗，這代表沒有危險嗎？啊，這邊的委託則寫著歡迎有能力自衛者。酬勞是後者更高呢。

大略看一下來選擇，我會選搬運素材。正好適合用來記住其他公會的地點。

搭訕失敗的男人離開後，我將委託單交給米凱兒。

「運送藥材到商業公會和藥師公會，還有送情……送信啊。送貨地點分別在東地區和西南地區，位於反方向距離又相當遠，突然接下三件委託沒問題嗎？」

「大概沒問題。」

「……那麼這是信件。這邊是送達地點的地圖，信件送達後要請對方簽名……我想想……這次請直接向委託者報告。還有藥草請在後方的保管庫領取。」

我前往位於走道後方的保管庫，在那裡領取貨物。我需要向兩家公會各送去一袋有十公斤的五袋藥草。

我先請工作人員把送往商業公會的五袋藥草裝在類似背架的工具上。

五十公斤嗎……是一個人的體重。雖然還滿重的，但也沒到拿不動的程度。背架體積很大，不過我往前走了一、兩步後，重量突然從肩頭消失了。

「嗯？怎麼了？很重嗎？」

我突然停下腳步，讓工作人員擔心地詢問。我的體格比其他冒險者瘦小，他或許以為我缺乏體力，然而現在有更需要關心的事情。

我再次邁步確認。這不是錯覺。自己可以像沒揹著貨物般輕鬆走路。難道說這是漫步的技能效果？

「那個，可以請你把藥師公會的份也放上去嗎？」

商業公會與藥師公會離得近，考慮到送信的委託，一次搬運過去比較省事。如果發生意外狀況時，在時間上也有餘裕。假如是我搞錯，那就道歉，按照最初的計畫一件一件做就行了。

「喂喂，真的不要緊嗎？」

他一邊抱怨還是一邊幫忙準備，真是感謝。

背架上放十袋藥草，堆成一座小山。從視覺上來看也很沉重。因為實際上有剛才的兩倍重，在揹起的瞬間沉甸甸地壓過來。

儘管如此，在邁步後重量就消失了。正如我所料！

「那麼我出發了！」

「喔……喔喔。加油吧。」

我精神奕奕地說道，保管庫的工作人員顯得很驚訝。

本來擔心一開始就揹著這麼顯眼的貨物會不會遭到襲擊，不過他告訴我，搶奪有冒險者公會標誌的貨物等於向冒險者公會挑釁，所以應該沒問題。但這並非絕對，他叮嚀我別走小巷子，要走在主要大道上。

我按照指示在大道上前進。因為不認得路，如果走進小巷子會迷路。我接下藥草送貨委託，大部分原因也是因為路很好找。

不過為什麼擦肩而過的人不時會露出驚訝之色？正當我這麼心想，便想起來了。雖然因為感受不到重量而忘記了，我正在搬運一大堆貨物。

藥草送貨委託沒有遇到什麼麻煩便結束了。

沒錯，出問題的是送信委託。即便再三查看過地圖，我在半路上迷路、小心翼翼地找路人攀談，才終於抵達。我對於向開店的人攀談沒什麼抗拒感，但要找單純的陌生人說話，還是需要一點勇氣呢。

送達的地點是一棟磚造住家，庭院栽種著漂亮的花卉。在我敲門後，一位妙齡女子沒多久便探出頭。我把信交給對方，她不解地歪頭，但看到寄件人的名字後好像很驚訝。在我正要開口請她簽名時，她突然拆開信件認真地閱讀起來。

我察顏觀色地保持沉默，她突然走回屋內。這該如何是好呢？當被拋在原地的我這麼想著，女子把一封信交給我。

「請、請問，這個可以拜託你轉交嗎？」

她把信件連同簽收單一起交給我，碰到這種情況，該怎麼辦才好呢？

我看著女子的臉龐，見到她的眼眸不安地搖曳著。我記得把信送達後要去向委託人報告，而她拜託我轉交的信好像是寫給委託人的，所以也不費事。

「明白了。我會負起責任交給他。」

在我收下信件後，女子露出放心的表情，深深地低頭致謝。

我拿著那封信件去找委託人。啊，方向是在商業公會所在的那邊。因為地點在東門附近，路程有滿長一段距離，不過不成問題。我一度開啟狀態值確認，技能正在順利地賺取經驗值，等級也升了幾級。

委託人的家比起住宅更像工房，他領我走進的室內擺放著各種用具。

「那麼，請問你今天有何來意呢？」

難道他以為我是顧客？

「我是為了你在冒險者公會發出的送信委託而來。」

我告訴他，自己接了冒險者公會的委託，已將信件送達並把收據與保管的信交給他。

委託人萊伊先生聽到這番話，起初一臉聽不懂我在說什麼的表情，可能是回想起來了，又突然變得舉止可疑。他看著收據與信件上的寄件人名字，吃了一驚。

我在收到簽名後正要回去，不知為何被叫住了。

「請、請你在那邊等我一下。我、我有點不敢一個人讀……」

我聽不懂他在說什麼，是心情上的問題嗎？

他小心翼翼地拆信，大大地做個深呼吸後開始讀信。從視線的動向來看，他明明應該看完了，卻沒有反應。啊，他揉揉眼睛。又開始讀信。

「……好……」

「好？」

「……好耶～～」

對方突然放聲大喊，握拳高舉向天。

當我直盯著他，他可能是想起我的存在，變得面紅耳赤。

「謝謝你。真的很謝謝你。」

他不知為何非常感謝我。我跟不上狀況耶？

詢問了詳情，他好像是送出情書，得到了滿意的答覆。

「恭喜你？」

儘管這麼開口，我不知道什麼反應才是正確答案。

當我回到冒險者公會時，裡面有不少人在。完成委託的人似乎正在報告。

我也排在後面等待輪到自己。在公會註冊後，今天整天一直在走路，卻一點也不覺得累。雖然這個技能是被放逐的原因，但也太厲害了吧。

「咦，你已經做完了嗎？」

當我交出三張完成委託的收據時，米凱兒驚訝地說道。在我一次搬運所有藥草時也是，她好像對於我做完委託卻絲毫不顯得疲憊感到吃驚。一再反覆看著有「委託已達成」的簽名的收據。

「啊，比起這個，信怎麼樣了？她收到後高興嗎？」

聽到米凱兒的話，櫃檯小姐們同時閉上嘴巴，感覺豎起耳朵在偷聽。

「呃，她很高興。萊伊先生也很感謝我。」

咦？我說了奇怪的話嗎？

「這是什麼意思呢？」

「他說他收到情書的答覆，兩人開始交往了。」

這該不會算洩漏個人訊息？不會要罰款吧？我在說完後才察覺，已經來不及了。

不過他們現在似乎顧不上這個。包含米凱兒在內的櫃檯小姐們發出尖銳的歡呼，周遭的冒險者們則癱倒下來，用拳頭砸地板。啊，那個人在哭。

我後來聽說，萊伊偶爾會接公會的工作，他的單戀很出名，許多人都知道。

順便一提，冒險者們的那種反應是不甘心被他搶先一步。

我的冒險者出道與第一次的委託，在一頭霧水的狀況下結束了。

明明以為是單純的送貨委託，沒想到會被人感謝。我接委託是為了賺錢和賺取經驗值，不過被人那樣情緒激動的感謝很開心，也切身感受到即使世界不同，我們果然同樣都是人。雖然報酬很低，算是很有滿足感的委託吧？

「開啟狀態。」

回到旅館吃完飯後，我在睡前查看今天的成果。依技能點數的狀況而定，想學習新的技能。

技能「漫步Ｌｖ９」

效果「不管走多少路也不會累（每走一步就會獲得1點經驗值）」
經驗值計數器　4927／10000
技能點數　8
已習得技能
【鑑定Lv3】

技能點數8點？才一天就多了一倍！

這樣我可以學習昨天調查過的技能和在意的技能了嗎？

NEW
【阻礙鑑定Lv1】【身體強化Lv1】【魔力操作Lv1】【生活魔法Lv1】

阻礙鑑定。效果是防止被人鑑定。

選這個技能，是因為我從學到鑑定，對於可能有人擁有鑑定人類技能一事產生危機感，而且說不定還有其他像王城那種能鑑定人的道具。

我不清楚一般的技能學習方式，但若被王城的人得知我學會許多技能很危險。事到如今被帶回去，我也很困擾。順便一提，即使鑑定等級升到3級，也依然不能鑑定人物。

身體強化。這個技能升級後好像會強化力量、體力與敏捷。由於不清楚狀態值的數值有何價值，可以強化的部分我想去強化，因此選了這個技能。畢竟這裡是有魔物出沒的危險世界嘛。

魔力操作是能感受到體內魔力的技能。比起單獨使用，更大的用處是得以不浪費地利用在發動魔法時消耗的能量。拜此所賜，我變得能隱約感覺到魔力的流動。這主要是為了生活魔法而學習的技能。

生活魔法讓我可以使用洗淨和生火等生活所需的各種魔法。

學習的動機是因為能夠使用清除髒汙的魔法。今天回公會時，公會裡的魔法師好心地幫我用了洗淨，我心想一定要學到這種魔法。即使現在回想起來，看著髒衣服肉眼可見地逐漸變乾淨，還是很不可思議的景象。

最重要的是洗淨不僅對衣服有效，對身體也有效果。

……老實說今天很忙碌，但過得還不壞。而且也學會了新技能……看來從明天開始也能繼續努力呢。

◇◇◇

接下來的一陣子，我過著早上在公會內的資料室學習，結束之後承接送貨類委託的日子。

或許是接委託的人並不多，即使天天接案，委託也沒有減少的跡象，我想不會有無委託可接的情況。

一開始我邊問路邊送貨，一天能處理的工作量很少，但現在我也在一定程度上記住路線。如果能有效率的送貨，說不定可以賺到一天的生活費。在最糟的情況下，只要降低旅館的水準，也許就能過著更寬裕的生活，可是廉價旅館好像沒有個人房間，或是各方面環境很差，我希望儘可能避免。

就算是只用來睡覺的小房間也可以，個人房間是最低條件。

偶爾會出現附帶高額獎金的委託，然而工作人員提醒我需要留意。如果是情況緊迫的緊急委託那還好，但也有人會刻意以高額酬勞提出刁難人的委託。公會方面本來也想拒絕，不過似乎有無法拒絕的苦衷。

「喔，看樣子你今天也接了送貨委託啊。」

在我送達裝著重物的貨物後，回到露天攤位想吃午餐，格雷什麼也沒說就將串燒遞給我。

一頭霧水地收下後，其他攤販的老闆們也陸續給了我食物。

「什、什麼啊。再怎麼樣我也吃不下那麼多啊。」

「喔、喔喔。說得也對。該怎麼說，看到空送貨的模樣，大家心中都有些想法……」

我看看周遭，大家都在點頭。反應真誇張。

「可是你好像每天都接送貨委託，身體不要緊嗎？你沒在逞強吧？」

「不要緊。我現在也不怎麼覺得累。」

那句話讓大家都用看著難以置信事物的眼神看向我。反應真的太誇張了。

我接下幾份料理吃掉。吃太飽了。

這邊小吃攤的料理每一種都好吃，食材品質也很好，可以放心食用。在我送貨前往的某些地區會公然販售劣質料理，用醬汁味道作掩蓋，如果不知情地路過，可能就會買來吃下肚。雖然多虧了鑑定沒有出事，但可得小心才行。

第二天到公會露臉時，我在與平常不同的公告板前看委託。

採集素材的委託——這裡要採集的不是魔物素材，而是藥草和在森林等地自然生長的食材等道具類。

在與攤販街的人們和熟識的冒險者們聊天的過程中，我開始對城鎮外面產生興趣。不過我實在無法討伐魔物，所以想試試也推薦給單獨活動的新手冒險者從事的採集委託。

採集藥草的困難在區分藥草和其他植物上，但我並不擔心。因為只要使用鑑定，就能一眼看出那是什麼。我已用店裡販售的藥草確認過這一點。

所以需要的是調查可以取得藥草的地點。

依素材而定，有些種類需要進入森林採集，也有遭魔物襲擊的風險。

這下實在有必要整理裝備呢……買齊裝備需要花多少錢呢？

當我思考這些事時，米凱兒呼喚了我。她好像很著急，顯得很慌張。

「那、那個，其實有給空先生的指名委託！」

「……咦，給我的？」

聽到那句話，周遭的冒險者們也面露驚訝之色。我明明才E級而且只接送貨委託，卻收到指名委託。

「那個……其實有人不知道是從哪裡聽說了空先生的傳聞，公會這裡收到許多指名找你的送貨委託……」

那句話讓大多數冒險者臉上浮現理解的表情，同時也顯得困惑。而且米凱兒好像也一樣，她用難以形容的表情看著我。

據說在冒險者公會漫長的歷史中，也從未聽聞過有對城鎮內送貨的指名委託。

「日期呢？」

「全、全部都要求今天內送達……」

我瀏覽米凱兒遞來的委託單。委託人的地點與送達地址分散在城鎮東西南北各處。委託數量共有八件。全部跑一遍下來，感覺都要繞行王都一圈了。

「那個，如果做不到，就算拒絕也沒關係。」

米凱兒雖然這麼說，但這些委託的酬勞很不錯。雖然之前被提醒過要小心，報酬還是破例的高。全部做完有一枚金幣。

而且即使米凱兒說可以拒絕，臉上卻浮現為難的表情。其中或許有難以拒絕對方的委託。

「公會晚上也開門對吧？」

「是、是的。」

「那我接下來吧。請幫我辦手續。」

「我、我知道了。不過若是做不到，請在半途過來報告。我、我會設法處理。」

也許是格外擔心我，她直到最後都向我確認是否真的沒問題。

離開公會後，我迅速按照在腦海中安排的順序處理委託。

首先要去的是位置微妙的送達地點。雖然效率不佳，但單據上有注意易碎物品的標記，我想先送達這件貨物。

儘管覺得委託冒險者公會運送這種東西的做法有待商榷……

至於沉重的貨物，只要我在行走中就不成問題。

「請收下這個。啊，這好像是易碎物品，請小心。」

平安把委託的易碎物品送達後，我忍不住安心地嘆了口氣。

哎呀，現在可不能鬆懈。送貨委託才剛剛開始。我重新將剩下的貨物送達地點，與這幾天記下來的王都地圖在腦海中做對照。

「如果能走這條路，就能抄捷徑了，可是……」

我記得那邊的治安不太好。假如被捲入衝突當中浪費時間會很要命，即使繞遠路，還是選安全的路線更好嗎？

我在格雷的攤位買了串燒當午餐。雖然不禮貌，我拿著邊走邊吃。現在連一分鐘的時間也不能浪費。

公會之所以開門到深夜，好像是因為做完委託的冒險者會在附設的酒吧喝到深夜。

話雖如此，接待櫃檯並不會也開到那麼晚。

儘管街上有路燈，但只限於包含主要大道在內的部分道路才有，在某些地點得在黑暗中走路。希望儘可能避免那種情況。

「我確實收下了。你的身體狀況還好嗎？」

「是的，沒什麼問題。」

「那還真厲害。這是第幾件委託了？」

「……第七件。還剩下一件。」

「這、這樣啊。跟傳聞說的一樣呢。」

委託人問了奇怪的問題。

當我再度邁開步伐時，夕陽已大幅西沉，有大半隱沒在城牆之後看不見了。

前往最後一位委託人那裡時——

「是、是嗎。辛苦了。」

他果然莫名吃了一驚。為什麼呢？

在我送達最後的貨物時，正好是月亮從另一頭的城牆露出來的時候。

我回到大道上，在路燈映照的光芒中行走。我想這可能是自己第一次在這種時段外出。

明明應該是走在同一個地點，白天所見的城鎮與晚上所見的城鎮，卻不可思議地給人走在不同地方的錯覺。

回到公會門口時，我安心地鬆了口氣。在進行委託時沒有發現，自己似乎在不知不覺間感到很緊張。實際上順利地達成委託，讓我卸下肩頭的力道。

哎呀，在向公會報告之前，委託還不算完成。

當我臉色緊繃地穿過公會大門，目光便一口氣匯聚在我身上。真是嚇我一跳。因為陌生面孔很多，總覺得特別緊張。而且這是第一次看到公會裡有這麼多人。

「空、空先生。我很擔心你呢！」

米凱兒從櫃檯探出身子大聲地說道。

對她的聲音產生反應，我受到更多矚目。

當我朝米凱兒那邊走去，前面的人不知為何讓我先辦手續。沒關係嗎？

「啊～這個拜託妳了。」

我遞出的多張單子上，全都有委託完成的簽名。

米凱兒凝視著單子，但我想不管再怎麼看結果也不會改變。比起這個，想請她趕快辦理委託完成的手續。

「確、確實確認無誤。空先生，辛苦了。沒想到真的能達成……太、太帥氣了。」

那句話讓一部分人發出歡呼，一部分人發出哀嚎。這是怎麼回事？當我看過去時，經常向櫃檯小姐搭訕的男人聚集起來，向我招手叫我過去。當我正感到困惑，他們架住胳膊將我帶走。

「很有一套嘛，菜鳥。沒想到你居然做得完那個數量。」

「嗯，就是說啊。害得我破產了，可惡。」

明明應該很不甘心，那人卻不知為何在笑。

「今天我們請客。正確來說是這傢伙付帳。吃些你愛吃的吧。」

「是啊。還有米凱兒小姐說你很帥氣的那句話，可不能當作沒聽見啊。我們來談談吧？」

有一部分人眼神很可怕，他們是米凱兒的粉絲嗎？

菜餚陸續端上來，擺滿一整桌。看起來是現做的，盤子冒著熱氣，散發引起食欲的香味。

每一道都是我不曾見過的料理，好像是用魔物肉烹調的。用鑑定確認，食材以狼肉為主，也有使用鳥眼睛和歐克肉製作的料理。

因為吃不了太多，我用盤子把各種菜餚都分一點品嘗。最好吃的是歐克肉吧。湯也很不錯，但只是簡單的撒上鹽巴和胡椒的肉排，好吃得令我深受衝擊。

在我吃得很飽，再也吃不下時，他們這才放我離開。本來以為會被醉漢糾纏著不放，但有好幾個人看到站在我背後的米凱兒臉上的笑容，便對我說道：「空今天應該很累了，就回去吧。」沒有人提出反對。

米凱兒要和前輩們一起回宿舍，所以我們在現場告別，我獨自返回旅館。

當我抵達旅館，老闆娘對我的晚歸表達了擔心，但在告訴她是前輩冒險者們請我吃飯後，她在驚訝之餘說聲「太好了」。的確，因為我總是一個人吃早餐和晚餐嘛。

一躺在床上，睡意就猛然襲來，不過在睡覺前還有事情要做。

「今天也走了很多路，狀態值的情況怎麼樣呢？」

這幾天我沒有好好確認，查看一下自己目前的狀態也不錯吧。

「開啟狀態。」

姓名「藤宮空」　職業「無業」　無等級
HP170／170　MP170／170　SP170／170
力量……160（+1）　體力……160（+1）　速度……160（+1）
魔力……160（+1）　敏捷……160（+1）　幸運……160（+1）

技能「漫步Lv16」
效果「不管走多少路也不會累（每走一步就會獲得1點經驗值）」
經驗值計數器　44017／80000
技能點數　8

已習得技能
【鑑定Lv4】【阻礙鑑定Lv2】【身體強化Lv4】【魔力操作Lv3】【生活魔法Lv2】

NEW
【察覺氣息Lv1】

阻礙鑑定以外的技能都會隨著熟練度提升而升級。
使用技能點數來升級阻礙鑑定，是因為不論做什麼熟練度都不會上升。
這次新學到的技能察覺氣息，讓我變得能感受周遭的氣息。這好像是探索類的技能，我覺得在前往城鎮外面時若能察覺魔物的氣息，應該可以防止偷襲與避免戰鬥，所以先學了。
雖然狀態值順利提升，因為沒有基準，我還是不清楚這數值算不算高。想找方法確認一次，但要怎麼做才能確認呢？
還有經驗值。漫步的等級直到9級為止每次升級多1000點，可是10級以後卻是每次升級多10000點。看到所需經驗值緩緩增加，如果不在一定程度上保留技能點數，在想要的技能出現時，會有無法學習的風險。
這就是阻礙鑑定止步於Lv2的理由。
所以我在技能方面選的都是實用的類型。最派得上用場的是鑑定，不過生活魔法也不遜色。如果沒有洗淨，我現在肯定全身髒兮兮的。
考慮到以後要接送貨以外的委託，那就會前往城鎮外面。這麼一來，感覺也會需要劍術或槍術等使用武器的技能，以及能用來攻擊的魔法等等，不過這等到多收集一點情報後再著手比較好。關於有多種選項的技能，假如不選擇適合自己的類型，可能會造成浪費嘛。

好了，明天就不接委託，來為前往城鎮外做準備……吧……

第2章

當我第二天也依然到公會露臉時，收到相對的……不，是真心的擔憂。

「喂喂，你不休息沒關係嗎？」

在公會註冊已經一週，回頭想想，我連一天也沒休息。我工作過頭了嗎？的確沒有冒險者每天勤勞地承接委託。

不過有冒險者每天勤勞地來搭訕就是了。現在在我眼前的也是其中一人。

「呃，今天我不是來接送貨委託，而是來看看有什麼採集委託。」

「是這樣嗎？空也終於從送貨畢業了嗎？不過你總是穿那套服裝，有裝備嗎？採集委託得前往城鎮外喔。」

「我沒有任何裝備。因為昨天的委託賺到了錢，想用這筆錢來買齊裝備。」

「原來如此……喂，賽風。你來得正好，過來一下。」

「怎麼，是亞果啊。今天也在搭訕嗎？」

「囉嗦。比起這個，你閒著沒事對吧？」

「我跟你不一樣，非常忙碌。」

這個搭訕男叫亞果嗎？第一次知道他的名字。

「好了，說認真的，有什麼事？」

賽風一臉疲憊地問道。

「嗯，這傢伙叫空。他說想要買齊裝備。給一些建議吧。」

「喔，這傢伙嗎？既然這樣你告訴他不就行了？」

「別說傻話。我很忙啊。」

但是他的視線正不時瞄向櫃檯小姐耶？

賽風或許也發現了這一點，浮現傻眼的表情。

「有老婆的你！最好是能了解單身漢的心情！所以你來告訴他！」

他拋下這句台詞發動突擊。腦海中只想像得到他被拒絕的樣子，是我的錯覺嗎？

「啊～怎麼說。我叫賽風。算是某支冒險小隊的隊長。」

「我名叫空。」

這該怎麼辦。對方也很困擾啊。

「……那麼他剛才提到裝備云云的，你是第一次買嗎？」

見到我點點頭，他介紹了一間武器店給我。

「找這裡的老闆商量吧。他以前是冒險者，人和外表相反，很親切熱心。如果不是有行程，我也想陪你過去，但接下來要和同伴們一起去外面。」

加油吧。他揮揮手，走出公會。半路上還不忘給慘遭櫃檯小姐拒絕的亞果一拳。

我馬上知道了他告訴我的武器店位置。自己曾有幾次在進行委託時經過店門口。那家店的口碑很好，在接送貨委託時，我也記得有人推薦過。

不過我是第一次走進店內。推開店門，便看到牆上裝飾著各式各樣的武器。能夠輕易地拿到武器，不會很危險嗎？超出想像的數量令我震撼。

防具整齊地陳列在櫃子裡。也有穿著鎧甲的展示木偶。

咦？櫃檯後方也裝飾著武器，有什麼不同呢？

更重要的是武器吧。果然還是選劍嗎？像斧頭感覺很強，但看起來不好操作，我在公會遇到的冒險者帶劍的人也很多，或許比較容易使用。

而且在外觀上，劍感覺最帥氣嘛。

「歡迎光臨。您要找什麼呢？」

當我看著武器時，有人招呼了我。

他的態度是從粗獷外表無法想像的謙恭。

「我是新手冒險者。想到城外採集素材，於是來尋找裝備。」

「喔……」

老闆投來觀察般的視線。

狀態值順利提升，我已不是剛來到異世界時的我了！因為外表沒變，如果有人說我看起來不可靠，也無法否認就是了。

與實際上強壯的冒險者相比，我胸板單薄，個子也矮。

即使在地球，我的體格也只能以中等身材這種沒有特徵的說明來描述。

就算說客套話，也稱不上肌肉發達。

「您有屬意的武器與防具嗎？或者您是魔法師？還有，講話不用畢恭畢敬的。」

「我在考慮以劍當武器……防具希望是方便行動的輕便類型。只是我怕痛，想買感覺不到疼痛的防具。」

「這個要求難度很高啊。那麼劍選單手劍……防具您想要用魔物素材製作的衣服還是胸甲？由於比較方便行動，在價格方面是衣服更貴。」

那麼選衣服比較好嗎？我告訴老闆另外還想要裝解體用小刀與素材的袋子，以及不會妨害行動的護手甲與可以在森林中行走的靴子，並表示預算是一枚金幣。

他驚訝地說這不是新手會花費的價格，但我說想在保護生命安全的裝備上買齊高品質的產品，還有自己得到了一筆臨時收入。

老闆考慮一番後，先取來幾把劍，叫我試拿。

雖然長度幾乎相同，拿起時的重量有微妙的差異。

接著他要我試著輕輕揮劍，在我感到困惑時，他實際示範了由上往下揮劍的方法以及橫掃的方法。

即使店裡有空間，在周遭有商品的地方這麼做還是讓人緊張。如果不小心砸到就慘了。我要專心，要專心。

我下定決心揮劍。假如劍太重，揮動後身體會晃動。而相反的若是太輕則缺乏手感，感覺不對。

「看來這把劍不錯呢。」

老闆挑選一把我揮過後也覺得很好的劍。

「接下來是防具。衣服與靴子，其他還有手套和長袍嗎……」

我們逐一確認手套不會太厚，在進行其他瑣碎作業時也不會有異樣感。老闆建議我在一開始用劍時最好不要戴手套。

至於靴子，則選擇靴底厚實，走在路況糟糕的路上也沒問題的款式。

關於衣服，我們一邊確認臂圍，一邊調整成不會妨礙動作的狀態。

每次挑選裝備，老闆就仔細地為我說明穿著方法及保養方法，也不忘告訴我保養武器的方法及挑選保養所需的道具。

即使店裡沒有其他客人，老闆會如此熱心陪伴客人商量嗎？不，正因為如此，大家才會異口同聲地推薦這家店啊。

結果，我應該買齊了一套很好的裝備。尺寸也配合自己調整得很合身，雖然店裡沒有鏡子看不到，我看起來一定改頭換面了。

特別是用魔物素材製作的衣服，附帶防刃及減傷的效果。

就算有這種效果，我也不想刻意遭受損傷。這是為了保險起見。

而且因為價格稍微超出預算，老闆還給我折扣。

「沒關係嗎？」

「加油吧，小弟。」當我這麼問，老闆便鼓勵了我。

儘管王城的人是人渣，這個城鎮的普通人大部分既和善又親切。我在表達謝意後，離開了武器店。

◇◇◇

準備好裝備之後，我回到旅館借用後院試著揮劍。我沒有忘記確實地徵得老闆娘的許可。

NEW
【劍術Lv1】

簡單來說，劍術就是讓人變得更善於用劍的技能。

一開始笨拙的動作，在我學到劍術技能的瞬間變得流暢起來。

揮劍時的破風聲，與我在武器店試過的向下揮劍及橫掃，也簡直不像在用同一把劍般，變得截然不同，熟練度似乎可以透過揮劍來提升。

技能帶來的好處果然很驚人。

我空出一天不接委託整頓裝備並休息，隔天一大早就前往公會接下採集委託。「請多加小心喔。」米凱兒雖然吃驚，但也為我加油。

我預定出城後在中午前回來，性格謹慎的自己也不忘準備保存食品。因為試吃起來不太可口，不太希望用到就是了。

「沒見過的面孔呢？你是冒險者嗎？」

穿著鎧甲的男人向我攀談。看樣子他是管理人員出入的守門人。

「我第一次出城。接了採集藥草的委託。」

「……這樣嗎。最好別說出委託內容，因為不知道有什麼人在聽。我想藥草所在的周邊森林是不要緊，但偶爾也會有魔物誤入，記得留意。」

離開南門沿著大道行走大約三十分鐘後吧？在左手邊可以看見森林，我往那裡走去。一條河流橫穿森林而過，藥草的叢生地帶在河流附近。

或許是因為有人多次前來採摘，泥土踩踏得很穩固，明明是在森林中也容易行走。

我發動察覺氣息技能並小心地走著，周圍只感覺得到模糊的微小氣息。

又走了三十分鐘後，我抵達目的地的藥草叢生地。

即使是藥草叢生地，這裡也生長著藥草以外的植物，如果走到近處可以辨別差異，但一株一株地查看很辛苦。其中也有形狀類似的種類。

不過只要使用鑑定——

【藥草】【藥草】【活力草】【藥草】【偽藥草】【魔力草】【滿月草】【藥草】

就會顯示出眼前植物的種類。

【藥草】主要用於製造藥水的原料。品質：良

而且還看得見狀態，因此我只挑狀態良好的植物採集。

新鮮度和品質也很重要，枯萎與尚未長成的藥草會降低審核的評價，據說如果太糟糕，還會有不算數的情況。

在植物當中偶爾會參雜著叫魔力草的品種，我也一起回收。

也沒有忘了其他如活力草與解毒草等零碎的植物。

只是摘採過度會導致叢生地消失，保留一定程度的數量好像是採集的規矩。

就算如此，我覺得也採到了綽綽有餘的分量。

專用保存袋裝得滿滿的。感謝鑑定。

不過頻頻彎腰，腰會痛呢。我為了採集藥草蹲下作業，雙腿便慢慢開始顫抖。像抖腿一樣。

我看了看，發現身體強化的熟練度上升了。

看這樣子，要是有買護膝就好了。膝蓋直接落地會弄髒，如果撞到地上的小石頭，膝蓋也會受傷。這還滿痛的。

即使如此，我仍為了賺錢而努力著，結果發現奇怪的東西。

「那個」孤伶伶地待在葉片上。把好幾片葉子當成床鋪，還真靈巧。

「這個是什麼呢……？」

用一句話來形容，是白色的球藻？外觀毛茸茸的，感覺摸起來手感會很好。我使用了鑑定，顯示為無法鑑定。

「那個」或許沒有重量，葉片不可思議地沒有折彎。

啊，從葉片上掉下來了。

儘管沒發出聲響，「那個」從地面彈起時做出了不可思議的動作。

首先表面浮現像眼睛的部分，東張西望地環顧四周。那道視線？看到我之後停止動作。

我也直盯著「那個」。

一、二、三，時間在我們互相注視中流逝。

過了不久，「那個」靜靜地飄浮起來，向右移動。

我也跟著向右看。

「那個」看到之後，這次改為向左邊移動，我跟著向左邊看。

「那個」好像很吃驚，顯得驚慌失措。用一句話來描述，是感到困惑？像兔子般的耳朵頻頻搖動著。

唉，老實說我也很困惑。不過這個世界在從某種意義上是奇幻世界，我開始覺得有這種不可思議生物可能也不奇怪。

而且感覺像小動物一樣……會吃食物嗎？

我什麼也沒想就拿出類似能量棒的保存食品。牠一開始很警惕，但或許是感興趣，慢慢地靠過來。看起來像在用鼻尖？聞味道。

我在這時候想到。啊，這個味道不太好吃呢……

可是已經太遲，我手中的保存食品消失了。牠的身體在顫動，是因為在咀嚼嗎？

啊，動作停止後，牠垂下耳朵。當我們目光相對，我發現牠眼中含著水光。

「對、對不起……」

我感到強烈的罪惡感，不禁道歉。

這時候，「那個」突然東張西望開始做出可疑的動作。我不可思議地心想這是怎麼回事，察覺氣息有了反應。

有六個氣息正緩緩接近這裡。

移動速度比想像中來得快。

我一邊留意氣息，一邊全力奔跑到可以藏身的地方。跑得有點氣喘吁吁。

此時我向神祕生物？那邊瞥了一眼，牠已經不在原地。

在我轉移完地點的同時，六個影子跳進叢生地。

那是兩個人和四頭魔物。魔物是狼嗎？我記得狼的特徵是動作敏捷，很難殺死。不過如果能應付那種速度，威脅性不算大。

與魔物對峙的兩人其中一人走上前舉起雙劍，持杖的另一人則往後退。退下的人大口喘氣，看起來很難受。

狼撲了上去，但那人靈巧地揮舞雙劍閃躲。

那人試圖找到空檔發動反擊，另一頭狼卻在那個時機撲過去干擾攻擊。

我以為拿法杖的人會支援同伴，但他只是在調整呼吸，什麼也沒做。

我以為是對手的動作太快使他無法出手，但好像並不是。

那人看起來也像正用法杖支撐著身體。

我在一瞬之間思考。

轉為行動也在一瞬之間。

我在狼飛撲過去的同時擲出解體用的小刀。

在半空中無法閃躲的狼被小刀刺中。這只是巧合。我本來只想轉移注意力，但碰巧命中了。

奇襲幸運地成功，當因為驚訝而動作變遲鈍的另一頭狼奔向我，我順著氣勢揮劍。

手上傳來明確的觸感，確認狼不再動彈後，我尋找下一個獵物。

只見雙劍士佇立在倒地的三頭狼前。

看樣子戰鬥結束了。

回顧自己採取的行動，我覺得自己很魯莽。

不過照那樣下去，那兩個人不知道會怎麼樣。

只是我回想起來，從旁搶走獵物的行為是造成糾紛的原因，公會人員提醒過自己別這麼做。

這算是遊戲裡的搶怪行為嗎？

「抱歉。」

總之我先開口道歉。

於是雙劍士浮現有點吃驚的表情，或許是理解我話中的意思，那人露出苦笑。

「明明是在危急的時候受你搭救，我不認為你有錯喔。」

我重新冷靜地一看，發現她是女性。

她齊肩的頭髮是金髮，金色眼眸很感興趣地看著我。

視線差點被引導到臉龐下方一點的位置，對於男人來說應該是無可奈何。

我應該有努力儘量不去看了。儘管不算很大，也許是注重行動方便，她穿的衣服比較單薄，因此很吸引目光。

裝備法杖的冒險者也是少女，從兜帽裡露出的臉蛋看起來很稚嫩。隨風搖曳的金髮雙馬尾髮型，進一步強調了稚氣的印象。她的身材也嬌小，讓人想期待未來的成長。這麼想很失禮啊。她的瞳色和頭髮一樣是耀眼的金色。

兩人乍看之下也像姊妹，但金髮金眼是這個世界普遍的長相特徵，應該不是吧。

「謝謝你的幫助。」

她用呢喃般的聲音說道，向我鞠躬。

「碰到這種情況，戰利品要怎麼分配？我剛成為冒險者，不清楚詳細的規則。」

她們露出有點驚訝的表情。為什麼？

「新手要打倒狼是很吃力的。你明明那麼輕易地打倒了狼？而且裝備也……」

「別看我這樣子，成為冒險者還不到十天。我會來到這裡，也只是來進行採集藥草的委託罷了。能打到狼，是因為武器精良的關係。還有，我的裝備之所以品質好，是因為先前有一筆臨時收入。」

剛才劍毫無阻力地刺進狼體內。謝謝你的好武器，老闆。

我回憶起當時劍刺進肉的觸感，手開始顫抖。即使是魔物，殺死生物的切實感受一起湧上。

「你還好嗎？」

當我注意到時，雙馬尾已在眼前晃動。

我抬起目光，剛好對上少女的視線。

我慌忙退後一步，像在掩飾動搖般強調自己沒事。

「這個要怎麼辦？我沒有解體過狼啊。」

我瀏覽過資料。也知道需要的素材及部位。

解體方法應該也記在腦中了。只是即便是魔物，在解體過程中我可能會嘔吐。現在還在淌流的鮮血很鮮明，氣味也有點刺鼻。

「當然要解體啊。不然就像扔掉一筆錢。我可以教你喔？」

或許是看穿了我的想法，雙劍士臉上浮現壞心眼的笑容。

難得有機會，想請她教我。

這麼一來，應該能知道我今後是否有辦法自己解體了！

我們一邊著手解體，一邊重新互相自我介紹。

雙劍士的名字叫盧莉卡。拿法杖的少女是魔法師，她叫克莉絲。

克莉絲不知是拘謹還是抱著警惕，和我保持距離。但她有時好像會什麼也不想就隨著衝動行動。

盧莉卡說，她剛才會靠近我也是由於擔心超過了警惕。

「克莉絲休息一下吧，妳的魔力還沒回復，很難受對吧？」

克莉絲老實地聽從盧莉卡的話，坐下來開始調整呼吸。

然後像是想起什麼，慌張地重新戴上兜帽。

「因為在逃跑時害她消耗過度。其實我們在森林裡也打倒了好幾頭狼呢，但是這次只能放棄了。」

我一面學習解體的方法，一面不時與她閒聊。

她們兩人是搭檔的冒險者，階級為D級。她們這次接了森林中殺手蜂蜂蜜的採集任務，卻在半路上遇到狼群。

雖然她們用魔法擾亂狼群主體得以逃脫，卻被幾頭離群的個體追蹤。即使如此，她們仍在逃跑的同時把狼個別擊退，由於克莉絲的魔力即將耗盡，才把狼引到這裡來。

在空曠的空間應付狼不會很麻煩嗎？當我這麼問，她說她們本來打算力拚到克莉絲的魔力恢復為止。

而且根據盧莉卡的說法，狼會巧妙運用樹木攻擊，空曠的地方比在森林裡戰鬥起來更順手。

「蜂蜜的委託會失敗啊。假如附近有狼群，就沒辦法採蜜。啊～可是如果向公會報告，會有懲罰吧～明明只差一點就能升上C級了。」

據說雖然會依規模而定，對付狼群有時候是階級B的案件。狼在形成群體後，會有低機率誕生特殊個體高階種，一旦有那種存在，處理難度就會一口氣大增。

「解體的方法就是這樣子。」

盧莉卡卡邊說邊靈巧地進行解體。她的動作流暢，不帶一絲遲疑。眼前出現了按照素材分類的小山。

至於我……唉，我努力了。沒有嘔吐喔。

別問成果怎麼樣。任何人都有第一次。

解體後的素材整理起來，裝進盧莉卡她們的素材袋。由於解體了四頭狼，分量很多，她們本想放棄狼肉。我說由我來拿，便將肉裝進備用素材袋裡揹在背上。儘管重量沉甸甸的，帶來的負擔沒有外觀看起來那麼重。不知道這是多虧升級後的狀態值，還是多虧身體強化技能的效果。

「人不可貌相，你力氣很大呢。」

「只限於搬運貨物就是了。」

「這算什麼，好奇怪。」

盧莉卡傻眼，克莉絲被逗得笑了起來。

狼是幾乎全身都能利用的魔物，但還是會有部分沒用的部位。我們把剩餘的殘骸收集起來，由克莉絲使用火魔法焚燒乾淨。當然了，是在遠離藥草叢生地的地方焚燒。

「那麼我們回去吧？對了，空的收集藥草委託做完了嗎？」

「嗯，這個沒問題。我已經採到需要的數量了。」

克莉絲的魔力已恢復，藥草也已經採夠，因此我們決定回去。

我先前好像相當專心地採集藥草，也經過了好一段時間，在狼群附近悠哉採藥草也讓人有點害怕。

我在回去前再次仔細觀察藥草叢生地，卻未能找到那個不可思議生物的身影。

「這樣左擁右抱，真佩服你啊。你在哪裡搭訕到的？」

做好工作啊。既然是守門人，應該先叫人出示公會卡做進城鎮的檢查吧？

看到人開口第一句話是講這個嗎？

看到我一個人出城，卻跟兩名可愛的少女一起回來，或許會想打聽沒錯啦。

「你當時的建議派上一點用場了。」

「嗯……？你遇到了魔物嗎？」

「嗯，我在那時遇見她們。」

話雖如此，想到守門人擔心過我，我便表達謝意。

他還想問些什麼，但我沒有說明詳情。因為盧莉卡制止我，表示最好別隨便說出狼的消息。

我沉默地遞出公會卡，示意對話到此為止，守門人也沒有再多說什麼，老實地做檢查。他把卡片靠近某種道具。

我們之間的對話，讓一個少女浮現傻眼的表情，另一個則苦笑地看著。

「總之先去冒險者公會吧。你救援我們的謝禮等到去完公會再說。」

當我們一起走進公會，迎來了許多目光。

亞果臉上浮現驚愕的神情。我看他每天都在公會裡，有在工作嗎？

嗯，因為是少見的組合，所以很顯眼吧。那邊的人，我們之間沒什麼，請別對我散發殺氣。亞果，你也是。

「那麼，晚點見。」

盧莉卡看起來不太在意，而她的一句話，感覺使現場氣氛變得更加糟糕了。

「拜託妳了。」

我把採集的藥草直接交貨給米凱兒。

因為這是單純以十株為一組的採集委託，繳交多組等於完成相等數量的委託。

這是由於藥草類是藥水的素材，因此委託持續掛著。由於藥水對冒險者與旅人而言是必需品，從來不會缺少委託。國家好像也會定期採購。

假設是討伐十頭狼之類的委託，就算討伐了三十頭，公會也只會當作一次份的委託處理。當然，魔石與素材會正常收購，能獲得收入就是了。

「那麼，你為什麼會跟她們兩人同行呢？」

這裡也有看熱鬧的人啊。她充滿好奇心的眼睛看起來閃爍著可疑的光芒。

雖然她在某種意義上可能是現場所有人的代言者。這樣好嗎？

米凱兒的話讓嘈雜聲平息下來，就像要避免漏掉我說的任何一句話，公會內變得鴉雀無聲。

「啊～我去有人推薦的叢生地採集藥草，在那邊遇到被狼追趕的她們。」

「被狼追趕嗎？但以她們的實力，我想打倒狼應該不成問題……」

我說的話讓米凱兒非常驚訝。

在旁邊偷聽的冒險者們好像也一樣，露出不可思議的表情看過來。

接著如同要回答那個疑問，公會內突然騷動起來。

先前與盧莉卡她們談話的公會職員奔向後方，不久後又回來了，職員的背後跟著一名男性。

冒險者們看到後閉上嘴巴，關注男子的動向。

「可以請妳再說明一次嗎？」

男子態度溫和，但眼神銳利。

盧莉卡的聲音在一片寂靜的公會內迴響。

盧莉卡說完後，公會內轉而再度騷動起來。

在距離靠近城鎮的森林裡形成了狼群。

特別是那邊也是用來採集草藥等等的新手用森林，一不留意可能會出現冒險者的傷亡。

男子迅速地下達指示。

他也請在公會內休息的幾支冒險小隊參加討伐。

又有幾名公會職員奔向公會外。

他們好像是去提醒其他公會以及聯絡守門人。

「後面的事就交給公會會長。我們去出售狼的素材吧。」

說明完畢的盧莉卡走過來，我們三人一起前往收購櫃檯。

即使我們走在一起，也沒有人再看過來。那份報告帶來了如此巨大的衝擊吧。每個人都忙碌地行動著。最重要的是他們已得知我們同行的理由，因此失去了興趣吧。亞果也正神情嚴肅地與同伴們交談。如果用那個表情搭訕明明很可能會成功，可惜的是他在搭訕時的表情……

收購的審核就讓我這麼說吧，正如預期只有由我解體的素材價格不高。

第一次動手都是這樣啦——那充滿男子氣概的鼓勵讓我感動。

她們把素材賺到的錢分了一半給我。

因為有三個人，不是三分之一嗎？當我這麼問，她們告訴我「你不用在意喔」。

我覺得就算給三分之一也很多，而她們說我是新手，叫我現在有得拿的東西就收下來。

而且她們好像還要請我吃晚餐來答謝。

當我問她們為何要做這種多，原來當時的情況對兩人來說似乎非常危急。依照在打倒狼後交談的感覺，她們明明顯得游刃有餘。

我先回旅館放下行李，前往她們告訴我的旅館。

由於地點位於城鎮中央附近，那棟旅館與我現在住宿的旅館從格局開始就不一樣。外牆也粉刷了顏色，營造出清潔感。

旅館一樓好像設為餐廳，但桌子擺放得很整齊，各桌之間也有充分的間距。看來在人多時也能不感到侷促地用餐。

我表達來意後，被帶往包廂。

等待一會後，換過衣服的盧莉卡與克莉絲來了。

「久等了。我隨意點了菜，不過你有什麼想吃的嗎？以及不能吃的東西之類的。」

因為我不太懂，所以交給她們決定。我完全不知道餐廳有供應什麼餐點，便決定不隨便提意見，只說了不敢吃昆蟲類。

如果食物實在不合口味，到時候再想辦法吧。反正就算告訴我菜名，我也不知道是什麼。

「那麼今天很感謝你。就是這樣，乾杯！」

我們隨著盧莉卡的這句話開動。當然，喝的是果汁而不是酒喔。

每一道菜都是我從未見過的，只是吃一口就對那美味的滋味感到驚訝。

每道菜餚各有獨特的滋味，看得出是為了讓人享受用餐樂趣而烹調的。在公會吃到的料理帶有野性，而這裡的料理則具有都會風格。

「真好吃……」

我忍不住說出口。

來到這邊的世界後，第一次吃到不比另一個世界的食物遜色的味道。前陣子吃到的歐克肉令我感動，但這些菜比那個更加美味。

我起初慢慢咀嚼，但回過神時已經專心地吃了起來。

笑聲忽然傳來。

我抬頭一看，發現克莉絲笑了。

她現在解開雙馬尾把頭髮放下來，乍看之下顯得成熟，但看她笑著的模樣，還是給人稚氣的印象。

或許是察覺我的視線，她慌張起來，求助地看向盧莉卡。

「真拿妳沒辦法～」盧莉卡以這種感覺般開口說道：

「看來你很高興，太好了。這裡在王都的旅館中也以食物好吃聞名，所以我們選了這裡。不過要吃這些料理必須支付追加費用。這次為了答謝你，我們放手花錢喔？」

這些菜餚或許物有所值。雖然不敢問價格是多少錢。而且我也有點想吃吃看普通的料理。

用餐告一段落後，我們閒聊起來。

話題先從蜂蜜採集委託沒受到懲罰開始，慢慢地談到盧莉卡她們身為冒險者的活動經歷。

因為我想知道冒險者都從事什麼活動。

我從對話中得知，盧莉卡她們來自其他國家。

她們直到升上D級前都在故鄉以冒險者的身分活動，一邊接護衛委託，一邊在各國間轉移。

「我們來自愛爾德共和國。那裡是個好地方呢。」

我記得愛爾德共和國是人類與亞人種共同生活的國家。

這裡所說的亞人，好像是指獸人與尖耳妖精、矮人等等的詞彙。不愧是奇幻世界，另一個世界的幻想種族也普通地存在著。

雖然我還沒有遇見過。冒險者中起碼會出現一個吧。

盧莉卡的話讓我回想起在公會資料室學到的知識，還有我請教以格雷為首的攤販街老闆們的事情。

◇◇◇

這個世界上存在七個大國。

高揭人類至上主義，稱呼其他存在為惡的波斯海爾帝國。

秉持人類優越思想的艾雷吉亞王國。

多種族共存生活的愛爾德共和國。

由獸人王統治的拉斯獸王國。

崇尚女神信仰的福力倫聖王國。

由魔導研究者們組成的艾法魔導國。

龍族崇拜者的國家，路弗雷龍王國。

在歷史上發生過小規模的紛爭，不過在近一百年內，各國之間並未發生重大戰爭。

然而十年前，波斯海爾帝國向愛爾德共和國宣戰，發動戰爭。

一開始是小小的火種，不久後卻發展成將七大國全部捲入其中的大戰。

侵略的國家。防守的國家。堅持不干涉的國家。

世界疲憊不堪，沒有未來的戰爭持續延燒。

在這個情況中，三年前以福力倫聖王國的聖女為首的的主要祭司們，收到女神的啟示。

『魔王復活了。所有我鍾愛的人們啊，齊心協力戰鬥吧。』

當時的統治者們起初不把那句話當一回事，並視為胡言亂語。而他們也在行動協調一致的魔物群出現後締結停戰協議，擊退那些魔物。

行動協調一致的魔物群出自被稱為黑森林的魔之森林，至今仍在攻擊相鄰的兩個國家。

◇◇◇

「那麼空是這裡的本地人嗎？以新手來說裝備很好，該不會是富裕人家出身？」

「不是的。我來自有點遠的地方，為了生活成為冒險者。剛才也稍微提到過，我的裝備不錯，是因為有一筆臨時收入。現在想存錢、學習戰鬥方式，最終想在這個世界到處看看。」

老實說，我對於魔王不感興趣。並未產生現實感，也沒特別抱持什麼怨恨。

硬要說的話，頂多是因為魔王的關係害得我被召喚來這個世界吧。特別是對王城的那些傢伙，我只覺得火大。就算求我，也不想為那種人而戰。

不過，我也想過如果能在這個世界獲得力量這種事。

要說我對力量沒抱持憧憬，那是騙人的。實際上只要有這個技能，未來說不定能獲得力量。或許這股情緒，同時也是想讓那些傢伙付出代價的念頭。這麼一想，心頭就有種感覺不斷沸騰湧上。

「到處看看世界啊～很有趣的動機呢。」

盧莉卡的話令我赫然回神。

我剛剛在想什麼……不對，有什麼不對勁？

「是嗎？不過我相當認真喔。」

雖然假裝平靜，我內心有點動搖。自己突然產生如此具攻擊性的想法，而且那種想法又突然消失得一乾二淨。

「這樣啊這樣啊。」

盧莉卡聽我這麼說，目光直盯著我看過來。

我感到她的目光像在評定什麼般試探著自己。

讓人感覺心神不寧。

我不由得別開目光看向旁邊，發現克莉絲也盯著自己，她察覺我的目光後吃了一驚，慌忙低下頭。

「那麼，空明天要做什麼呢？才接完委託，明天會休息嗎？」

「我會先去查看送貨的委託再決定吧？」

「送貨的委託？難道說傳說中的送貨員就是你嗎！」

「傳說中的送貨員是什麼？」

我試著詳細打聽，據說有個怪人默默地進行誰也不接的送貨委託，這樣的傳聞在冒險者之間傳開了。

「啊，那筆臨時收入就是那次指名委託的酬勞嗎？我聽說那個人以送貨賺到了高得嚇人的金額耶。」

我肯定地說正是如此，但個人情報這樣大量外洩不要緊嗎？

「所以你才能那麼輕鬆地搬運狼肉呢。」

盧莉卡理解地點點頭。

「因為城鎮內很安全。我才剛來到這裡，這種委託正好適合用來記住路線。」

這不是什麼值得誇讚的事啊。

走路可以讓我記住商店的位置，另一方面因為每次送貨時走在街上都會有新發現，讓我感受到走路的樂趣。雖然一開始的確主要是為了鍛鍊技能。

「真虧你能完成那些辛苦的委託呢。」

「好厲害。」

而且我之前也沒勇氣去城外。

「這次像這樣相遇也是緣分，假如你方便，下次試著一起接委託如何？」

「我才剛成為冒險者喔？妳們不是說快升上C級了嗎？」

「如果達成幾件委託，應該能升級吧。克莉絲有什麼看法？」

「……嗯，我覺得很好。」

「對吧。老實說，我們至今都兩人一起活動，但遇到像今天這種情況時，光靠兩個人應付有點吃力。」

「想和妳們一起組隊的人看起來很多喔。」

在我走進公會時的那些視線。現在想想，是嫉妒吧。

「的確有人找過我們，但是沒有遇到覺得合拍的對象。而且他們感覺別有用心，克莉絲也不太高興。」

我認為這在某種意義上是沒辦法的事。至少她們的長相無疑很出眾，在聊過後也會發現兩個人的性格都很好。

盧莉卡個性活潑容易交談，克莉絲雖然不會積極說話，光是在場就會散發出讓人安心的不可思議氛圍。

我們才剛認識，或許會判斷錯誤，但至少我是這麼認為。

「而且啊，我們會作為前輩教你各種冒險者的基本知識。還有……進行模擬對戰練習戰鬥方式等等。你的斬擊很犀利，卻不太對勁，有種被劍擺布的感覺呢。」

因為我在用劍方面是外行人嘛。實際上等於是技能強行讓我用劍。

她們邀請我成為同伴，老實說我很高興。

可是我覺得這些條件對自己太有利了。

不禁懷疑背後有沒有什麼內情。

但也感覺到這在某種意義上是個機會。我想了解基礎的戰鬥方式。

而且我覺得來自兩人的提議純粹出於善意。

「我明白了。總之請先讓我試試看。妳們不會一直待在這個國家對吧？即使只在停留期間組隊也對我很有幫助。」

「是呀。如果階級提升，找到了適合的護衛委託，我們就會轉移吧。總之，明天給我半天時間。我有個想去的地方。」

於是我們約好明天在下午見面，上午我會接送貨委託。

「呼～不過還真好吃。」

我回到旅館躺在床上。本來以為和女生一起用餐會緊張，也許是多虧盧莉卡的說話技巧，我得以不緊張地度過用餐時光。或許一方面是因為熱衷於吃料理吧。

可能是吃得很飽的關係，一躺下就覺得想睡。

我自然地閉上眼睛，開始打瞌睡。

房間內的照明燈光在作為燃料的魔石耗盡魔力後會自行熄滅，但是老闆娘拜託我要儘可能節約使用。

如果要直接睡覺，得先熄燈才行，當我這麼想著爬起來時，又看到了「那個」。

白色毛茸茸的「那個」，靜靜地飄浮在半空中。仔細一看，我覺得牠圓滾滾的眼睛好像正看著自己。

「呃～初次見面……也不是吧？」

雖然不知道牠聽不聽得懂語言，我總覺得受不了這種氣氛，便脫口而出。

可能對那句話產生反應，牠顫抖起來。感覺很開心？

「難道說，你聽得懂嗎？」

當我這麼問，牠連連點頭——我覺得是這樣。

……牠聽得懂語言，但似乎不會說話，只在空中打轉。我想那大概是高興的表現，不知道實際上如何。雖然不知道實際上如何……我想摸摸牠。

看到那可愛的模樣，我非常想摸摸那個毛茸茸的東西。感覺手感很好。

我小心翼翼地緩緩伸出手，又再伸長……穿過去了。簡直像立體影像一樣。

我也很驚訝，但突然被手穿過的毛茸茸毛球嚇了一跳，看似氣呼呼地蹦蹦跳跳著。

「抱、抱歉。因為你看起來手感很好，我想摸摸看。」

也許是接受了我老實的道歉，牠大大地點個頭，不再蹦跳。

「我差不多想睡了，可以嗎？」

我看著那不可思議的動作一會，因為睡意漸漸襲來而發問，於是牠歪了歪身體。

牠聽不懂這句話的意思嗎？當我做出躺在床上閉上眼睛的動作，牠好像理解了，飛到枕邊後不再動彈。似乎要在那裡睡覺。咦，不回去嗎？我注視了一會，但是牠一動也不動。

我熄滅油燈，躺在床上。第一次去城外。第一次接採集委託。第一次與魔物戰鬥。第一次和女生一起用餐。這天充滿第一次的體驗，但最令我疲倦的是與這團毛茸茸疑似生物的短暫交流。

明天起床之後牠還會在嗎……我這麼想著，也入睡了。

隔天早上我睜開眼睛，在視野一角看到了「那個」。看樣子那並不是夢。

當我緩緩起身，「那個」也隨之反應地動了起來。

那團毛茸茸中浮現眼睛，直盯著我。

「啊～我接下來有事要辦。不好意思，不能陪你……還是說你要一起去？」

因為牠有點點頭，應該是聽得懂。就算聽不懂，我要做的事也不會改變。

我吃完早餐，比平常更早前往公會。雖然有東西無聲地飄在背後，總之別去在意吧。

陌生的冒險者向我攀談。

「你今天來得真早啊。」

「我午後有事情，所以早點過來看委託。」

我回答他，走向貼著送貨委託的告示板。

這裡一如既往不受歡迎。不過今天其他告示板前面的人也不多。感覺現在在場的都是比較年輕的人。

因為下午約好要與盧莉卡見面，我挑選時間能配合的委託。將委託單交給米凱兒後我馬上開始工作，但誰也沒有指出飄浮在我背後的東西。在旅館時就感覺到了，其他人似乎看不見牠。我也有好幾次跟丟過，也有可能是牠刻意不被人看到。

委託按照預定計畫結束，我去格雷那邊吃串燒。在進食途中，感覺到一直盯著自己的視線。難道牠想吃嗎？我試著遞出串燒，但牠撇開頭。原因是之前的保存食品嗎？

我因為送貨委託在城鎮內走了一圈，可惜的是今天等級沒有升級。因為需要的經驗值漸漸增加了。對於技能點數的使用方式，我想必須更加謹慎才行。

「等很久嗎？」

當我前往公會時，盧莉卡已經到了。只有她一個。克莉絲因為疲勞還沒完全恢復，盧莉卡便讓她留下來休息。

盧莉卡帶我來到位於公會深處的廣場。這裡就是她想去的地方？

「這裡是訓練場喔。主要是供冒險者們模擬對戰磨練本領和交換情報的地方。這邊有挫平刃鋒的武器，你挑一把吧。」

我拿起武器與盧莉卡展開的模擬戰鬥，隨著賽風在中途加入變得更加激烈。

模擬戰鬥結束時，我躺在地面上看著天花板。來到這個世界後，這或許是自己第一次流了這麼多汗。

白色毛茸茸擔心地看著我。儘管感覺格格不入，他的溫柔讓我有點開心。

「你斬擊的速度無可挑剔，但是太過直接了。這樣能對付智力不高的魔物，可是在魔物當中也有狡詐的傢伙，這對他們行不通。唉，這方面只能靠經驗累積了，如果有機會，我再陪你過招吧。」

賽風毫無疲色，加入其他團體開始交手。

「感覺怎麼樣？」

我從盧莉卡手中接過水，喝了一口。啊～單純的水真好喝。

「我已經累壞了。照這樣來看，老實說送貨還比較不累。」

「嗯，剛才的確打得很激烈。不過怎麼樣？有產生一點自信嗎？」

「還不確定。人和魔物還是不同的吧？」

「是呀……那麼就用委託來確認吧。假如是討伐哥布林之類的，以你戰鬥的樣子來看大概沒問題。」

倘若只是大概，我會很傷腦筋啊——也許是我把想法表現在臉上，她拍拍我的背說了句：

「沒問題啦。」

我們一起走到告示板前。對了，這是我第一次查看討伐類的委託。

「這個～還留著啊～」

盧莉卡走到一張委託單前開口。

我在她的背後看過去，那是比較近的村子發布的驅逐哥布林委託。

哥布林與史萊姆並列最弱魔物，被當作新手最初交戰魔物的代名詞。因為除了魔石以外的部分都無法當作素材，就收益來說很微妙。不過似乎是最適合無風險地狩獵以累積經驗值的魔物。依照可戰鬥的人數而定，連村民也能驅逐哥布林。明明是這樣，那發布委託的意思是……

那張委託單是五天前張貼的。

原因有兩個。單純是前往村子的距離，以及微薄的報酬。特別是即使同屬討伐哥布林的委託，酬勞也會因委託人而異。

從王都出發需要步行三天。那份辛勞與回報不成正比。基本上冒險者的報酬是從魔物身上來的，但過程也很重要。要步行三天，代表需要花費來回共六天的伙食費。而且如果發生什麼意外，可能得花更多錢。一不小心還會虧損。

假若有馬車或馬匹當交通工具，是可以縮短趕路時間，但我不認為擁有那種昂貴工具的冒險者會特地去狩獵哥布林。

「嗯～徒步要三天嗎～」

「有什麼問題嗎？」

「聽好了？露營很辛苦。真的很辛苦。一個人必須負責守夜，無法好好休息。我們兩人一起走了十天的那一次真的很難受……當時也沒有錢呢。」

她的眼神望向遠方。看來這是不太能觸及的話題。

的確，這裡是有魔物出沒的世界。野外與城鎮內不同，會有很多危險吧。守夜……考慮到夜襲等問題，我頓時不安起來。

不過這在某種意義上或許是個機會。比起突然獨自露營，和慣於旅行的她們一起露營更令人放心。而且出去採集藥草時，老實說我很緊張，但更感到滿心雀躍。踏出城鎮之外，的確是一片不同的世界。

「如果可以，我想接接看。雖然有可能會扯妳們後腿。」

「……若是三個人確實會輕鬆一點。既然你不習慣，當作練習體驗一番也可以。現在天氣還算溫暖，假設只靠長袍也足以過夜嗎？只要沿著大路走，遇到魔物的機率也很低，接下來只要小心盜賊……」

盧莉卡喃喃地整理了自己的想法，並宣布會接下委託。

「我說，不跟克莉絲商量沒關係嗎？」

「啊！」她輕喊一聲思考了一下，但還是拿著委託單走向櫃檯。看樣子她打算之後再報告取得同意。沒關係嗎？

「那麼，這個拜託妳了。」

「呃，你們要接討伐哥布林的委託嗎？」

米凱兒看向盧莉卡，接著又看向我確認道。

「沒錯沒錯。我們想教導新人冒險者的基礎知識。雖然講得高高在上，這一方面也是為了償還上次受他幫助欠的人情債。」

盧莉卡刻意大聲地回答，大力拍拍我的背。

「嗯，天氣很好，是個適合出發的早晨呢。」

盧莉卡從一大早興致就很高。她不會太過卯足幹勁，在半途中就累了吧？

「喔，今天要出遠門嗎？」

守門人看到露營裝備後開口詢問。我點點頭，出示公會卡來到城鎮外面。因為在進城時才會仔細檢查，出城時不會花太多時間。

「最近很危險啊。我想你們應該知道，但要小心喔。」

因為我們沿著大道走，不會迷路，然而行進的方向不見人影。

盧莉卡表示由於發出委託的村落所在的方向有推測那些狼群棲息的森林，如果沒有重大理由，現在人們應該都會避免走那個方向。

所以我們剛剛通過的南門空蕩蕩的。

不過狼群棲息在森林深處，過來這裡的機率很低。牠們基本上有在森林中生活的習性，除非糧食不足或爭奪地盤落敗，否則好像很少離開森林。

大道感覺是割掉草原上的草後直接形成的道路，道路兩旁開著野花。路面當然不像現代日本一樣鋪著柏油，被壓實的土路朝地平線彼端延伸而去。當風吹過，野花隨風搖曳，奏出不可思議的旋律，聽起來很悅耳。在花上飛舞的是蝴蝶嗎？色彩繽紛的蝶翅在草原中浮現，宛如一幅圖畫，讓我不禁幾乎要停下腳步。

前進了一陣子後，前方可以看到推測狼群所在的森林，但我們平安無事地通過。雖然嘴上說沒問題，盧莉卡行走時似乎十分警惕。我的察覺氣息也沒有反應，然而技能等級尚低，無法探測到遠處。

我透過送貨委託和模擬戰鬥了解到，技能也有各種類型。例如身體強化與劍術是持續發動型，就算使用也不會消耗ＳＰ。相反的，鑑定與察覺氣息是可選發動型，在使用中會消耗ＳＰ，當ＳＰ降為零時會對身體造成負荷，導致狀態變差。如果在那種狀態下繼續使用技能，可能會喪失意識。這是我在旅館使用察覺氣息時發現的。假如同時使用多種技能，消耗速度也會變快。

但特別值得一提的是，就算使用可選發動型的技能，在行走中ＳＰ就不會減少。我認為這是受到「不管走多少路都不會累」的效果影響。所以現在也一直使用察覺氣息。不過情況有例外，倘若同時使用其他技能，ＳＰ則會減少。

順便一提，ＳＰ是使用非魔法類技能需要的數值，從耗盡之後會對身體造成負擔來看，我擅自推測可能與精力有關。ＭＰ在使用生活魔法後會減少，所以似乎是使用魔法類技能需要的數值。我目前尚未確認過ＨＰ減少，但如果跟想像的一樣，那可不能讓數值降到零。

「差不多來休息一會吧。」

大約走了兩小時，盧莉卡過來對我說道。

我們基本上不逞強，行走間穿插好幾次休息。補充水分很重要，而且今天還是第一天。盧莉卡說，假設因為不累就未經思考地一直走下去，會影響到之後的狀況，需要注意。還有就是體諒相對缺乏體力的克莉絲。

「今天的陽光有點強烈，光是走路就會流汗呢。」

「小盧莉卡，需要用洗淨魔法嗎？」

「嗯～不知道會有什麼狀況，還是算了。如果克莉絲覺得不舒服就用吧。妳和我不同，衣服穿得比較厚。」

「嗯？需要洗淨魔法嗎？」

「因為啊～長時間走路會流汗也會累……啊，空連一滴汗也沒流呢。」

也不需要以看到難以置信之物的眼神看著我吧。

「不愧是做過許多送貨委託的人呢。啊，空也會用生活魔法吧？」

「若是不介意，要由我來使用洗淨魔法嗎？」

因為兩人都對這個問題深深點頭，我向她們施加了洗淨魔法。

「啊～果然好舒服。」

「謝謝。」

「真誇張。而且我只會使用生活魔法而已。」

「你不會用其他魔法嗎？」

「對、對啊。話說魔法要怎麼學到呢？這個是在我發現時已經變得會用了……」

雖然我是使用點數學到的，但這並非一般的學習方法吧。

「就和你說的一樣，大部分是某一天突然就學會。使用方法通常也是不知不覺就懂了。」

「那就算有想用的魔法，也只能聽天由命碰運氣嗎？」

「我聽說有人透過閱讀、研究魔法書學到魔法。只是魔法書是用專門文字書寫，如果不懂文字就無法閱讀。」

「另外我還聽說過，使用在地下城等遺跡發現的魔法卷軸可以學到魔法。雖然價格似乎很昂貴。」

既然技能可以後天學習，為什麼我會被趕出來？……因為我沒有職業、等級，而且狀態值又是那樣嗎……？

「啊～另外關於技能，如果有不想透露的技能，最好別告訴別人。當然若是說出來，在招募夥伴時等等會比較有優勢就是了。」

「嗯，像魔法之類的，假如事先知道，比較能聯手合作．所以說出來或許更好。除了生活魔法，我還會用火系和風系魔法。其實我想得到提升體力的技能，可是沒辦法。」

克莉絲似乎很在意自己缺乏體力一事。

「我是身體強化類和偵察類技能。」

「……我算是生活魔法和搬運？大概算吧。」

搬運這個詞好像說服了她們。其他技能……別老實說出來比較好嗎？

休息過後，我們再度邁步前進。兩人的行李有一小部分放進我的背包裡，但我沒有怨言。就算行李增加，在走路期間也感覺不到重量。

一開始我對於跟不習慣接觸的女性一起旅行感到不安，但也由於兩人在各方面的體貼，我緩緩地放鬆肩頭的力道，自然地與她們相處。而她們感覺是真正地以前輩冒險者身分在指導新人，令人很放心。

儘管如此，克莉絲可能是不習慣接觸男性，或者是一貫的性格，有時會退後一步害羞地對待我。那種距離感讓人聯想到深閨千金。雖然這是我擅自這麼認定的。

所以有時候連我也會不由得意識到，該怎麼說呢？

盧莉卡就像在說「我明白」般，露出調侃的表情意味深長地向我點點頭。

「今天就走到這裡。要露營的話……在那棵樹附近是不錯的地點吧。」

我們走到離大道有點距離的樹木樹根處，準備露營。在旅行人數少的時候，儘管得視情況而定，基本上不會使用帳篷。前往寒冷地區時當然另當別論，不過在氣候溫暖的地方，很多人只會披上長袍。

這是為了在遭遇奇襲時能夠立刻因應。

「因為有不習慣露營的空在，今天就兩人一組守夜，一個人休息吧。其實由一個人守夜會有更多時間休息就是了。」

我們決定今天先試試看，如果沒有問題，從明天起改為單人守夜。

首先是生火並休息一會。我一邊請克莉絲指點，一邊使用生活魔法。她們兩人好像都會做菜，動作俐落。當我想去幫忙時，她們急急忙忙告訴我：「在旁邊看就行了。」

「露營時吃的食物是簡單的湯和麵包，頂多再加上肉乾吧。基本上是用保存食品來烹調，但種類很少，也不好吃。只是我聽說過假如有高性能的魔法袋，就可以直接隨身攜帶在餐廳裡吃到的料理。雖然不知道是不是真的。」

「大概要多少錢呢？」

「因為基本上是拍賣會的競標品，價格好像上不封頂喔。但會按照收納量變動。」

「容量愈大就愈貴嗎？沒有類似收納魔法的技能嗎？」

「……在空間魔法中，有一種叫收納魔法。」

「可是使用的人很少。會用空間魔法的人很罕見喔。所以我聽說就算沒有戰鬥力，光是會空間魔法就收到高階級冒險小隊邀約的情況。」

空間魔法啊。我還有技能點數，因為很方便，或許學起來也不錯。可是啊～我還有其他想學的技能，真是苦惱。

「好了好了。我知道你們聊得很開心，不過克莉絲先去休息吧。後面的話等醒來後你們獨處時再聊。當然也要做好警戒工作喔。」

克莉絲被說得面紅耳赤，戴上兜帽躺在墊子上。

「第一次看到克莉絲跟我以外的人說那麼多話呢。」

「感覺她很害羞。也有人不擅長說話嘛。」

「不是那樣就是了。唉～她好像被你搶走了一樣，感覺有點寂寞，但看到克莉絲聊得很愉快，我也很高興，你可以積極地找她說話喔。不過如果你傷害了她，我一輩子也不會原諒你。」

嗯。那個笑容有點可怕喔。

話雖如此，我們談到的內容也是關於技能和魔法。要普通對話的門檻很高吧。老實說，叫我以日常對話聊天，我也很頭疼。

而且我不知道可以談論多少自身的事。從異世界被召喚過來這件事也難以說明。

不，如果有受召喚的勇者討伐魔王的紀錄留下，她們說不定會知道異世界人的存在。下次要不經意地試著問問看嗎？會有危險嗎？

……自從學會察覺氣息技能後，我有時會捕捉到被人注視般的奇妙反應。如果是錯覺就算了，若不是我的誤會……假使真的有人做出那種事，那麼我只想得到一個可能——就是召喚我的那些傢伙。雖然自己也覺得在放逐後卻又監視我很矛盾。

當然了，這也可能單純是誤會。由於無法判斷什麼是好是壞，與其隨便說出來導致盧莉卡她們受到波及，在得到確實證據前，別引起風波，保持沉默會更好吧。

因為是第一次體驗守夜，我情緒亢奮。讓盧莉卡講了過去的冒險故事，也是原因之一吧。

由於火堆在地面挖出的坑洞中，亮度只夠勉強看清附近的人。也許是看不清楚使得聽覺變得敏銳，呼吸聲格外地在耳中迴響。由於黑夜遮蔽了視野，我定時使用察覺氣息來探查周遭。如果

月亮有出來情況自會不同，可惜今天好像被雲給遮住了。

在中途換克莉絲與我一起守夜，我試著多問了些關於魔法的詳細情報。

我請她告訴我存在什麼樣的魔法，哪個屬性有什麼樣的魔法。

「克莉絲妳們從共和國經過帝國來到王國，在至今的旅途中有什麼印象深刻的事情嗎？」

當話題告一段落時，我忽然想知道其他國家的消息，便試著詢問。

「……印象嗎？以負面意義來說，是帝國的鬥技場吧？那邊的冒險者經常邀我和盧莉卡參加，但那樣像表演雜耍一樣，我不喜歡。」

她的聲調變了。我可能踩到地雷。得、得換個話題才行！

「這、這樣啊。那有什麼事情讓妳覺得當冒險者真好呢？」

「……委託人向我說『謝謝』的時候吧。」

「啊～我明白。同樣是成就感，受到感謝時的感覺會有點不一樣呢。」

「嗯、嗯。令人開心……對吧。」

也許是對剛剛激動地說話感到難為情，克莉絲愈說愈小聲。

由於盧莉卡醒了，換我去休息。

當我在墊子上躺下，眼前突然出現白色的東西。

於黑夜中浮現的白影！我差點發出驚叫，但白影的真面目是神出鬼沒的那孩子。

「怎、怎麼了？」

我以兩人聽不見的音量小聲呢喃，牠看我一眼，像閉上眼睛般，眼睛從毛茸茸裡消失了。

我試著再度呼喚，卻沒有反應。牠垂下耳朵，然後不再動彈。是睡迷糊了嗎？

因為等待了一會牠也沒有動作，我也閉上眼睛詠唱開啟狀態。

技能「漫步Lv18」
效果「不管走多少路也不會累（每走一步就會獲得1點經驗值）」
經驗值計數器　23371／100000
技能點數　9

已習得技能
【鑑定Lv5】【阻礙鑑定Lv2】【身體強化Lv5】【魔力操作Lv3】【生活魔法Lv3】【察覺氣息Lv4】【劍術Lv3】

技能等級上升到2，可使用的技能點數增加到9點。

NEW
【空間魔法Lv1】【平行思考Lv1】【提升自然回復Lv1】

這次我使用3點技能點數，學了三個技能。

這麼一來剩下的技能點數還有6點。

學到空間魔法後，正如之前聽說的一般，我首先變得可以使用收納魔法了。這好像是透過將物品放入收納空間內來提升熟練度。就是俗稱道具袋的魔法版嗎？

或許是等級低的關係，能收納的數量還很少。除了把物品取出放入外，光是一直把物品收在空間裡好像也能提升熟練度，總之我把用不到的道具先放進去。

平行思考技能讓我可以同時思考好幾件事。這次在露營的時候，我思索著要怎麼樣才能在睡眠中也發動察覺氣息，覺得如果有平行思考或許可以做到，於是選擇這個技能。只是在睡眠狀態中使用會不斷消耗ＳＰ，於是我同時習得提升自然回復加以應對。

提升自然回復是加快ＨＰ、ＭＰ與ＳＰ回復速度的優秀技能。僅此而已。

因此我決定一邊測試平行思考一邊睡覺。

發動平行思考後，我感到原本是一體的意識被切割為左右兩個。右側讓意識休眠獲得休息，以左側的意識發動察覺氣息。那是種不可思議的感覺，一方面明明有完全在休息的自己存在，另一方面的自己卻感覺到輕微的反應。

只是隨著像線路突然斷線般變黑，反應消失了。技能因為ＳＰ耗盡而強制解除。

我醒來後查看狀態，ＳＰ數值降到個位數。我心想是技能等級低的關係嗎？看了看熟練度，發現大幅上升許多。看來是因為同時使用兩個技能，將ＳＰ迅速地消耗殆盡。

順帶一提，由於藥水價格昂貴，我希望可以學到鍊金術後自己製作，但現在就算學到，感覺也無法升級，所以這次沒有選擇。

睡眼惺忪的我用生活魔法洗臉（克莉絲變出了水），吃完早餐後，我們出發了。

遠方可望見的山峰形狀依然相同。只有視野開闊的草原向前延伸，走起來讓人擔心真的有在前進嗎？

嗯～不過看著這片草原，感覺真想躺下來呢。蓬鬆的青草看起來很舒服。即使弄髒衣服，也有洗淨魔法。

「空，你不會在動什麼奇怪的念頭吧？」

當我凝視著草原，盧莉卡指出這一點，讓我心中一驚。

「小盧莉卡以前也曾露出和空剛才一樣的表情看著草原吧？」

克莉絲強烈的言語攻勢擊中盧莉卡。

我忍不住笑了，結果得和盧莉卡打一場號稱是餐後運動的模擬戰鬥。今天天氣晴朗，萬里無雲。而丟下炸彈的克莉絲沒受到懲罰。

晚餐後我們輪流守夜，盧莉卡告訴我她們至今接過的委託，克莉絲則是與我談論魔法，然後我在到了睡覺時會現身的白色毛茸茸陪伴下入眠。

到了第三天午後，我們離開主要的大道轉進岔路，踏入一片精心維護過的森林。長得太長的樹枝都經過修剪，在陽光照射下沒有暗處，可以安心行走。

我們在森林中前進，視野突然開闊起來。

穿過森林的前方，是一些由柵欄圍起的建築物。只是柵欄各處有遭到破壞的痕跡，有幾個地方看起來匆匆修補過。

「你們是什麼人，來這個村子有什麼事？」

「這裡是犀之村對吧？我們是從公會接下討伐哥布林委託的冒險者喔。」

盧莉卡向警惕的守門人出示公會卡表明來意後，他去找人過來換班，帶我們前往村長家。只是在帶路途中，那位守門人顯得心神不寧，煩躁不安。

「接下來你們直接聽村長說吧。」

他說去找村長過來，便逃跑似的離開了。

「各位是冒險者嗎……」

根據村長從道歉展開的說明，在起初遭到哥布林攻擊而向公會發出委託時，確認到的哥布林數量至少也有十隻左右。

但是最近哥布林襲擊村子的頻率漸漸增加，他們發現數量比預期中多。

「你說至少有二十隻以上？」

「是的。在發現哥布林後，我們強化了環繞村子的柵欄等等，設法阻擋……卻未能完全阻擋住，靠著在危急時放出家畜等等，設法支撐到今天。」

「上次遇襲是什麼時候？」

「兩天前。一開始我們靠自己也能打倒他們，但數量很多，在我們受到的損害變嚴重後，就只能顧及防禦了。」

村長一臉疲憊不堪，仔細地回答盧莉卡的問題。

「這樣啊。那今天先讓我們休息吧。現在進森林裡天色也黑了，早上進去比較好。如果今晚遭到襲擊，叫醒我們就行。」

夜間的森林即使有月光照射，也不是容易行走的地方。假如是第一次去，那更是如此。因為沒有經過整修的道路，在某些情況下可能會絆到樹根，若在戰鬥中發生這種狀況，很可能造成致命傷。

「那、那個，關於委託費……」

「這次就不用在意了。但是吝於出委託費，有些冒險者會動怒離開的，要注意喔。我們也是賭上性命在完成委託，依情況而定，有時也會做出無法狩獵的判斷。」

「……好的。謝謝你們。」

那一天沒有發生襲擊。但我用察覺氣息捕捉到有群體的氣息遠遠觀察著村莊。

說不定哥布林也察覺了我們這些新援軍的存在，變得更加警惕。

第二天的哥布林討伐，發生在轉眼之間。

我們從村子出發後走了兩小時，在森林內敞開的空地上遇到哥布林集團。我們在半路上也打倒幾隻，但那裡的哥布林數量特別多，看起來有二十隻以上。

戰鬥以克莉絲的魔法為信號展開，盧莉卡在我打倒一隻的期間，用雙劍在眨眼間殺掉多隻哥布林，克莉絲則分別運用單體魔法以及範圍魔法討伐牠們，戰鬥沒有危險地結束了。

最終的討伐數量是三十四隻，其中我打倒五隻。

當我理解到討伐已經結束時，身體癱軟下來。明明沒有受傷，身體卻脫力了。我氣喘吁吁，渾身汗如泉湧。

「辛苦了。啊，你受了點傷耶。沒事吧？」

聽她一說，我觸摸太陽穴，手被血染得通紅。

因為不覺得痛，我並未發現。也不記得曾受到攻擊，似乎是擦傷破皮。

「只是擦傷破皮，我沒事。也不會痛。」

「這樣啊。克莉絲幫他治療吧。對了，不需要使用藥水喔。」

克莉絲用洗淨魔法消毒傷口，為我纏上繃帶。

我越過她的肩膀，若沒看錯，白色毛茸茸飄浮在半空。牠跟到這裡來了嗎？

其他人果然看不到牠，誰也沒有在意。牠的眼睛微微下垂，感覺就像在說很擔心我，這是我的錯覺嗎？牠一副不知所措的模樣。

假如可以，我想告訴牠我沒事，但克莉絲就在身邊，沒辦法開口跟牠說話。現在只能用眼神示意了！

我默唸著「我沒事」並看向牠。我們的目光的確交會了。雖然交會了……很遺憾的是沒有效果。反倒造成了反效果！

「嗯嗯，克莉絲治療技術很好，可以放心呢。」

在克莉絲治療時，盧莉卡告訴我節約藥水的理由。

如果是小傷，比起用藥水治療，等待自然痊癒更好。若是緊急情況另當別論，這次因為戰鬥就此結束，自然痊癒就行了。而且購買藥水的價格也不低，她的意見很合理。倘若在討伐哥布林就消耗藥水，那等於是直奔破產而去。

「小盧莉卡說得沒錯。傷勢並不嚴重。我想等到返回王都時傷口也癒合了。」

聽到克莉絲那句話，白色毛茸茸看起來好像鬆了口氣。

「那麼我們回收哥布林的討伐部位與魔石，把其餘部分燒掉吧。」

哥布林的討伐部位是耳朵，沒有可販賣的素材。因此回收魔石後通常都會燒掉。因為如果放著屍體不管，可能會轉變為不死生物，或是引來其他魔物棲息。

不過哥布林無法食用，應該不會引來其他魔物。即使如此，也有化為不死生物的風險，需要進行處理。

我們把屍體集中到空地中央，以克莉絲的火魔法焚化。確認全部焚燒殆盡後，我們在周邊調查了一番後，返回村子報告。

在我們出示哥布林討伐部位進行報告後，村長再三表達感謝。

晚上我們受邀參加慶祝宴會，擺脫了哥布林威脅的村民們也很感謝我們。孩子們向我問起與哥布林交戰的英勇事蹟，但老實說我當時太過投入，不太記得了。

盧莉卡以連演員都相形見拙的演技稍微誇大了故事，孩子們聽得眼睛發亮。大人們也笑著聽她訴說。

「這道料理很好吃。」

我看到克莉絲稱讚的菜餚，不禁看了第二眼。

那是培根嗎？雖然鑑定出來的菜名不同，不過是煙燻的豬肉。

我試著咬了一口。不會有錯，這個味道就是培根。當然，味道比起在另一個世界吃過的來得粗糙，但卻是無可挑剔的美味。儘管可能是懷念感促使我這麼認為。

當我正享受著美味，白色毛茸茸飛了過來，直盯著盤子裡的培根。牠看起來感興趣，但抱著戒心。不對，是在懷疑東西是否真的好吃嗎？

牠不時偷盯著培根看，現在就當沒看到吧。比起那個，要先蒐集情報呢。

「請、請問，這道菜是在這裡製作的嗎？」

「是呀，我們在村子裡會做食用燻肉。加工後可以保存更久，很有幫助喔。」

據說即使所有村民一起合力，也得花上好幾天才吃得完一頭豬，所以他們才會進行加工以便保存。

「這個在城鎮裡沒有販售嗎？」

「只是偶爾會有商人來買而已喔。即便可以保存，保存期限好像也沒有那種叫肉乾的東西來得久呢。」

的確，由村民自己帶去城裡出售會有風險，路程也有段距離。

「請問怎麼了嗎？」

當我和婦人交談時，村長走過來，我便向他打聽培根的詳細情報，他們果然基本上不把培根當做出售的商品。

「您這麼喜歡這個嗎……」

村長很驚訝，克莉絲很驚訝，我也很驚訝。

村長看向盛著培根的盤子。就在那一刻，理應放在盤子一角的那堆培根消失了。

村長和克莉絲應該是對培根突然消失感到吃驚，我則是驚訝於白色毛茸茸吸收了培根。我之所以無法坦率地描述為「吃掉」，是因為無法相信牠用那張小嘴吃掉大塊的培根。

只是在培根消失後，牠的身體膨脹又收縮，出現簡直類似咀嚼的動作，看起來像在吃東西。耳朵好像也高興地頻頻晃動著。

當大家的視線都落在消失的培根上，「那個」像消溶在空氣中一樣非常慌張地消失了。當然，除了我之外的人都看不見，我想牠逃跑是因為受到我的視線，或是明明看不見卻莫名被眾人關注吧。

「喔喔，這是……」

村長面露驚訝之色，突然流著淚開始祈禱。

我正心想這是怎麼回事，聽到村長的話，所有村民都對培根消失的盤子獻上祈禱。

據說那是村中流傳的傳說，被稱作妖精的惡作劇，或是獻給精靈大人的供品。

「可喜可賀啊。」

似乎是這麼回事。

實際上據說在發生這種不可思議超自然現象的年份，村子周邊的樹木會結出豐收的果實，家畜也會無病無痛地健康成長。

「今天真是可喜可賀的一天！」

村長興奮的話語讓村民們也更加熱烈起來，那天宴會一直持續舉行到深夜。

隔天早上，我按照平常的時間起床，為了確認昨天未能詢問的事情前往村長家。克莉絲與我同行，但盧莉卡還在睡。她好像和村民們一樣很晚才睡，還在睡夢中。

「空先生與克莉絲小姐。這麼早就過來，請問有什麼事情嗎？」

也許是經過一晚後冷靜下來，村長看來恢復了平常的模樣。

「關於昨晚那種培根……肉類的做法……」

我開口詢問，村長便普通地告訴了我。

當我問這是不是村子的祕密時，他說告訴我也無妨。

看來哥布林的威脅就是這麼嚴重，昨天發生的事也帶來不少影響。

根據所聽到的，感覺大致上與我知道的培根做法相同。

若是這樣，我拜託村長讓我看看燻製培根時使用的木柴，並請他分一些給自己。在我準備付錢時，他表示那是可以在附近砍伐到的普通樹木，分給我也不成問題。

「空，你要了那麼多木柴要做什麼？」

的確，眼前堆著好幾捆木柴。

如果要帶走這些木柴，沒有推車之類的工具是做不到的。

倘若我是獨自過來就好了，但這樣想也為時已晚。我覺得向她說出實情會更好，於是我告訴克莉絲關於空間魔法的事。

「其實，我學會了空間魔法。」

啊，她用「這傢伙在說什麼啊？」的懷疑眼神看著我。

「那個，在討伐完哥布林的一天後，我腦海中浮現了空間魔法的使用方法。」

我實際碰觸木柴，發動收納魔法。

於是眼前的木柴消失，收納魔法的清單上顯示一捆木柴。

「你、你真的學會了空間魔法？」

她非常驚訝。畢竟她曾說過使用者很稀少，有這種反應也無可奈何呢。

「克莉絲，不好意思，這件事我希望妳向其他人保密。啊，可以告訴盧莉卡。」

「為什麼呢？會使用空間魔法，這代表……」

「嗯，這個我明白。但是實際上我的實力很弱，非常弱。所以如果我只因為會用空間魔法就受到高手邀請入隊，會過得很辛苦。當然了，或許不會有那種邀請，可是在培養出與空間魔法使用者相符的實力前，我想腳踏實地努力。」

所以我希望妳別說出去——聽到這句話，克莉絲也許是覺得佩服，點點頭說了句：「我知道了。」

我雖然說了帥氣的話，真正的想法卻不是這樣。只是不想引人注目罷了。特別是如果我擁有稀有技能這件事被發現，王城的那些傢伙不曉得會對我做什麼事。

「呵呵，那我會為你加油，期盼你早日變強。」

「……我會努力的。首先要變強到不輸給哥布林呢。」

我沒辦法直視克莉絲愉快的笑容。太犯規了吧。

「啊～對了，村長提過的妖精和精靈是存在的嗎？」

克莉絲很博學，說不定知道些什麼。如果能藉這個機會了解一點片段也好，我抱著這樣的想法試著問她。

「……據說妖精和精靈都是存在的。相傳妖精外型與人類相同，背上長著翅膀。體型大小則有個體差異。他們好像理解人類語言，可以說話，我想與村長提過的愛惡作劇表現相符。」

「總覺得不太想扯上關係呢。」

我想像了自己被耍得團團轉後疲憊不堪的模樣。

「或許是呢。至於精靈，據說他們沒有固定的形體。雖然理解人類語言，但能夠說話的只有一部分。不過我聽說過，精靈魔法的使用者能夠與精靈溝通。還有……據說在種族上，尖耳妖精與精靈的親合度很高。」

原來如此。這麼一來，「那個」很可能是精靈嗎？即使這個世界可能還有其他不可思議的生物，若根據村長的話判斷是妖精還是精靈，那應該是後者吧。

「不過克莉絲果然厲害。不光是魔法，連這種事也知道呢。」

「這、這是……」

我不經意的一句話讓克莉絲赫然回神地慌張起來，為什麼呢？

「那麼，像我這樣的人看不見精靈嗎？」

「……空對精靈感興趣嗎？」

「這個嘛……如果相信村長的說法，不是可能會發生什麼好事嗎？啊，說不定我能學會空間魔法也是這個的影響？」

當我興奮地說道，克莉絲苦笑著回答：「我想沒這回事喔。」

的確，空間魔法是我消費技能點數學到的，如果是出自精靈的力量，那沒有我以外的人獲得某種益處很奇怪。

「比起這個，今天我們能按照預定行程回去嗎？」

「沒問題喔。這一點小盧莉卡也很清楚，我想她差不多起床了。」

我們回去時，盧莉卡已經起床，做好了準備。

「那麼我們回去吧。村民們也分了食物給我們。」

聽到那句話，我與克莉絲相視而笑。

「這樣啊。原來空會做菜啊。」

當天晚餐時，我點點頭回答盧莉卡的詢問。

當然了，我做不出講究的料理，自己只會簡單的烹調。如果造成奇怪的期待而拉高門檻，是很危險的。

「那可以請你幫忙準備食物囉。啊，不過得先測試一次才行呢。」

她們告訴我，在前來的路上之所以不讓我做飯，是因為她們以前在旅途中合作過的冒險者裡，從未遇見做得出像樣料理的男性。據說有九成的人交給他們，都會煮出糟糕的料理。

「能把保存食品做得那麼難吃，在某種意義上也是才能啊。」

「也有很多人直接吃保存食品呢。」

盧莉卡說，直接吃反倒味道還好一點。不過保存食品本來就不算好吃，有很多人會想加工讓東西變得好吃一點。盧莉卡她們也是後者。

「這種肉只是烤過就很美味，假如有這樣的保存食品，明明很方便呢。」

的確，培根烹調起來簡單又好吃。

問題在於保存期限。在出遠門前一天做好，裝進保存素材用的袋子裡就行了嗎？再來只要單純的提升空間魔法的等級即可。其他還有……

「我說，克莉絲，用水魔法凍結食材來保存可行嗎？」

「……技巧熟練的水魔法師能使用凍結魔法，但魔法威力過強，我認為做不到。如果是能精準調整（控制）魔法的人那另當別論……」

她說雖然有類似冰箱與冷凍庫的魔道具存在，基本上都是大型尺寸，需要安裝使用。如果花錢製作，或許有可能做出可攜帶的尺寸。

不管做什麼都需要錢……或者是鍊金術。使用這個技能可以自己製作魔道具嗎？因為還有藥水需求，回去以後只能試著學習技能了啊。

在那之後的歸途中，我獨自烹煮的料理姑且獲得及格分數。讓我找個不夠熟練的藉口——我做菜沒有她們兩人來得俐落，花了不少時間。至於味道……好像還不差。只是我也吃了克莉絲為了當作保險煮的料理，吃得很飽。

於是我們按照預定計畫經過三天的旅程返回王都。

「喂喂，不要緊吧？」

在我們進城鎮時，平常那位守門人看到我的模樣，驚訝得擔心地詢問。

「空、空先生，你沒事吧？」

接著前往冒險者公會做討伐報告時，米凱兒也很擔心我。

雖然頭上包著繃帶，傷口已經癒合痊癒了。一方面是克莉絲出於擔心再度為我包上繃帶，而我基於某個想法，保持了這樣沒動。

「那是一群滿棘手的強敵啊。如果是一對一還可以交手，但連續面對多隻哥布林會有點吃力呢。」

我們報告哥布林數量與委託上所說的不同，交出討伐部位與魔石。因為沒有素材，不必前往收購櫃檯就能完成結算。

「對了，那個狼群怎麼樣了？」

當盧莉卡詢問狼群之事有沒有進展，米凱兒告訴我們討伐已經順利結束了。

正如原先所料，狼群裡有率領群體的特殊個體高階種，不過由階級B與階級C的多組小隊迅速地處理掉了。這樣本來是戰力過剩，但因為地點靠近都市，討伐時似乎投入很多冒險者。

送往南門都市方向的貨物無法運輸造成困擾，看來也是投入許多冒險者討伐的原因之一。

只是森林中的生態系統可能有點失衡，她告訴我們目前最好不要深入森林。當然了，接下採集藥草的委託時也要小心。

我在離開時查看有沒有什麼委託，然後我們分別前往之前住宿的旅館確認是否有空房。兩邊都順利入住。

老闆娘看到我包著繃帶回來時吃了一驚，於是我說明這只是為了保險起見而包紮的。

一回到房間，我就解開繃帶觸摸傷口，已經完全癒合了。

看到這一幕，白色毛茸茸，也就是精靈在周遭到處飛行了一會，然後或許是放心了，牠在固定位置的枕邊降落並不再動彈，可能是睡著了。

看著牠的身影，我回想起哥布林討伐的事。

對付狼的時候，我只是一心一意地揮著劍，感覺戰鬥在不知不覺間結束了，但這次我抱著討伐哥布林的明確意志戰鬥。

我握緊拳頭，感到手上留下確切的手感。

雖然與盧莉卡和克莉絲相比，我打倒的哥布林數量的確不多，但我認為能毫不畏懼地與魔物交戰是一大進步。她們的存在影響當然也很大。

只是如果要問照這樣下去好嗎，那也未必。第一次與真正的魔物交戰，與多隻魔物連續戰鬥。儘管充滿第一次的經驗，我交手的對象是號稱最弱的哥布林。面對這種對手陷入苦戰是不行的。我受了傷，害得精靈在擔心我，總有一天，我也會跟盧莉卡她們分開。

那麼該怎麼做才好？

有必要繼續鍛鍊提升劍術等技能的等級，但我也必須以走路提升漫步的等級。特別是漫步等級升得愈高，狀態值的數值就會愈增加，基礎能力也會上升，最重要的是可以透過獲得技能點數學習新技能。來查看一下現狀吧。

技能「漫步Lv20」
效果「不管走多少路也不會累（每走一步就會獲得1點經驗值）」
經驗值計數器　70002／130000
技能點數　8

已習得技能
【鑑定Lv6】【阻礙鑑定Lv2】【身體強化Lv6】【魔力操作Lv4】【生活魔法Lv4】【察覺氣息Lv6】【劍術Lv4】【空間魔法Lv2】【平行思考Lv2】【提升自然回復Lv2】

儘管猶豫要不要學習新技能，但我才剛學了三個新技能，決定先觀望一下。一方面是覺得即使學了各種技能也只是貪多嚼不爛，另一方面則是漫步升級所需的經驗值又增加了。這次增加到20000。

可是我可能會忍不住學技能……

雖然盧莉卡叫我明天休息一天，隔天再開始找委託，不過明天也去公會接送貨委託好了。

第二天，我接下送貨委託度過一天，隔天與盧莉卡她們會合，再度尋找委託。

我們處理著盧莉卡挑選的新手用討伐委託。只挑選若是一大早出發，可以當天返回的案件。

基本上，我們會在完成討伐委託後穿插一天休息，然後再接討伐委託。

我在休息日當然會接送貨委託。盧莉卡她們一開始擔心我工作過度，不過看到我毫無問題地進行討伐委託，她們從途中就不再多說什麼了。

在進行送貨委託的日子，精靈總是會跟過來。目的十分清楚。

也許是在村子裡吃過培根後改變了想法，牠開始充滿興趣地看著食物。

當我買了格雷做的肉串遞過去，牠在聞過味道後，一塊肉塊消失了。

我也接著吃起來，品嘗到有幾天沒吃過的肉串，忍不住脫口說出：「真好吃。」而精靈像同意般連連點頭。當我遞出肉串，這次牠毫不猶豫地咬下去。

雖然後來還鬧出被稱為攤販街妖怪的小騷動，如今牠完全成為料理的俘虜。即使有沒有肚子餓的概念是個謎，但看到牠眼神閃閃發光、興高采烈地吃東西的模樣感覺很好。最重要的是和別人一起吃飯，味道特別香。

還有我發現在靠近城堡時，牠會顯得很不情願。如果可以，我也不想靠近那裡，但依委託而定，有時候非去不可。牠會多次做出彷彿挽留我的舉動，在明白那是白費力氣後放棄地折返。遇到那樣的日子，在回到旅館時，牠一定會露出鬆了口氣的表情，在我身邊飛來飛去。

關於討伐委託，我們狩獵了各種魔物。當我看到巨大的蟲類魔物時感到脊背發寒。那個我受不了。可是只能適應。假如只有我一個人，自己絕對不會接下委託吧。

動物類魔物的皮毛很好用，比其他魔物更有賺頭。有些魔物有其特點難以打倒，但只要冷靜應對就不成問題。其中也有很多肉類可供食用，比起戰鬥，反倒是解體更加費事。看到不只盧莉卡，連克莉絲也參與解體工作，我也無法拋開不做，默默地動起手來。我有點，不，是相當認真地煩惱，要不要學習「解體術」這個技能。

我們也曾去遠一點的地方採集藥草。鑑定發揮了效果，令她們感到驚訝。我當然沒有透露鑑定技能，而是謊稱自己對記憶力很有自信。

話說當我拐彎抹角地詢問是否有鑑定物品的技能存在時，克莉絲興奮地告訴我，那是會用的人數比空間魔法還少的稀有技能。看樣子這是比我想像中厲害很多的技能。雖然現在已可以使用魔道具確認各種道具的品質，據說以前得請具有鑑定技能的人逐一查看。

在一起行動的過程中，最初對我投以嫉妒目光的男人們，慢慢地轉而用觀望的眼神看著我。

盧莉卡指導我的模樣，看起來就像姊姊在教導弟弟一樣。偶爾也會有人開口對我說聲加油。

透過接受各種委託，我有了一些積蓄，公會階級也從E升到D級。同時盧莉卡她們的階級也升到C級。

同時，我們分別的時刻也到了，不過我想到一個主意。

「距離出發還有五天呢。這段時間要好好休息？還是要接委託？」

那句話不是對我說的，而是在問克莉絲吧。

盧莉卡的目光落在一筆護衛委託上。旅程為單程十天左右，沒有馬車也可以承接。目的地是中繼都市菲西斯。以前盧莉卡她們說過，等冒險者階級升級後就會離開這個國家，她們大概會接下這個委託，直接前往拉斯獸王國吧。

克莉絲看了看我，思索著什麼。她一定也想起接下護衛任務，代表臨時組成的小隊就要解散了吧。

「我說，盧莉卡。關於那個護衛委託，可以讓我也一起承接嗎？」

大概是對那句話很意外，不只盧莉卡，克莉絲也很驚訝。

「我不知道護衛委託是什麼狀況，假如可以，希望妳們一邊教我，一邊接委託。當然了，如果我會造成拖累，那我就放棄；倘若妳們因為我的加入而被拒絕承接委託，我也會放棄。」

「……我們就像之前說過的一樣，會直接前往拉斯獸王國。這麼一來，回程就不能一起走了，可以嗎？」

「嗯。城鎮之間好像有公共馬車，在最糟的情況下，我搭馬車回來也可以。在其他城鎮的公會，有不同的委託對吧？我想去看看是什麼樣的。」

「……那麼我來確認三人小隊能不能參加吧。委託者好像是中型商隊，正在招募比較多的人手。」

當我向米凱兒提出護衛委託申請時，她真心地為我擔憂。因為公會職員和冒險者們都知道，在階級提升後，盧莉卡她們就會前往別的國家。

拜此所賜，我不得不把先前對盧莉卡她們說過的說明再重複一遍。

我告訴長期以來關照我的旅館老闆娘自己接下護衛委託，與發出委託的委託人見面，並確認詳細內容。然後購買了必要物資，而剩下的時間，今天也為了升級去跑送貨委託。因為錢當然不管有多少都不嫌多。

「對了，這是我第一次到這裡來吧？」

第四件委託的送貨地址，是我至今從未進入過的區域。

我記得聽說這裡治安不太好，因此避免前來。我向正好遇見的熟人打聽了一下，他告訴我那是以紅燈區為中心展開的區域。「加油喔～」他對我投以燦爛的笑容。不不，我只是正常地去送貨而已。

紅燈區……晚上開門的那種店嗎？雖然好像也有白天開始營業的店家。

當我在空地上東張西望，一邊查看一邊走路時，袖子突然被拉了一下。

嗯？我轉過視線，便看到某方面來說令人意外的熟悉人物站在那裡。

「克莉絲……？」

「你在這裡做什麼？」

她比平常更低沉的聲音傳入耳中。

明明使用了察覺氣息，我的注意力卻放在周遭而沒有發現她。平行思考也沒有發揮作用。

我碰到傷腦筋的情況時會用反問應對，但現在這麼做是糟糕的做法。雖然被兜帽遮住看不見，我從她的視線感受到殺氣？明明沒有做壞事，我卻覺得有股惡寒……

「我、我接了委託來送貨。克莉絲為什麼會來這裡？」

我老實地表明來意，但有點結巴。不明的緊張感讓我嘴巴發乾。

「我來尋人。」

「尋人？」

「沒錯……在這裡談很顯眼，我們換個地方。」

「那妳可以等一會嗎，我先把貨送過去。」

我向克莉絲展示手中的貨物，就像在主張自己的清白。

當我邁開腳步，克莉絲跟了上來。不，我真的在送貨。不會去奇怪的店喔？

儘管收件人以奇特的眼神看著我，送貨還算順利結束。

兩人一起行走的距離很短，我卻疲憊不堪。

只是這段時間還得繼續下去。因為還有一件委託沒做。

我向克莉絲交代一聲後，進行委託。幸好寄件地址和收件地址都在紅燈區所在的區域之外，因為目的地在返回旅館的半路上，我收取貨物後直接交給收件人。

「你平常都在做這種事嗎？」

「克莉絲沒送過貨嗎？」

「嗯，因為我註冊公會的城鎮上，送貨的委託數量少又熱門。」

如果是小城鎮，新人又多，大家好像會爭著做送貨委託。

相反的，由於在故鄉培養出一定實力的冒險者會抱著憧憬來到像王都這種大城鎮試試本領，會特地接送貨委託的人就變少了。儘管不是完全沒有，由於城鎮規模較大，委託的量級不同，人手跟不上需求量。

「對我很有幫助就是了。雖然若要問我能不能靠此為生，只能回答沒辦法。」

即使如此，一方面是因為有技能的幫助，我並無不滿。如果沒有技能，一天只能做兩、三件委託，最多五件吧。而且要不休息地連續做委託，首先體力會支撐不住，不可能達成。

在這個不像地球般具有動力的世界裡，走路也不會疲累這種技能效果在某種意義上來說強得超乎常規。馬匹和馬車的價格不是一般人買得起的。而且也不可能在城鎮內騎馬奔馳。

我們先去了一趟克莉絲她們住宿的旅館，與盧莉卡會合後，走進一家類似咖啡廳的店裡。也可以說是被她們帶去的。

她們好像來過幾次，我們被店員帶往包廂。

對了，自從來到這個世界後，我還不曾在咖啡廳等地方消磨時間。包廂簡單地由木紋牆壁環繞而成，在進入包廂前的店內，可以看到擺滿鮮花，氣氛沉穩，有種可以安靜度過時光的氛圍。絲毫感受不到旅館餐廳和冒險者公會酒吧那種喧囂感。客人似乎以城鎮裡的女性居多。

「那麼，我照妳說的跟過來了，但這是什麼狀況？」

「啊～我在紅燈區遇見克莉絲，就順勢一起走？」

「紅燈區……克莉絲，難道說妳去那裡了？」

盧莉卡一瞬間用責怪的眼神看著克莉絲，但又立刻打消念頭，說著：「真拿妳沒辦法呢～」摸了摸她的頭。

「沒關係。那麼……克莉絲來解釋吧。」

「……嗯。之前也跟你說過，我們接受委託，在各國之間巡遊吧？那是因為我們正在尋找朋友。」

克莉絲暫時打住話頭，喝了一口水果水後繼續說道：

「被帝國侵略的第一個城鎮，就是我們以前居住的城鎮。當時大人們交代還年幼的我們快跑，我們一頭霧水地四散奔逃。雖然有些朋友在之後成功會合，但也有人未能會合……我們為了尋找朋友而四處旅行。」

「當時沒遇害的人都被當作戰利品，淪為奴隸。就算在停戰後，他們也沒有獲釋。獲釋的只有部分有錢人。所以我們等到能當冒險者的年齡，在一定程度上有能力作為冒險者活動後，首先前往帝國。因為我們的外貌是人類，四處走動也沒有問題。可是我們沒能找到朋友。這次來到王國。因為很多奴隸商人會跨國販售奴隸。在王都的紅燈區附近，有一間奴隸商行。」

「所以我們才在那裡相遇嗎？」

「嗯。因為馬上要離開這個國家了，我想最後再去確認一次，還有提出請託。」

她賄賂商行的人，拜託他們如果有她們尋找的人物情報，就聯絡公會。如果向奴隸商人露出弱點，在購買奴隸時可能會被敲詐，但她好像覺得這也是無可奈何而認命了。

「克莉絲也很中意空，其實我們想跟你再多相處一會，但我們有我們的目的。」

「小、小盧莉卡。」

「別害羞別害羞。啊，還有我們在尋找的朋友是兩個人，一個是獸人，另一個則是尖耳妖精喔。」

「這麼說可能很失禮，但我可以問一個問題嗎？」

聽兩人訴說的同時，我無論如何都會浮現一個疑問。

「妳們說的話是以正在尋找的朋友還活著為前提，這有什麼根據嗎？」

至少她們並不認為，自己正在尋找的人已經死了。感覺她們認為只要在世界各地尋找，就能夠重逢。

如果在戰場上走散，我能認為對方絕對沒死嗎？

「多虧了這個護身符，我們才能知道她們還活著。以前我也想過，這是真的嗎？但護身符告訴了我們。即使你問我為什麼，也沒辦法回答，不過我就是知道。」

「這個叫精靈的護身符。是奶奶告訴我的。」

她奶奶好像是個不可思議的人，教導她各種事情。克莉絲以懷念的模樣告訴我，她關於魔法的知識也是向奶奶摩莉根學來的。

兩人舉起形狀相同的護身符，深情地注視著。

她們一臉傷腦筋地說，奶奶雖然嘴巴不饒人又易怒，但打從心底深愛小孩，保護著孩子們直到最後。她們似乎抱著無法坦率稱讚她的複雜心情。

「這樣啊。她們的特徵……長大之後就不清楚了呢。可以告訴我她們的名字嗎？我也計劃要在各處漫遊，說不定會在旅途中遇見她們。護身符的特徵……還有其他一樣的護身符嗎？」

「可能還有同樣造形的護身符。啊，不過這邊的圖案是原創的，我想這種護身符在這個世上一定只有四個。因為這算四件一組的東西。」

獸人的名字叫賽拉。尖耳妖精的名字叫愛麗絲。

在那之後，我問了很多關於兩人的問題。性格無憂無慮的獸人賽拉。有責任感，曾是四人中的領導者與大姊姊的尖耳妖精愛麗絲。她們懷念又難忘地談起四人的回憶。

技能「漫步Lv24」
效果「不管走多少路也不會累（每走一步就會獲得1點經驗值）」
經驗值計數器　38432/210000
技能點數　12
已習得技能
【鑑定Lv7】【阻礙鑑定Lv2】【身體強化Lv7】【魔力操作Lv5】【生活魔法Lv5】【察覺氣息Lv7】【劍術Lv6】【空間魔法Lv3】【平行思考Lv3】【提升自然回復Lv2】

我重新查看技能。

儘管技能點數有了些餘裕，我決定保留點數而非用在阻礙鑑定上。

我想在護衛委託期間一起行動時並不需要新技能，問題在於一個人行動的時候。因此我需要做好準備。

獨自活動是我的方針。雖然也考慮過在護衛任務結束後，對盧莉卡她們說出內情並跟隨她們，但是在察覺氣息的等級上升後，我知道了許多事情。因此判斷與她們同行還是很危險。

那麼在這個前提下，該怎麼做才好……我決定確認可學習的技能。

NEW
【遮蔽氣息Ｌｖ１】【鍊金術Ｌｖ１】

遮蔽氣息會消除氣息，使對方無法識別我。依對方的能力而定，有時不會生效。
鍊金術可以使用素材製作道具。可藉由消耗大量ＭＰ來提升品質。

我學習的目的是為了製作藥水，但好像還可以製作小刀、法杖與燈籠。能製作的產品很多，不過好像需要收集素材。前往各種地點收集素材也不錯嗎？倒不如說考慮到往後的事情，我覺得鍊金術與我的目的也很相符。

我想著暫時就先這樣，便發現自己忘了一個重要技能。

烹飪技能可以讓人用食材煮出美味的菜餚。附帶輔助功能？

這個技能不適合用來戰鬥，學會了也不代表能靠它賺錢。

可是，然而，不過。如果能自己做菜，吃到美味的食物，不就能提升生活水準嗎？我忍不住這麼想。倘若學了這個技能，在下次的護衛任務中可能會派上用場。不知道自己是否能在戰鬥中大展身手，但在這方面應該能確實做出貢獻。

因為我在另一個世界有做菜經驗，以為自己在一定程度上還能烹飪，但面對食材和調味料的障礙，做出來的成果不如預期。這裡有許多未知的食材，調味料也不豐富。不過我覺得輔助功能將會彌補這一點。儘管盧莉卡給我打了及格分數，但我覺得她給分給得很寬鬆。

苦思大約三十分鐘後，我決定學習烹飪技能。我又沒有要打倒魔王，只要能在這個世界上活著不至於死掉，過著還算愉快的生活就夠了。

若是這樣，我說服自己選擇度過舒適的生活所需的技能不也可以嗎？

NEW

【烹飪Lv1】

明天去採集用在鍊金術和烹飪技能上的藥草，或許也不錯呢。

第二天，我接下採集藥草的委託，前往第一次採集藥草時去過的森林。

採夠繳交給公會分量的藥草後，我接著採集鍊金術所用的藥草。一開始可能不會很順利，就算做出藥水，也不知道品質是否足以販售。雖然覺得自己用掉就行了，但我不太希望需要用到回復藥水。

如果是魔力藥水或精力藥水，因為使用技能會消耗能量，我自己也可以用就是了。

我把練習用的藥草也裝進保存袋裡，再經由虛擬的包包放進收納魔法（我命名為道具箱）中。我想這樣多少能夠防止藥草變質，不過還是最好儘快用掉。我將草藥分成了幾包存放，想驗證變質的程度。

「好了，來吃飯吧。」

因為到了午餐時間，我開始做飯兼休息。精靈聽到那句話後飛過來，關注著烹飪作業。

首先從簡單的湯做起。我以解體用小刀把蔬菜切塊，並與事先買好的肉一起燉煮。再來加入調味料調味便完成了。

我還另外買了豬肉，要挑戰做培根。因為也有狼肉，所以也會拿來用。我挖出坑洞，堆起土堆，造出簡易的圍欄，按照烹飪技能的輔助功能準備好兩種肉類，然後點燃村長給我的木柴。只要不讓煙霧散逸就行了嗎？

「還不錯……嗎？」

我喝著煮好的湯，覺得味道滿好的。這是烹飪技能的效果嗎？精靈看到後，在喝光的湯碗前抬頭看著我。

牠想要再來一碗嗎？我把湯倒入碗中，牠滿足地啜飲著。

距離培根完成看來還需要一段時間，我想用用看鍊金術。

我先左右看看，使用察覺氣息確認周遭……沒什麼反應。

「這、這一刻終於到了！」

終於到了嘗試鍊金術的階段，我興奮地脫口而出，嚇得精靈不禁顫抖。牠好像正在餐後午睡中。抱歉，吵醒你了。

首先準備藥草。製作一瓶藥水需要五片藥草。我在心中默唸「製作藥水」，手中的藥草發出光芒，一瞬間變成裝在瓶子裡的藥水。

【藥水】可治療傷勢。可飲用，也可潑灑。回復效果：弱。品質：低

鑑定結果是這樣。我覺得色澤比起道具店販售的藥水淡了一點。

接下來我製作了許多次，最終技能升級，做出「回復效果：小」、「品質：低」的成品。感覺色澤比最初的成品更深了。

……喝起來是什麼味道呢？

我敵不過好奇心。拿起最初製作的藥水正準備喝下時，感覺到目光。我看過去只見精靈正盯著我。牠想喝嗎？但這可不是果汁喔。

在那個目光下，我毫不退縮地嚥下藥水。忍不住表情扭曲。

「好苦……」

我輕輕地遞出藥水，牠撇開頭。

嗯，我要小心別受傷了。我在心中強烈發誓。順便一提，我試喝了品質相同但回復效果較高的深色藥水，味道沒有那麼糟糕。說不定味道會隨著品質而變化。

製作藥水似乎花了一些時間，煙燻培根完成了。

聞起來很香。也許是被氣味吸引，精靈靠近過來。你這個態度跟剛才不一樣喔？我用責備的眼神看著牠，但牠絲毫不為所動。

「要吃嗎？」

聽到我的詢問，牠用力地點點頭。

「我第一次做培根，不能保證味道好吃，可以嗎？」

牠猶豫一會後，用帶著堅強意志的眼神注視我。

既然牠都這麼下定決心了，我也不反對。得自己負責喔。我把兩種煙燻肉切片裝在盤子裡。不知為何與精靈互相點點頭，同時從豬肉開始吃起。這種感覺就是「要死一起死！」嗎？

……還不壞呢。雖然味道比我在犀之村裡吃過的來得遜色。我看看精靈，牠好像正在仔細品嘗滋味。我也吃了狼肉培根，但這邊就有些微妙？或許是喜好的問題，我覺得有點硬。

「哪一種更好吃？」

面對我的詢問，他靈巧地用耳朵指向狼肉培根。果然是喜好的問題嗎？

接下來我整理烹飪場，又採集了一點藥草後，使用遮蔽氣息技能返回城鎮。

遮蔽氣息的使用意象是屏住呼吸，消除氣息。我隨時使用這個技能，藉此逐漸提升熟練度。因為我若不集中注意力就無法好好地發動技能，能練到自然使用是理想狀態。

回旅館吃過晚餐後，我回房間用追加採集的藥草提升熟練度。

不過發動鍊金術技能製作藥水，使用的素材明明只有藥草，成品卻是裝在瓶子裡的藥水，真不可思議。瓶子是從什麼地方來的？我這麼想著，但這不會造成什麼不便，所以就算了吧。技能有很多即使深入思考也搞不懂的部分。

我在製作藥水時還發現，使用鍊金術時如果有意識地多注入ＭＰ發動技能，可以做出品質優良的成品。啊，這在說明上也有寫到。另外我也發現，藥草本身的品質會影響完成的藥水品質。狀態不佳的藥草，不管多使用多少ＭＰ，也無法做出品質優良的藥水。

在順利確認過新學到的技能後，我接著思考職業問題。

隨著鑑定等級上升，我變得漸漸能閱讀在選擇職業時顯示的文字。就是提到學習哪些技能，可以從事這個職業等等。例如鍊金術士，如果會鑑定與鍊金術技能就可以轉職。因為還有一部分文字無法閱讀，我決定等到能完全判讀後再選擇。

假如職業可以不斷更換那還好，若是一旦選擇之後就無法變更，我很可能會後悔。還是說在這個世界上的某處，也像某個遊戲一樣有可以轉職的神殿存在嗎？

接下來我跑了兩天送貨委託，終於來到出發的前一天。當我們集合起來最終檢查行李時，談到了烹飪的話題，便前往城鎮外做培根。由於從處理肉類開始做起，花費了不少時間，但我覺得味道比起第一次進步了。

在護衛委託中，委託人會為冒險者準備食物，不過也可以自行攜帶。大部分原因是因為委託人準備的食物分量，對於以身體為資本的冒險者來說經常不夠吃。

「這個可以保存多久？味道很棒，可以的話我想多帶一些。」

盧莉卡吃了一口給出及格分數。克莉絲也說若是這個味道可以接受，應該沒問題。精靈羨慕地看著她們，但是你要忍耐。

「其實我想要冷藏，不過也需要調查放在保存袋與道具箱裡能夠放多久。我區別得出能吃與不能吃的差別，這一點可以放心。」

只要使用鑑定，在這方面的判斷應該不會出錯。

第4章

出發當天，我吃完早餐後向老闆娘打招呼。

「要變寂寞了呢。」

回頭想想，我在這家旅館度過了將近三十天。

「我還會回來的，到時候再拜託了。」

「好。如果有空房，再來住吧。如果有空房的話喔！」

我離開旅館和盧莉卡與克莉絲會合，一起前往集合地點。這個世界沒有時鐘，但旅館的早餐時間總是一樣，所以吃完早餐後走出旅館大都是相同時段。

討伐哥布林時是從南門出城，但拉斯獸王國方向位於西邊，所以今天的集合地點是西門。

對了，精靈在做什麼呢？我昨天晚上告訴牠我會離開王都，有一陣子不會回來。我以為牠會像討伐哥布林的時候一樣跟上來，早上起床後卻沒看到他的蹤影。

雖然比起約定時間早一點，委託人的商隊已經在等候了。

我們向委託人打過招呼，與護衛冒險者們會合，做最後的確認。

這次參加的冒險者共有五支小隊。階級C有三組，另外兩組為階級D。順便一提，其中一支階級D小隊表明他們是首次接護衛任務。這是冒險者第一次齊聚一堂。

我聽說擔任冒險者領袖的是資深冒險小隊「哥布林的嘆息」。

過去打招呼時，我看到出現的人吃了一驚。是賽風。他也發現我，面露驚訝。

一名階級D的冒險者問他為什麼取這種小隊名，他以認命的眼神望著遠方回答，這是在剛出道時被前輩冒險者們半開玩笑命名的。

本能告訴我，不可以觸及小隊被命名的理由。

「真沒想到空也來參加了。我之前就聽說過兩位小姐的傳聞，所以想過她們可能會參加。這代表空和她們正式組隊了嗎？」

「不是的。因為是最後機會，我想請她們教我各種事情，硬是拜託她們讓我跟來。所以我們只組隊到中繼都市為止。」

「這樣嗎。嗯，凡事都有第一次。我不會說沒有危險，但你要確實聽從我們和兩位小姐的指示喔。」

他用力拍拍我的肩膀。這力道不會有點重嗎？

「那麼各位，請多指教。」

運貨馬車隨著商隊領袖達爾頓的號令出發。

七輛運貨馬車排成一列開始行駛。

冒險者們走在事先決定的馬車附近。大道經過整備的路面寬度足以供三輛馬車並排通過，但是來自對向的馬車有時會交錯而過，無法並排行駛。當運貨馬車數量一多，隊形就無可避免會拉長。

由於運貨馬車上裝著許多貨物，行進速度較慢，我們在王都到第一個城鎮歐爾卡的路段以步行前進。

最終目的地是中繼都市菲西斯，但認為不在途中經過的城鎮做交易很浪費，似乎是商人的本性。我覺得的確是這樣沒錯。

話雖如此，如果疲累得碰到緊急情況無法行動，那也很傷腦筋，因此委託人允許缺乏體力的魔法職業和女性輪流坐在馬車的車夫座位上。「那男的呢？」「靠幹勁努力吧。」賽風露出燦爛的笑容回答發問的菜鳥。唉，由於女性的人數比運貨馬車少，所以後來改成有空位便可以坐下，但是否有男人（勇者）會在眾人矚目的情況下選擇去坐是個謎團。

「我說，為什麼你連一滴汗也沒流？」

「我的腳好痛。沒想到不能按照自己的步調走路會這麼難受……」

在休息時，年輕的冒險者朝我投來難以置信的目光。

由於技能效果，我不覺得疲倦，走愈多路愈能累積經驗值。

這反倒是獎賞嘛！因為不能說出口，我建議他們去接送貨委託。

順帶一提，我們負責的是第三輛馬車，帶頭的馬車由哥布林的嘆息負責。

出發以來的四天都平安無事地前進，我們順利抵達最初的目的地歐爾卡鎮。

由於商隊在這裡也要做交易，我們為了休息在此住宿一晚。在某種意義上，也代表正式的護衛工作從此時開始。

直到歐爾卡的路段，由於離王都比較近，若有盜賊或魔物出沒立刻會遭到討伐，實際上遇見的機率很低。事實上我們一路上什麼也沒發生就抵達了這裡。

「喔，你接下來要去做培根嗎？」

在我準備走出旅館時，賽風向我攀談。

這幾天露營時，我拿培根給大家吃，結果不只冒險者讚賞，也大受商人好評。特別是賽風更對我說道：

「你能搬運貨物也懂得烹飪。我說，要不要加入我們小隊啊？我們隊裡有擅長指導戰鬥方法的人，我想對你也有好處喔。」

他這麼向我提出邀約。

美味的食物果然會提振隊伍的士氣。特別是對冒險者來說，整天都在趕路的日子，樂趣頂多只有睡覺和吃飯而已。

今天本來是休息日，不過因為達爾頓拜託我製作培根，需要到城鎮外面製作。如果在鎮上也有可以做培根的地方就好了，但我對於這個世界的廚房用法不太了解，覺得照平常的方法製作更有把握。也可以說我不知道其他做法。

在我製作培根時，熟悉的白色物體飛入視野。

「你跟來了嗎？」

牠點點頭，直盯著我煙燻培根的情景。

當我問牠是怎麼過來的，牠便看向馬車上方。看樣子牠之前躺在馬車車篷上。真是自由。

當然，在那之後，精靈帶著要試吃的表情吃了培根，心滿意足。

第二天，我們早早地吃過早餐，在城鎮開門的同時出發。

車隊在這裡卸下在王都採購的貨物，空出的位置則補上少許食品和鄰近村莊釀造的酒類。

儘管如此，由於整體的載重量減輕，馬車的速度變快了。另外由於也有空間可以坐下，全體冒險者從這時都上了馬車。因為步行實在跟不上車速。

各輛運貨馬車分別載了兩到四名冒險者。因此我們也一起坐上原本負責的第三輛運貨馬車。

另外是奇數編號的馬車車篷上，分別有冒險者爬上去負責放哨。

因為我是第一次搭馬車，最先爬上車篷放哨的是盧莉卡。她說第一次搭馬車的人可能會暈車，要我適應一下。

的確，與地球的汽車不同，運貨馬車搖晃得很厲害。

馬車沒有懸吊避震系統，振動直接傳遞過來。嗯，屁股好痛。

幸好提升自然回復的效果讓疼痛立刻消退，然後又痛起來，如此反反覆覆。這樣會更容易提升熟練度嗎？好奢侈的用法。

「接下來的旅程，會有幾個地方通過森林附近。因為地形容易有魔物與盜賊出沒，大家要小心。」

第二天早上，賽風在出發前提醒大家小心。主要是針對我以及身為護衛任務新手的階級D小隊成員們。

我爬上運貨馬車車篷，發動察覺氣息同時環顧周遭。

雖然兩天後才會抵達第一個接近森林之處，但這不是放鬆警惕的理由。

半路上，我們與其他商人的運貨馬車交錯而過，那時候是這次的護衛任務開始後，最充滿緊張感的場面。

從對向行駛過來的運貨馬車有三輛。看到他們後，我方的馬車在路邊停下，等待對方的運貨馬車通過。

車夫座位上坐著兩名像是冒險者的人物。沒有看見商人的身影，是在馬車裡嗎？

由於這個世界的盜賊有時會假扮成旅行商人在接近後偷襲，除非有看到熟人，否則在與商人交錯而過時不能疏忽警戒。

特別是運貨馬車，有時候車上載的不是商品而是人。

在大家加強戒備時，我並沒有太緊張。因為我已透過察覺氣息，得知了運貨馬車上有什麼。不過我沒有說出口，同樣裝出警惕的模樣。我偷看了盧莉卡一眼，她卸下肩膀的力道，看起來很放鬆。

在那之後我們平安無事地前進，由於太陽即將下山，車隊駛離大道準備露營。

我去幫忙商人們，首先照料馬匹。我拿草料與水餵馬，施放洗淨魔法並替牠們稍微刷毛。馬匹發出舒適的嘶鳴，大口大口地吃著草。這樣牠們明天應該也會努力往前走。

精靈在這時候出現，羨慕地看著馬匹。我不知道牠羨慕的是刷毛還是吃東西，總之先拿培根給牠。因為我觸摸不到牠，沒辦法幫牠刷毛嘛。

我會希望照料馬匹，純粹是想知道照料馬的方法，並為以後騎馬行動時預做準備。之所以能夠如願，會使用生活魔法也是一大原因。

照料完畢之後，我與盧莉卡她們會合，幫忙煮飯。商人和冒險者中擅長烹飪的人聚集起來，俐落地烹調著。

其他人則分成戒備周遭組與搭設帳篷組。他們乾脆迅速的動作無懈可擊。因為大家知道，早點做完就可以早點休息。

用餐時，眾人分成幾組進食。我主要與乘坐同一輛運貨馬車的商人一起吃飯，但有時也會輪替換人。吃飯時聊到的話題有商人與冒險者的艱辛經歷、去過的城鎮、未來的夢想等很多方面，能聽到各種我所不知道的事情，是一段愉快的時光。

「身為冒險者，果然會想挑戰一次地下城吧？」

「啊～我懂。我要在那裡賺大錢，購買奴隸。」

「奴隸嗎？」

「……我活在現實中啊……」

面對我的問題，他眼神飄向遠方。

「空還真好啊，可以跟盧莉卡小姐與克莉絲小姐組隊。」

「只有到中繼都市而已啦。」

他們似乎不知道盧莉卡她們的情況，因此我省略了詳情做出說明。

「如果是我就會跟上去。就算得和這傢伙拆夥也會！」

「說得沒錯。」

你們不是說過是童年玩伴組成的小隊嗎？

「不然你乾脆加入我們的小隊如何？」

「好主意。一起創造傳說吧！」

我鄭重地拒絕了。雖然我覺得他們很有幽默感，可能會過得很愉快？

吃完飯後，大家會輪班守夜。

今天月亮出來了，所以感覺比平常來得明亮。

抬頭仰望夜空，可以看到星星。儘管腦海中只浮現沉溺於星海這種老套的形容，無論看多少次，這股感動都不會褪色。這個城鎮不算多繁榮，但我心想，自己在另一個世界無法看到這種景象吧。

我想著希望明天也平安無事，在輪班時間到來為止都在帳篷裡休息。

◇◇◇

從歐爾卡出發後的第四天。結束午休後，運貨馬車開動。如果走得順利，預計三天後將會抵達中繼都市菲西斯。

旅途很順利，目前沒發生任何事。這是暴風雨前的平靜嗎？右手邊是森林，左手邊是岩山。而森林深處……

——！

察覺氣息偵測到多個反應。

在距離上無法用肉眼看見。如果現在告訴大家，就能預做防備。

可是他們若問我為什麼會知道，我難以回答。如果解釋說擁有這類技能所以知道，可能會受到不必要的追問。

怎麼辦？要怎麼做才好？

隨著愈接近那裡，反應愈來愈強，我自然地把手放在武器上。

「喂喂，你突然怎麼了？發現了什麼嗎？」

看到那個動作，車夫座位上坐在我旁邊的商人開口詢問。

「因為之前聽說過的地方就快到了，我忍不住緊張。」

所以我敷衍過去。

對方也知道我是第一次接護衛任務，笑著說了句：「真沒辦法呢。」

只是看到那個笑容，我發覺自己的行動做錯了。冒險者或許有能力保護自己，然而商人大多沒有自衛能力。

反應的確存在。我看著森林重新尋找氣息，氣息在森林相當深的地方。雖然正在移動，或許路線並非往這裡過來。

可是……即使思考到這裡，我仍在猶豫。把自己與他人放在天平上衡量。

我一度緊閉雙眼，在張開眼睛看向森林時，與牠對上目光。

那是飄浮在半空中，只是靜靜直盯著我的白色存在。但是那悲傷的眼神，看起來簡直像在責備我一般。

一秒、兩秒過去……我下定決心。雖然方法有點消極，這是自己現在能盡力做到的極限。

「盧莉卡。我好像在森林那邊看到了什麼。我沒辦法判斷，妳來確認吧！」

我提醒盧莉卡，請她確認狀況。她說過自己有偵察類技能，應該可以確定吧。如果她沒看出來，到時候……

接下來事情進展得很快。或許是馬上感應到什麼，她吹響警笛。

運貨馬車依序停下來。

不久之後，森林那邊傳來響亮的騷動聲。

一群狼改變路線，同時衝出森林。

「是狼嗎？」

「準備魔法吧。」

「等等，有什麼東西……是虎狼！」

那個也追逐著狼群衝出森林。

那是體型比狼大上兩圈的大型野獸。比小刀更大的尖牙令人印象深刻又吸引目光。不過實際上危險的是前足的利爪。據說那個爪子甚至可以粉碎盾牌。

即使還有段距離，牠速度很快。照這樣下去會追上狼群。

看來狼群是被虎狼追逐，正在逃竄。

「要怎麼做？」

「魔法師準備魔法。等狼再接近一點就發射。其他人準備迎擊。虎狼由我們嘆息負責。其他人狩獵漏掉的狼。讓馬車聚集在一起。如果分散，會無法顧及防衛所有馬車！還有一段距離，行動時別著急！」

賽風大聲發出指示。

特別是對於D級冒險者，命令他們移動到沒有虎狼的方向。他們或許也清楚自己的實力如何，便老實地聽從了指示。由於有兩組小隊，賽風指派其中一支小隊擔任商人的護衛。

「我們也來狩獵狼。把狼和虎狼分開，好讓賽風先生他們方便戰鬥。」

盧莉卡從馬車車篷上跳下來對我說道。

「小姐你們也去當商人的護衛。交給你們了。」

不過賽風叫我們擔任商人的護衛。

盧莉卡猶豫了一下，還是遵照領袖的指示前往商人所在之處。

魔法發動，射向狼群。魔法師們似乎選擇以風和水為中心，重視速度的魔法進行攻擊。

在這段期間，運貨馬車像露營時一樣排成圓圈，商人們給馬匹餵食有鎮靜效果的藥草，以防牠們興奮失控。

我依照盧莉卡的指示，爬到車篷上。

虎狼追上因魔法攻擊陷入混亂的狼群，張開大口直接咬下。鋒利的尖牙輕易刺穿狼的軀體，血花迸散。

別頭狼發出哀鳴般的叫聲，牠們丟下同伴，以虎狼為中心分頭往左右逃竄。

C級冒險者們迅速地做出應對。他們像預見未來般堵住狼群的行進方向迎擊。他們是什麼時候拉近了原本那麼遠的距離呢？

虎狼看到後，可能是認為獵物被奪走，牠發出咆哮威嚇。

然而魔法在牠撲過去之前襲來。兩、三發魔法錯開時機飛過去，虎狼卻若無其事地躲開了。那好像是比起威力，更注重發動速度的牽制用魔法。在這段時間，賽風逼近並攻擊虎狼。

虎狼輕快地躲過攻擊，對準進入攻擊範圍內的賽風撲上去。持盾的冒險者與賽風交替上前，擋下利爪的攻擊。

或許是護盾特化，他以雙手舉著盾牌，沒有拿武器。不，不對。感覺是為了扛住虎狼的攻擊，只裝備盾牌。只是他也不忘偶爾用盾牌砸向虎狼，吸引牠的注意。

賽風他們的同伴在虎狼踉蹌不穩時發動追擊，給了牠一擊。雖然鮮血噴濺，但也許是傷口不深，沒有剎住虎狼的氣勢。牠反倒被負傷激怒，更增氣勢。

這段時間，其餘冒險者們都在討伐狼群。C級冒險者那邊處理起來沒有問題，一頭一頭確實地解決掉狼群。

但是D級冒險者對付的狼卻溜出來奔向這邊。我們不知道那是為了逃離虎狼，還是選擇我們當作獵物來消除遭到追捕的壓力。也許只是本能地分辨出非戰鬥人員較多的群體，狼筆直地衝刺過來。

盧莉卡擋在驚呼的商人們面前，劍光一閃。她一擊殺掉那頭狼。

然而溜走的狼不只一頭。

更糟糕的是，虎狼沒錯過盾牌手聽到商人的驚呼而分神的瞬間，在撞飛他之後穿過防線來到這邊。

在我覺得危險的時候，自己已經從車篷上下來了。

虎狼朝這邊直奔而來，盧莉卡和克莉絲就在這裡。

賽風他們慌忙追過來，嘗試用魔法師的魔法和弓箭的遠程攻擊攔住牠，但虎狼的速度不僅沒有變慢，反倒更增氣勢地加快了。

如果可以判讀虎狼的情緒，那一定只會是歡喜吧。我從牠那嗜虐而扭曲的表情之中看出了敵意。

克莉絲也用魔法應戰，虎狼卻像會預知般閃避、閃避又閃避。

「克莉絲，退後！」

盧莉卡拉高嗓門，但她的劍尖微微顫抖著。

來到極近距離的虎狼襲擊盧莉卡。不過在那之前，我揮下的劍命中虎狼伸出的前足，把牠打飛出去。

「空、空！」

「盧莉卡妳也退後。那把武器不適合對付牠吧！」

使用遮蔽氣息發動的奇襲雖然成功了，在我命中的瞬間，虎狼用爪子擋下斬擊。

與我對峙的虎狼不快地發出咆哮，踏著步伐，不時穿插佯攻攻擊我。

我只能勉強跟上牠的速度。咬緊牙關，承受著傳到劍上的衝擊。因為平行思考正全力運作中，我可以察覺到虎狼細微的動作，才能設法擋住。

在視線一角，我看到賽風的身影慢慢變大。

再一下子，再支撐一下就行了。

我這麼想著專注於防禦，身體動作卻忽然變得遲鈍。我用另一個意識查看狀態值畫面，發現ＳＰ數值降為零了。

衝擊感傳來。原本相抗衡的平衡崩潰，我承受不住沉重的一擊，被打飛出去。

我勉強舉劍擋住，避免造成致命傷，但長袍仍被割破，疼痛在身上擴散開來。被拋擲在地上的身體簡直像不屬於自己一樣，無法自由活動。

我在視線一角看到克莉絲正在說些什麼，但聽不見她的聲音。

更重要的是，我看到虎狼緩緩地靠近，準備進一步追擊。

真是太過簡單的落幕……

我連睜開眼睛都有困難。最後是一個雪白的東西遮住視野。那團毛茸茸……莫非是在試圖保護我嗎？

在漸漸消失的意識中，我最後聽見了尖銳的金屬聲響起。

◇盧莉卡視角

出乎意料的狀況發生了。

哥布林的嘆息壓制住的虎狼撞飛盾牌手，穿越賽風等人的攻擊朝這邊衝刺過來。

而且不只商人們發現這件事，第一次進行護衛任務的菜鳥們也發出驚呼。

老實說自己也很害怕，但我閉上嘴巴堅持住了。

克莉絲用魔法提供支援，但虎狼輕快地閃避魔法不斷接近。

一步步接近的虎狼，近距離看起來體型龐大，光是暴露在牠的目光下，我全身就像被鬼壓床般無法活動自如。

可是克莉絲在我背後。無論如何都必須保護克莉絲。因為我從那時候起就這麼決定了。

「克莉絲，退後！」

我放聲大喊，並舉起武器。儘可能爭取時間，等待嘆息的成員們趕來。這是自己現在能做到的事。

然而面對虎狼大幅擺動的攻擊，身體卻動彈不得。我明明看得到啊。

在我覺得完蛋了的瞬間。有人彈開那一擊，站在前方護住我。

「空、空！」

那是空。他直到不久前用劍的方法還很笨拙，連對付哥布林都會受傷。

然而空若無其事地站在我前方，叫我退後。

他的背影看起來非常寬闊。

可是我無法放心。空面對的不是普通的魔物，而是虎狼。

出乎我的擔憂，空打得很好。

他絕不主動積極出擊，專注於防禦爭取時間。看起來就像在忠實又不疾不徐地執行著我想做的事。

身旁傳來倒抽一口氣的聲音。

我看了過去，克莉絲正擔心地看著戰況。因為空會受到波及，在離魔物這麼近的情況下似乎無法提供魔法支援，她直盯著戰鬥。緊握的法杖，表達了克莉絲此刻的想法。

「不要緊。再一會……」

在戰鬥中的空的另一頭，賽風趕來的身影變近了。

在我開口要克莉絲放心的那一刻，我看到空的身體突然不穩地晃動。

虎狼沒有弱到會錯過這種破綻。

空被打飛出去，鮮紅的血花在空中飛舞。

克莉絲發出驚叫，踏出一步想走向倒地的空。

我慌忙制止她，將克莉絲護在背後，舉起雙劍。

我覺得虎狼瞄了我們一眼。

下一瞬間。虎狼朝這邊撲過來，但這次我們得救了。

身為嘆息成員之一的蓋茲穿插進來，用盾牌接下那一擊。

他又用反擊彈飛虎狼的追擊，賽風他們已經等在那裡。一擊、兩擊，他們合作對虎狼造成傷害。

受到攻擊的虎狼忍不住大幅往後跳躍。

已把狼群都打倒的另一個C級冒險者就在牠跳躍之處。

不過大家沒有主動進攻，而是一點一點拉近距離，逐漸包圍虎狼。

虎狼匆匆環顧四周，隨即發出一聲大吼威嚇，趁著眾人退縮的空檔轉身撞飛C級冒險者，朝著森林方向奔去。

我只能茫然地注視著那個背影，但聽到克莉絲哭叫的聲音時，回過神來。

我看過去，發現空流著血倒在地上。

看到那幅景象後，我拿出回復藥水灑在他的傷口上。

傷口明明止血並漸漸癒合，我卻覺得治療速度比平常來得慢。

這時候，一位神官職業的冒險者趕過來，詠唱回復魔法。

剎那間空的身體被光芒包圍，紊亂的呼吸平息了。

好厲害。我可能是第一次看到這麼厲害的回復魔法。不對，是從看到奶奶施法以來吧。

而那位神官不知為何面露驚訝之色。

「小姐，空的情況如何？」

趕過來的賽風迅速確認他的狀態。

「看來不要緊呢，只是昏迷不醒沒恢復意識。總之把他搬上運貨馬車，讓他躺著吧。」

賽風在同伴們幫忙下讓空躺在運貨馬車上後，又去查看其他冒險者的狀態，接著與達爾頓商量著什麼事。

商量的結果，好像決定今天要持續行駛運貨馬車，直到馬跑不動為止。

理由很簡單。因為我們未能殺死虎狼。

雖然成功打傷並擊退虎狼，只要虎狼還活著，不知道會發生什麼狀況。賽風表示，最重要的是虎狼來到這麼靠近森林外的地方才是問題。

所以最好儘快離開這個地方。

大家當然都聽從他的話。虎狼的身影烙印在腦海中。重新回想起來，就讓我身體發抖。

我至今也見過強大的魔物，但實際上如此接近還是第一次。

牠有種以前從未感受過的壓迫感，令人恐懼。

「小盧莉卡，妳沒事吧？」

「……那是當然了。克莉絲妳沒事嗎？」

我逞強地說道。其實我撒了謊，不想在克莉絲面前露出難堪模樣的想法，忍不住化為言語。

「嗯，因為有妳和空救了我。」

「這樣嗎。我再去車篷上放哨，妳來照顧空吧。」

看到她靜靜地點頭，我獨自爬上車篷放哨。

我鬆了一口氣，同時覺得自己很不中用。

這樣子沒辦法保護好克莉絲。而且……

我甩甩頭切換心情。要後悔等晚點再說。現在我只能去做自己做得到的事情。

我拍拍臉頰鼓起幹勁，謹慎地使用偵察技能警戒防備。

◇克莉絲視角

後悔總是在狀況變得無法挽回後到來。

這次也一樣。如果更早下決定並實行，可能會出現不同的未來。

可是我做不到。因為我害怕別人的看法。

眼前的空拯救了猶豫的我們。

看到他流著血，呼吸急促的模樣，我幾乎停止呼吸。

看見小盧莉卡轉移了注意力，我靠近空。

那裡有一個精靈擔心地看著空。那孩子總是飛在空身邊。牠拚命地想幫助空，卻什麼也做不到。一定是因為牠還幼小，不知道該怎麼做吧。不過關於這點我也一樣。

我不禁發出聲音。淚水沿著臉頰流下。

聽到我的哭聲，小盧莉卡拿出藥水灑在空身上。

就連這麼理所當然的舉動，我都做不到。

接著一位會用神聖魔法的冒險者過來為空施展回復魔法。

我感覺到精靈的身體像對魔法產生反應般發光，將效果增幅數倍。

然後空被運送到運貨馬車上，我們便開始前進。

當我看著反覆地穩定呼吸的空，總算放心了。

不可思議的人。這是我遇見空時的第一印象。最令我驚訝的是他帶著精靈。本人好像沒有自覺，但精靈很少會與人親近。

我到現在仍然記得，摩莉根奶奶曾這麼說過。

例外只有像我們這種人。當然，我們無法完全與精靈溝通，但我認為現在的自己可以跟牠交談一下。

不對。是現在的我難以與精靈溝通。若是愛麗絲姊姊，一定能若無其事地做到。

我下定決心向牠攀談。我對牠說：「我的朋友拜託了。」

那孩子一開始好像很驚訝，雖然還有些地方聽不懂，牠慢慢地向我說話。

「這樣啊。所以想跟他在一起呀。」

那孩子點點頭，一心為空擔憂。

那孩子獨自度過了漫長時光，牠好像對第一次發現自己的空產生了興趣。

這是開端。在那之後，牠看著空，想跟他相處更多時光。

牠說看到空受傷很擔心。

還吃到了美味的食物。

可是用自己的言語沒辦法傳達想傳達的事情，很傷腦筋。

「如果締結契約，或許就能稍微傳達想法。可是……」

人與精靈生存的時間相差太遠了。的確可以暫時一起共度，然而人類的死會比那孩子想像中的更早到來。所以對於生活在悠久時光中的精靈來說，可能會覺得離別來得很快。

「是嗎，即使如此也可以啊。」

看來牠的決心很堅定。

不，其實牠本身可能也不太明白。

那麼，我能為牠做的事情只有一件。

我無法開口傳達給空知道。

因為這是規矩。

所以我想教那孩子。透過我的朋友教牠那個方法。

老實說，看那孩子現在的樣子，可能很難實現。

但如果做不到那個，這孩子就無法與空並肩而行。

啊啊，不過我可以為那個孩子做一件事。這樣可能有點取巧，這點程度沒關係吧？

當我開口商量，我的朋友苦思了一會之後點頭答應。

在我和那孩子們說話時，空一度痛苦地扭曲表情，在不久後睜開眼睛。

「這裡是……」

從口中發出的聲音沙啞得好像不屬於自己，我就是如此疲憊。

我試圖挪動身體，卻像揹著鉛塊一樣沉重，無法隨心所欲活動。簡直不像自己的身體。

當我張開沉重的眼皮，白色毛茸茸首先躍入眼簾。牠坐在我的胸口，擔心地探頭注視著我。

接著我看到克莉絲。見我睜開眼睛，她臉上浮現安心的表情。

背部感受到的微弱震動……是馬車在搖晃嗎？

輕輕轉頭，還可以看見堆放的貨物。

「你還好嗎？」

我對她的詢問點點頭，試著坐起身，但卻做不到。

當我咳嗽起來，克莉絲扶著我，用生活魔法在杯子裡倒水遞給我。

第一次拿到這種水時，我想過這有沒有問題，現在卻喝得毫不遲疑。

因為我知道，這比劣質的水更好喝又安全。

我喝了一口，感受著清水沁入體內。

我忽然想起來，叫出狀態值查看。

一看後發現，HP與SP數值已達到危險區域。特別是HP不到25點。明明有提升自然回復技能，卻遲遲沒有回復。SP在這段期間明明正快速地回復著。

「空，你記得發生什麼事嗎？」

聽她一說，我回想起來。

我想起自己在虎狼要襲擊盧莉卡時介入兩者之間，不顧一切地揮劍。

「虎狼呢？」

「雖然無法打倒牠，我們擊退了牠。」

「喔，小克莉絲。空小弟醒了嗎？」

當我們交談時，車夫大叔的聲音傳來。

「其實我很想停下馬車讓你休息，你再忍耐一會吧。」

他用歉疚的語氣道歉，而克莉絲告訴我理由。

「你太亂來了。我真的很擔心你。」

對於克莉絲的話，毛茸茸也同意般的點點頭。

我無意造成困擾，但當時身體在思考前就先行動了。就算問我理由，大概也答不出來吧。

「你的臉色好像還不太好，現在請好好休息吧。」

那句話讓我對未能履行護衛任務感到歉疚，但我現在老實地聽話休息。

由於身體無法活動自如，就算去守夜，也只會給人添麻煩。

當我躺下來，睡意再度湧上，於是我閉上眼睛。

我覺得克莉絲好像說了什麼，卻想不起來。

下一次睜開眼睛時，是在運貨馬車已停下的白天。之前那麼沉重的身體能夠自由活動了。我查看狀態值，ＨＰ已完全回復。

當我下了運貨馬車露臉，最先發現我的賽風走過來。

「喔，你的臉色好多了……好，看起來不要緊。」

他確認我的狀態，大力拍打我的背。

當我正想著這還滿痛的時候，清脆的敲擊聲響起。

一位戴著寬邊尖帽配黑斗篷的女性從賽風背後靠近他，我記得她的名字叫優諾？她面帶笑容地緊握著法杖。

賽風摀住腦袋轉身正要抱怨，卻張大嘴巴僵住了。

「你對傷勢才剛痊癒的人做什麼呢？我們到那邊談一談吧？」

被揪著耳朵帶走的賽風投來求助的眼神，我也無能為力。

「空，你的身體狀況怎麼樣？」

「喔、喔喔，我想已經復原了。」

優諾和克莉絲的臉一瞬間重疊，但那好像是我的錯覺。

「空先生，你的身體已經不要緊了嗎？」

對於未能擔任護衛而休息這件事，我向接著開口詢問我的達爾頓道歉。

「不不，你挺身而出保護我們，所以沒有問題喔。」

他反倒感謝了我。

的確，如果那時候沒有面對虎狼堅持下去，我想背後的商人們也會出現傷亡。

不過要說真心話，比起保護了委託人，我當時滿腦子只想著必須保護盧莉卡和克莉絲，所以有點心虛。

「因為你在那以後足足睡了兩天啊。還有，最好也要向格克先生道謝喔。」

盧莉卡指向正在用餐的神官格克。

會使用回復魔法的冒險者比魔法師更少，被當作稀有人才對待。

當我看過去，正好與格克四目交會，我低頭致意，格克則像在表示不用在意般揮揮手，繼續和夥伴們聊著天。

休息過後，我們一行人繼續出發，但馬車的速度感覺很慢。

據說是為了想儘快離開襲擊現場而勉強馬匹趕路的影響，在這時候顯現出來了。如果再繼續勉強馬匹會害得牠們無法趕路，所以才用這種速度前進。

儘管比原本的預定行程來得晚，他們為了以防萬一準備了較多的糧食，所以不成問題。當然也來得及趕上約好的交易日。

「我說，我可以用走的跟隨馬車嗎？」

當我詢問車夫，他顯得很驚訝，彷彿在問：「不要緊嗎？」

「因為睡得比較久，我想確認身體有沒有變遲鈍。」

我交代過後，跳下馬車開始走路。

久違地踩著地面走路，讓我莫名覺得很安心。

精靈擔心地看過來，或許確認我走路姿勢像平常一樣便放心了，他消失蹤影跑到別處去了。

我重新環顧四周，虎狼衝出來的那座森林已經化為在地平線彼端的小點。

也有其他冒險者和我一樣是步行前進，理由好像也一樣。

因為步行太久又會引來擔心，我走了一萬步之後坐上馬車。

而在隔天晚上，儘管比預定行程來得晚，我們順利抵達中繼都市菲西斯。

第5章

「喔，你醒啦。」

當我張開眼睛，身邊有個大叔。不對，是賽風。

因為昨晚在入夜後才抵達城鎮，未能訂到足夠人數住宿的房間。由於讓女性優先，男性就隨意塞進其他房間裡睡覺。

「睡得好嗎？」

「沒問題。」

「抱歉啊，讓你把床讓給我睡。一般來說，本來應該讓傷勢剛痊癒的你睡床鋪。」

「只要能在房間裡休息就夠了。而且我的身體已經恢復了。」

嗯。因為房間不足，我在地板上鋪墊子睡覺。本來好像不能這麼做，不過旅館老闆是達爾頓的熟人，當作僅限於今天的例外而同意了。

大家輪流在餐廳吃完早餐後，冒險者們前往公會，商人們則前往商業公會。委託實質上到此結束。

我在公會交出護衛證明書，收取護衛的酬勞。在半路上打倒的狼，因為想立刻離開現場，似乎留在原地了。

「那麼就到此解散。我們去公會報告關於虎狼的事情。如果還有機會，再一起工作吧。」

隨著賽風的發言，各冒險小隊分別散開。

我們先在公會打聽了推薦的旅館，確認能不能住宿。昨晚住的地方雖然有空房，但價格有點貴。最糟的情況是去住那邊，不過如果可以節省住宿費，我想要省下來。

公會介紹的旅館住一晚兩枚銅幣。我支付十天，盧莉卡她們支付五天的住宿費，訂下房間。房間和我在王都住過的旅館一樣簡單，沒有任何多餘的東西。這反倒讓人安心，真不錯。

我在床邊坐下來看著枕邊，忽然想起精靈。

在我恢復到可以走路以後，就沒見過牠。我回想起牠最後露出的放心表情，痛切地感受到牠非常擔心我。

牠現在在做什麼呢？

精靈神出鬼沒，這可能是我第一次對沒辦法主動聯絡牠感到著急。

……我走了不少路，來查看一下狀態值吧。為了轉換心情，我決定確認現狀。

技能「漫步Ｌｖ26」
效果「不管走多少路也不會累（每走一步就會獲得1點經驗值）」
經驗值計數器　８２３０４／２５００００
技能點數　11

雖然花費了十天以上的時間跋涉，一方面因為一半以上的路程都搭乘馬車，技能等級提升得不多。這當然也有所需經驗值增加的影響。

只是若有像這次一樣的情況，單獨徒步移動可能有危險。是不是在安全的道路上行走、在危險的道路上搭乘公共馬車等交通工具會比較好呢？

我在思考這些事情時，聽到敲門聲。打開門一看，是盧莉卡她們。

「我們今天預計在旅館休息，空要做什麼呢？」

「難得有機會，我要去公會看看有什麼樣的委託。儘管沒有王都大，這裡作為交易都市，在王國內好像也頗具規模。然後我預計逗留一陣子，所以也想收集情報。」

「……那個，那我可以跟你一起去公會嗎？」

「可以是可以，不要緊嗎？」

我擔心克莉絲的身體狀況而這麼說，但她說她反倒才擔心我。

我看向盧莉卡，她說了聲：「她就拜託你了。」

我和克莉絲返回公會，向公會職員詢問城鎮周邊的情報。我們以魔物相關情報以及藥草等素材的相關話題為中心，打聽了將近一小時。我們當然也去資料室看過，但房間沒有王都來得大，資料量也不多。

剩下查看貼有委託的告示板，確認有什麼樣的委託。

「空接下來要做什麼呢？」

「我會在這個城鎮待一陣子接委託。這裡離王都相當遠，難得有機會過來，所以想觀光一下。」

「觀光嗎……總覺得有點羨慕呢。」

「因為妳們有目標，這也沒辦法。希望妳們的目標早日實現。」

「嗯……」

「如果找到了朋友，務必介紹給我認識喔。」

「咦！」

也許是對那句話感到意外，克莉絲驚訝地看著我。

「到時候我也會告訴她們，我受到了妳和盧莉卡多少關照。」

「嗯、嗯。」

「喔，果然規模大的城鎮有許多送貨類委託和雜務委託。再來接接看吧。」

「空喜歡這種委託呢。」

「因為在城鎮內很安全。覺得辛苦的人可能很吃力，但走路對我來說並不辛苦。」

聊了一會，我覺得難為情起來。

看到克莉絲從兜帽露出的臉蛋泛起紅暈，我覺得自己剛才講話的情緒也有些奇怪。

「克莉絲要直接回去嗎？我想接一點送貨委託同時在鎮上走走。」

這時候，從背後偷偷靠近的賽風打趣地說道：

「喔，馬上開始約會啦？哎呀～年輕真好呢。」

那句話讓克莉絲的臉更紅了，響亮的敲擊聲再度響起。

真是沒有學習能力的人。

「真的很抱歉呢。」

優諾語帶嘆息地道歉。

「你們談完了嗎？」

我問摀住後腦杓的賽風。

「嗯，公會大概會組成調查隊吧。雖然稱作調查隊，正確來說可能是討伐隊。我們也預定要參加。」

「什麼時候出發？」

「因為還有討論之類的事要做，大約十天後吧？時機不好，能夠接委託的冒險者現在好像出城了。而且從戰鬥的感覺來看，虎狼說不定正在發生變異。」

討伐虎狼的委託從C級開始可以承接，不過一般會確實做好事先準備再前往討伐。代表性的做法，是運用陷阱和魔法整備好無法逃脫的環境後展開狩獵。一方面是接下討伐委託後，狩獵失敗會受到懲罰，而且因為虎狼有著棘手的習性，具有陷入絕境時會撤退的冷靜判斷力。

實際上在這次的遭遇戰中，虎狼眼見處於劣勢後也乾脆地撤退了。而且還沒有讓我方察覺這一點。

他們說由於無法立刻組成討伐隊，現在唯一能做的只有警告王都方面注意。據說他們也同樣通知了歐爾卡。

「變異有什麼差別呢？」

「嗯～很難解釋。就是和普通的魔物有點不同。依照亞果的說法好像是即將進化，實際上我不太清楚。」

「就是變成高階種的意思嗎？」

「不知道啊……空會在這個城鎮逗留一陣子嗎？」

「我是這麼打算。我計劃在這裡賺一點錢再回王都。」

「這樣啊。我們也會在這裡待一陣子，有空時可以陪你訓練一下，怎麼樣？」

我記得那位盾牌手以擅長指導引發了話題討論。

而且以後我會獨自行動一段時間吧。那麼我想學習足以保護自己的技術。當然了，我並不認為這是一朝一夕就能學到的。

「我可以在接委託的空檔參加嗎？」

「嗯，我們可能會偶爾外出處理討伐委託，但基本上都會待在鎮上。」

既然如此，我決定參加。

在那之後我與克莉絲分別，接了一件送貨委託。

我為了送貨在鎮上行動，同時逐一確認其他公會的位置，以及武器防具店等以後可能會用到的建築物位置。因為我至少會在這裡度過十天，記起來沒有壞處。

中繼都市菲西斯。

又稱交易都市，作為艾雷吉亞王國內的主要都市之一繁榮發展。由於附近有礦山，也是礦石交易繁盛的都市。在礦山附近建立了村莊，那邊好像也有工作。雖然沒有地下城那麼頻繁，據說礦山有時也會有魔物出沒。

「聽說礦山有魔物出沒，不過那是從哪裡來的呢？」

我忽然浮現疑問，在吃晚餐時問了盧莉卡她們。

我曾聽說地下城的魔物是地下城產生的，那麼我很好奇魔物從哪裡進入礦山。

「我也不清楚詳情呢。」

「以前我聽說過，魔物是誕生於魔力沉積。」

「魔力沉積？」

「是的。只是魔力沉積的原理並不清楚。我聽說過一位著名學者提出的說法，認為那與月亮的盈虧有關。」

「啊～那位艾法魔導國的研究者發表過這種論點呢。空接了礦山的委託嗎？」

「沒有啊。只是我剛剛聽說礦山偶爾會有討伐委託，想著如果有機會，我也想去去看。」

「嗯～我們沒有去過地下城和礦山，所以說不上什麼，不過聽說那邊有各種限制，在戰鬥時不注意會有危險。假如要去，我想最好組成冒險小隊。」

「冒險小隊嗎？我目前沒有想合作的對象，那還是老實地採集藥草好了。別看我這樣，我很擅長尋找藥草。」

「我覺得這樣比較好。因為你很擅長採集藥草。」

克莉絲盡情地誇讚我，盧莉卡可能是回想起那件採集委託，皺起眉頭。

以前一起去採集藥草時，她們也很驚訝。我等於是用鑑定技能在作弊，根本無從認錯啊。

「啊，還有克莉絲告訴我了，賽風先生他們要陪你訓練，這是真的嗎？」

「嗯，他們說沒出去討伐的日子，會待在公會的訓練場。」

「是嗎……那個，我們也想參加。我們打算把出發日延後一點。」

當我詢問詳情，盧莉卡表示她也想訓練自己。

不論什麼時候，魔物襲擊時都不會考慮我方的狀況。也很有可能發生有一天眼前突然出現敵不過的魔物這種狀況。

「所以難得有機會，我想訓練自己。因為蓋茲先生以非常擅長指導人聞名。」

克莉絲也點點頭。

「這樣嗎。那我明天也參加吧。我會等到隔天再接採集委託。」

第二天我們一起前往訓練場，已經有不少人聚集在那裡了。

「喔，不只是空，連小姐們也來了啊？」

「因為我想請蓋茲先生在各方面指點我。」

聽到盧莉卡的話，賽風搔搔腦袋，過意不去地說道：

「啊～其實我叫了太多人過來。蓋茲很受歡迎啊。」

在目光所及之處，已經有冒險者在跟蓋茲交手了。

「唉，訓練也不是只有今天……話雖如此，我們有一起擔任護衛的情分。我會請他優先陪你們交手。不過現在沒辦法，總之要先和我比劃兩招嗎？」

我們首先依序和賽風進行模擬戰鬥。

「老實說，你的表現判若兩人啊。看來你能短暫地擋住虎狼的攻擊並非虛有其表。只是你的攻擊太過直接，這樣不行。不多加些佯攻動作，不可能打中我喔。」

我打得不錯，但從結果來看是慘敗。說實話，我以為自己能打得更像樣點，所以很不甘心。

「小姐的動作很快，對戰起來的確棘手。不過我的看法是妳的攻擊力道很輕，感覺不到太大的威脅。所以在能用速度玩弄對手的時候是沒問題，一旦做不到，妳就很脆弱。」

盧莉卡不甘心地低下頭，有男性冒險者看到她的反應後責怪賽風。

「首先妳要增強體力。妳的資質不錯，在至今的戰鬥中，大概不用花多少時間就打倒了魔物吧。我認為正是因為這樣，妳才會不擅於長期戰，啊～之後就找蓋茲給妳詳細的建議吧。」

「謝謝。我也很高興能與實力高於我的人戰鬥，了解自己目前的實力。」

默默聆聽的盧莉卡露出笑容道謝後，朝我走來。

「啊～他果然很強呢，讓我痛切地感受到自身的實力不足。」

「我覺得你們打得很好啊。」

當我說出坦率的感想，遭到她的否定。

「只是看起來如此而已。我認為他如果有意，可以更快分出勝負。我想他是為了簡單易懂地解釋我的弱點，才會多花時間。」

既然她本人這麼說，一定是這樣吧。

接下來我們和其他人對戰了一會，等待輪到與蓋茲模擬戰鬥的時候。

而這段期間的勝率，我是三成，盧莉卡則是七成。我的勝率幾乎都是從與D級以下冒險者的模擬戰鬥中獲得。

我覺得在力量和速度上沒落後太多，反倒還勝過對手，當實際互砍時卻經常落敗。這就是實戰經驗的差距嗎？

在那之後與蓋茲進行的模擬戰鬥並不華麗，但我認為很有收穫的經驗。

最終我連一次也未能對他造成有效的攻擊，不過在模擬戰鬥結束後，他給了我建議。他仔細又淺顯地說明，我哪些部分表現得好、哪些部分表現得差。原來如此，難怪他會受歡迎。

「……你的力道無可挑剔。反倒比拙劣的傢伙更有力。再來只需要累積經驗學習技巧，我想你會成為優秀的攻擊手。」

我想我的技巧大概正隨著技能等級的提升而進步。然而因為那不是經驗，我沒辦法好好運用。技巧與實力並不吻合。可以說我正受到技巧的擺布。

因此只要能彌補這段差距，應該就會成功。就算當下也不是沒有辦法解決。如果我運用平行思考，可以設法補上這段落差，但因為有直到SP耗盡為止的時間限制，依靠這個方法很危險。

「……就像賽風說的一樣，盧莉卡最重要的是練出體力和臂力，可以的話，最好練到能使用更長一點的劍。而克莉絲最少也要學會自衛用的身法。如果以後妳們也是兩個人行動，或許換一根更結實的法杖比較好。」

盧莉卡和克莉絲認真聽著這番話。

雖然我不知道法杖對魔法的威力有什麼貢獻，倘若只有兩個人一起旅行，帶著考慮防禦層面的裝備也是個方法。

「那麼，今天到此為止。從明天開始，我們也可能會接委託，所以訓練會改為不定期舉行，不過有空的時候，可以互相訓練喔。」

聽到賽風的話，參加的冒險者們都點點頭。

我也向他們道謝，並決定返回旅館。

身上留下不少擦傷啊。當我這麼說，盧莉卡也對我說了句：「我也一樣呢。」

「空，你明天要做什麼？」

「我接了採集委託，明天會去採藥草。」

「這樣啊……我會休息半天，然後再去訓練場。因為蓋茲先生明天也會待在鎮上。克莉絲要做什麼呢？」

克莉絲說她也要跟我去做採集委託。

「由於討伐虎狼，藥草的收購價格好像上漲了一點。」

她說更換新裝備需要資金，所以想儘量承接委託。我問她們不一起行動嗎?盧莉卡說克莉絲就交給我了。

隔天早上。我們兩人一起離開城鎮前往附近的平原。距城鎮最近的採集地點明明是步行約兩小時左右的地方，在這裡採集的人卻很少。理由很簡單。因為藥草生長在廣大的草原地帶中，尋找起來很辛苦。

「真的要在這裡採集嗎？」

連克莉絲都露出難以置信的表情這麼說道。

我邊走邊尋找藥草的叢生地帶。依藥草的特徵，只要找到一株，周圍大多會密集生長著藥草。實際上我以鑑定找到藥草後看看周遭，生長著數量不少的藥草。

「這附近長著不少呢。」

「……真的耶。真虧你看得出來呢。」

「唉，我對眼力滿有自信。我想在別的地方找一找也還會有，不過克莉絲要在這邊採集藥嗎？」

「……嗯，我就在這附近尋找。」

「那麼我再去周遭看看。」

我在此處與克莉絲分開，開始採集。

這裡除了藥草以外，還生長著魔力草與活力草。

魔力草的收購價依然很高。而根據價目表來看，活力草的收購價也比藥草高一點。

這次採集藥草，我打算只採集委託的分量，剩下全部用來以鍊金術製作藥水。我一方面是想在與盧莉卡她們道別時，送藥水當作禮物，另一方面則是有想製作的東西，必須提升鍊金術的熟練度。

我有意識地發動鑑定，環顧四周。

文字像對話框般浮現，顯示草的名稱。

我依序採集藥草、魔力草與活力草。因為也找到許多嫩芽，我把適合摘採的藥草通通回收。當然了，根據上次的鍊金術結果，我很注意藥草類的新鮮度。就算做出大量最後不知如何處置的成品，也只會壓迫道具箱的空間，很可能變成放著不管的情況。

儘管如此，或許是採集的人很少，我採了又採，還是不斷找到新的藥草。啊，如果繳交的全是品質優良的藥草，可能會引起懷疑，摻雜一點品質不佳的藥草會比較好嗎？

我把委託用的藥草類收進保存袋，其他則放進道具箱。由於在這段旅途中持續使用，空間魔法已提升到Ｌｖ４。隨著升級，收納物品的變質速度也變慢了。應該說道具箱內的時間流速變慢了才正確嗎？

我基本上使用鑑定與平行思考，偶爾會使用察覺氣息與遮蔽氣息。這是為了提升技能等級。儘管提升幅度很小，積少成多嘛。

其實在採集到一定程度後用鍊金術製作藥水，就不會浪費未消耗的ＭＰ，但察覺氣息的等級提升後，我知道了一件事。

擁有類似遮蔽氣息技能的人，有可能不會被察覺氣息偵測到。

這其實是我從盧莉卡在附近時，察覺氣息的反應不大而發現的。隨著我的技能等級緩緩上升，反應也漸漸變得清晰，我想大概是因為我的察覺氣息技能等級追上了盧莉卡的隱蔽類技能等級，才會發生這種現象。

根據上面這件事，我在外面盡力避免使用技能。我是說顯而易見能看出來的技能。特別是我目前所在之處，有看起來可以藏身的地方。

我們一度會合一起吃午餐，下午繼續採集。彼此都流了不少汗，於是我施放洗淨魔法。克莉絲顯得很害羞，為什麼呢？

在那之後，我們把作業時間調整到能在太陽下山前返回城鎮，結束採集藥草。

「克莉絲妳們準備什麼時候啟程？」

「我和小盧莉卡商量要早點出發。因為組成討伐隊後，藥水等物資可能會漲價。由於食物放著會壞，我們打算在出發前才購買。」

「……若是這樣，妳們可以別購買藥水類嗎？」

「為什麼？」

「啊～我學到了一個想試試看的技能。那是在我與虎狼交戰後，醒過來時學到的，所以不知道能不能用得好……今晚我在旅館告訴妳。」

克莉絲一臉覺得不可思議的表情，但還是點點頭。

我們一起返回城鎮到公會報告。就算把大量藥草留在道具箱裡，我繳交的藥草類數量還是有克莉絲的一倍以上，讓她有點驚訝。

在那之後我們吃完晚飯，在房間會合。由於我的房間是單人房，空間不大，所以我去拜訪盧莉卡她們住宿的房間，感覺有點緊張呢。外觀看起來明明只是把我住宿的房間擴大而已。

「我聽克莉絲提過囉。」

「……那個，我學到的技能是鍊金術。」

「鍊金術？難道說你要鍊出黃金！」

「小盧莉卡，不是那樣喔。」

「我、我開玩笑的。」

雖然盧莉卡笑著蒙混過去，她或許相當認真。因為克莉絲露出傻眼的表情看著她的側臉。

「總之用看的比較快，我要試著用囉。」

我從道具箱裡拿出藥草，製作回復藥水。

這次我使用藥草與活力草製作回復藥水與精力藥水，一直做到ＭＰ耗盡為止。由於魔力草價格昂貴，我決定等到鍊金術等級升高一點再製作魔力藥水。

我在發動鍊金術中看著熟練度的提升狀況發現，熟練度的提升情形依照使用的素材有所不同。正確來說是製作的道具嗎？

鍊金術可以製作的道具種類繁多。發動鍊金術時，腦海中會浮現可製作清單，也能知道需要的素材。如果此時進一步使用鑑定，會顯示使用鍊金術的適合等級以及所需素材的詳細說明。在沒有所需素材的狀態也可以進行製作，默唸製作就會發動，在這種情況下必定會失敗，只會消耗ＭＰ。另外，試圖製作未達適合等級的東西也會失敗。

還有關於可製作等級，舉個例子，回復藥水從鍊金術Ｌｖ１開始即可製作，但Ｌｖ１與Ｌｖ２做出的藥水品質不同。素材的品質也很重要，不過在鍊金術的等級比可製作等級高時，能夠做出高品質的成品。

「真的做出了藥水……」

盧莉卡拿起瓶子，從各種角度觀看。

「誒誒，這瓶藥水品質是不是很好？」

「會嗎？我覺得很普通喔。」

因為我用鑑定確認過，結果是「回復效果：中」、「品質：普」，與道具店一般販售的藥水沒有任何差異。儘管我覺得顏色的確比較深。

「總之做成了回復藥水和精力藥水，怎麼樣？」

三十瓶回復藥水與十瓶精力藥水放在兩人眼前。

「呃，怎麼樣是指什麼？」

「我的意思是這樣子夠用嗎？」

「這個要給我們？」

「是這樣沒錯，會太少嗎？」

面對我的詢問，她們都很驚訝。

「不不，光是這些藥水，價格也不低了喔？你說這個要給我們？」

「是這樣沒錯啊？」

「不不，再怎麼說我們也不能收。」

「對呀。這些而且把這些藥水拿去賣，可是一筆不少的金額喔？」

這是我的謝意，希望妳們收下……我再次這麼告訴她們，但對方客氣地不願收下。

當我正這麼想著，視線突然落在保持開啟狀態的鍊金術製作清單的某處。

「……那麼，我有事情想拿這些藥水當酬勞，請妳們幫忙。」

當我說出條件，她們回答：「若是那樣的話……」答應了我。

「不過，盧莉卡明天也要去訓練嗎？」

「不，蓋茲先生他們好像決定從明天起要出去討伐，大約有三天不在。」

儘管覺得在討伐虎狼前這麼做好嗎？他們好像要透過與魔物交手，來恢復對戰鬥的直覺。

「那明天可以拜託妳們嗎？啊，不過沒辦法當天來回，旅館房間要怎麼辦呢？」

「找老闆娘商量吧。在最糟的情況之下只保留我們的房間，如果回來時空沒房間可住，可以睡在這裡喔？」

換成以前的我，聽到那句話會很慌張，不過我成長……學習到了。慌張的反應只會取悅盧莉卡，只要冷靜回答就行了！

「那麼到時候就拜託了。」

結果我看到克莉絲因為這句話而面紅耳赤的模樣慌張起來，中了盧莉卡的計，被她捉弄。我還差得遠呢。

隔天早上我們找老闆娘詢問，她表示如果我們回來後繼續住宿，她會保留房間。真是感謝。

「要去礦山是可以，不過目的是什麼？你看起來也不像接了魔物的討伐委託。」

「我想要在礦山能採到的某種礦石。而且第一天打聽各種情報時，我聽說在礦山支付入山費後，可以自己採掘。所以想去一趟，也當作是體驗。」

「我們就是魔物出現時的保險嗎？」

「就是這樣。還有就是我的任性吧，希望我們三個人一起在最後冒險一下。」

這也是真的，不過我還想查看礦山內部，以及確認鑑定對於採掘礦石是否有用。

如果無法採掘，購買現成礦石就行了，距離礦山所在的城鎮，光是趕路就需要一天時間。走那麼多路可以賺取步數，對我來說也不壞。

離開城鎮往南走一段路後，道路分為向東和向南兩條，在那裡直走，不久會遇到坡道，順著徐緩的坡道上去，就會抵達礦山鎮阿雷沙。從正面看過去，阿雷沙就像背負著山一樣。

「真的很趕呢。如果沒有空幫忙拿行李，在抵達城鎮前太陽可能就完全下山了。」

如同盧莉卡所說，這趟路程對她們來說可能很辛苦。

在徐緩的上坡長時間步行，似乎讓她們在不知不覺間消耗超出預期的體力，吃過午餐後，她們中途還休息了好幾次。

「話說回來，空還是老樣子，不知道腳是怎麼回事，一點也不會累呢。」

「還是多虧了技能吧。雖然在戰鬥時好像完全派不上用場。」

「不過我好羨慕你。我對自己的體力沒有自信……」

「對呀。對於像我們一樣巡遊各地的人而言，只能說很羨慕呢。」

應該是價值觀的不同吧。這個技能對召喚我的那些傢伙來說是垃圾，對於需要的人而言卻很有用。

進入城鎮時，守門人以女性很少見為理由，問了各種問題。

我表示兩人是自己的護衛，看到手拿法杖的克莉絲，守門人交代她千萬不要在礦山內部使用魔法。

魔法的威力的確很強大。我回想起克莉絲施放魔法炸飛哥布林的場面，不禁打顫。

一方面由於礦工人數比起全盛期減少了，我們順利地住進旅館。

「這座礦山的採掘量也逐年減少。現在大家都到新的地方開拓，看別的地方能不能採掘到礦石。」

旅館的老闆娘這麼說道。

住宿一晚後，我們早上前往管理處辦理進入礦山的許可證。

由於那裡有很多肌肉發達、穿得不多的男人，克莉絲把兜帽壓得很低。那股熱氣也讓盧莉卡有點倒胃口。

「喔～明明是冒險者，卻要在礦山採掘？」

「採掘只是順便。我一次也沒進過礦山，所以想要累積經驗。」

「喔～看起來的確不適合當礦工呢。還有你要借工具？裝在那邊箱子裡的可以拿去用。啊，不過就算挑到瑕疵品也不關我的事喲。」

這人只聽說話口吻很像女性，但他是男人吧。如果繼續待在這裡，感覺克莉絲快昏倒了，快點換個地方吧。盧莉卡好像也是第一次看到這種類型的人，顯得很困惑。

話雖如此，我需要工具。十字鎬、錘子等工具隨便地擺放著。

儘管從拿起來的感覺分不出哪一把沒問題，不過我可以用鑑定確認狀態，決定挑選狀態相對好一些的帶走。

「哎呀～你意外的有力氣嘛。」

「因為我也有在鍛鍊身體。還有，這個若在使用中損壞了，需要賠償嗎？」

「不用，你可以放心喲。啊，不過希望你把損壞的工具帶回來。假如隨意丟棄會很礙事。」

管理相當鬆散啊，這樣沒問題嗎？

礦山內的山壁上等距地安裝了照明，使用的光石據說在暗處會自然發光。亮度當然比起油燈等照明來得微弱，難免會有看不見的地方。

我帶頭走在前面，然後是克莉絲與盧莉卡。

通道各處有經過補強的痕跡，讓我有點擔心。而且腳下也硬邦邦的，走路時腳底有點痛。

「你還好嗎？」

也許是我的走路方式有點不對勁，克莉絲擔心地詢問。

聽到那句話，盧莉卡幫我檢查了靴子鞋底，露出傻眼的表情說道：

「空，你的鞋底快磨平了。如果走在路面經過整備的城鎮內或大道上還好，在這種地方走路很難受吧？還有，就算走在城鎮內或大道上不要緊，身為冒險者，不更注意裝備可不行喔。」

她半是責備地說道。

也許是漫步技能的弊害，我走路時不會像至今一樣感覺不對勁，因此沒有發現。

回城鎮以後，找店家商量吧。因為已經穿習慣了，希望這雙靴子可以修補。

「完全沒有人呢。」

我們走了一會，卻完全沒有遇見人。因為有噠噠聲傳來，我想在某處應該有人，但回音讓我無法特定位置。

「或許是礦山淺層的礦開採光了，人都到深處去了。」

就如克莉絲所說的。我鑑定了道路周邊，不過只顯示是岩石。這麼說來可以鑑定。

「這裡也有岔路嗎？」

這是第幾條岔路呢？也許是為了防止迷路，岔路有標示編號，我想應該不會迷路。

「嗯？」

「空，怎麼了？」

「不，沒什麼……」

當我猶豫該往哪邊走時，精靈突然出現向右側飛去。當我困惑地呆站在原地，他也停下來，一度回頭直盯著我後，又再度前進。

那個動作簡直就像在叫我跟上去一樣。

試著想想，自從與虎狼交戰受傷以來，這還是第一次看到他。

反正我沒有明確的目的，跟隨他也沒關係。

「那走這邊吧。」

我像受到引導般前進，走到死路盡頭。

「要在這裡休息一會嗎？」

盧莉卡敲打了兩、三下位於終點的岩壁。

對於那個問題，我拿出十字鎬作為回應。

「妳們站遠一點。我試著挖掘看看，拜託妳們注意周遭。」

通道盡頭前方一點的右側岩壁出現反應。一開始明明只靠鑑定無法分辨，在等級上升的瞬間，卻判讀出微弱的反應。

因為岩壁表面依然是岩石，我先拿十字鎬削掉表面。

或許因為是封閉空間的關係，響起的聲音聽來比想像中更大聲。

我忍耐著聲響繼續挖掘，聲音突然改變了。

一看之下，原本呈現以灰色為中心的深色岩壁，露出摻雜紅色的物質。

我把工具從十字鎬換成錘子，敲打其周圍部分。周遭的岩石在匡匡聲中剝落，埋在其中的礦石露出的部分慢慢變大。

由於我不知道正確的挖掘方法，無可奈何只能注意儘量別傷及礦石，同時削割礦石與岩壁的分界線。最後礦石就像埋在上面的東西脫落一般，自岩壁上掉落下來。

我連忙伸手接住，重量比想像中來得輕。從尺寸來看，我以為礦石會沉甸甸的，卻幾乎感覺不到重量。

「妳們知道這個是什麼嗎？」

我問兩人，她們回答不知道。

我透過鑑定得知名稱，但不知道價值如何。那不是礦石，而是魔水晶。

岩壁內還有同樣的反應。有水晶石與魔水晶兩種。

「我想再挖掘一下，可以嗎？」

「還有時間，沒問題喔。更重要的是這塊感覺跟普通石頭不太一樣呢。」

「如果有價值那就好了。」

不過這種魔水晶是下一個我想用鍊金術製作的道具所需的素材之一，我想多採一點。

如果能多採到一些數量，說不定可以用出售後賺來的錢購買其他礦石，湊齊想製作的道具所需的材料。

結果，那一天我相信根據肚子餓程度推算的時間，吃完午飯後再採掘一會便決定回去了。

「採掘到不少耶？」

「嗯，拿起來一點也不重，很不可思議。」

背架裡明明裝滿礦石，實際重量卻比外觀來得輕。真是不可思議的礦物。

「哎呀～你們已經回來啦？」

當我們前往管理處，櫃檯人員發現我們並開口詢問。

「因為礦山裡回音很大聲，讓人在意，而且再採掘下去快拿不動了。」

另外也有狹窄的空間令人喘不過氣的影響，但這不用刻意說出來吧。

「這樣呀。那都採掘到什麼呢？」

「不是岩石，但我不知道是什麼。」

啊，他露出了傻眼的表情。

「這種事情要在出發前先調查吧？真是的，在最後掉以輕心呢。」

就算你臉上浮現那麼妖豔的笑容，我也只會起雞皮疙瘩啊。

當我依言把採掘到的東西從背架拿出來擺在桌上，他的臉頰抽搐起來並制止我。

「我說，你們幾個。這些是在哪裡採掘到的？」

「我記得應該是在編號六號的岔路轉彎後走道的盡頭附近。」

我回顧記憶說道，克莉絲大大地點頭。

「不會吧！可是……真的在那邊採掘到的嗎？」

我慌忙拿出地圖查看。一邊回想行走路線順序，一邊追溯地圖。

嗯，沒有錯。

「那、那麼你們打算怎麼處理這些礦物？」

「其實我沒採到想要的礦石，在考慮賣掉這些來購買。」

「你想要什麼？」

「我想要鐵鋼石與鐵礦石，還有魔礦石。」

「是嗎……那我收購這些水晶石和魔水晶，你用那筆錢來買吧？啊，我當然不會在價格上欺騙你，放心。」

就算你對我眨眼，我也不知該怎麼反應啊。

「……空，我認為這個人可以信任。」

明明在我身旁遭到同樣的眨眼攻擊，克莉絲卻毫不膽怯地說道。

我不由得看向她，她大大地點頭。雖然不清楚根據是什麼，她好像很有自信。一定是長年來旅行的經驗，使她遠比我更有看人的眼光吧。

「我明白了。拜託你了。」

「交易成立囉。我很喜歡老實的孩子喲。啊，不過小弟弟你想買多少呢？」

我說出數量，他便幫忙查看庫存。

售出的礦石好像價格比較高，剩餘部分用現金支付。有十枚金幣也太厲害了吧？

「你們採掘到的東西在這附近就是那麼珍貴。如果前往其他國家，也有能大量開採到的地方，但考慮到運輸費等方面，價格就水漲船高囉。」

當我感到驚訝時，櫃檯人員這麼告訴我。

「啊，還有這算你們提供的情報。如果在這裡能採掘到一定數量的水晶石等礦物，會發放獎金，把聯絡方式給我吧。」

於是我們分別遞上各自的公會卡。

「三個人都是冒險者呀。那麼等確認之後，我會將獎金送到公會。」

「那、那個，這些礦石是空一個人採掘到的……」

「沒關係、沒關係。有得收就收下吧。小弟弟也覺得這樣比較好對吧？」

雖然覺得外表有點問題，他是個有氣魄又體貼的好人呢。

「真是的，不可以愛上我喲？」

我收回前言。看來他在各方面都有問題。

「而且也不知道是不是真的還能採到礦石。我想不抱期待地等消息比較好。」

過了一晚後，在歸途的路上。盧莉卡問我關於獎金的事情這樣真的好嗎，我回答沒有問題。

「……嗯，說得也對。」

「……比起這個，我們最好加快走路速度比較好。」

在我和盧莉卡交談時，克莉絲突然過來說了句：「可能會下雨。」

來到這個世界以後，我見過多雲的天空，卻一次也沒有下過雨。

我抬頭仰望天空，不見一片雲彩。但是盧莉卡表示既然克莉絲這麼說了，那就加快腳步吧。

我們主要考慮到克莉絲的體力，以不到跑步的步調儘量加速快走。由於我的經驗值也正在增加，所以就算這樣的步調也被判定為步行。太好了。

而在我們接近城鎮的時候，天色突然轉暗，雲在上空擴散。

沒錯，這個世界的雲有時會突然出現在上空。這次展開的雲層顏色是接近黑的深灰色，感覺有點沉重。

「哇，真的耶。空，總之最好戴上兜帽喔。」

就在我照盧莉卡的話戴上兜帽的瞬間，一陣嘩啦聲響起，雨滴接著陸續落下。

「就快到了……妳跑得動嗎？」

雖然臉龐藏在兜帽下看不見，我感覺克莉絲點了頭。

我有些猶豫，但決定聽從。即使有魔法，身體淋濕很可能會變成病倒的原因。我至今沒有生過什麼大病，以後未必也都是如此。

我們進入城鎮，走向旅館。在進門之前先用生活魔法烘乾淋濕的斗篷及衣服。這是洗淨魔法的應用，多注入一點魔力就能做到的技巧。

「哎呀，你們回來啦。因為下雨了，我很擔心呢。」

「啊，老闆娘，那麼……」

「沒問題。房間還空著。還是說你覺得很可惜呢？」

就算用這種難以回答的方式問我，我也不知道怎麼辦。不管如何回答，感覺氣氛都會變得很奇怪而顯得尷尬啊。我只能模稜兩可地笑了笑。

那一天，我們享用了熱騰騰的餐點，決定直接就寢。很久沒做過的全力飛奔讓人吃不消。在狀態值上，我的體力等數值明明也提升很多，卻還是好累，真不可思議。

第二天雨停了，由於情報指出有人在半天路程外的小森林裡目擊到狼，我們接下討伐委託前往森林。狼總共有七頭，因為是三個人一起前往，討伐毫無問題地成功了。

之後我拜託兩人將狼的魔石讓給我。當她們詢問理由，我老實地說自己想用在鍊金術上。

「盧莉卡妳們要去訓練場嗎？」

隔天早上我詢問她們的計畫，聽說今明兩天蓋茲會在訓練場，所以她們會過去。

「空要做什麼呢？」

「我準備接藥草的採集委託。昨天回來時，我看到委託單又張貼出來了。然後明天我也會去訓練場。」

那一天我獨自處理採集委託，在採夠一定程度的繳交數量後，便主要採集魔力草。

雖然也可以馬上返回，不過因為獨自行動，我做了料理給在礦山關照過我的精靈吃。這次我煮的是狼肉排和放了許多蔬菜的湯。

來到中繼都市我才知道，依城鎮而定，有些地方是魔物肉價格比較便宜。

「感覺今天是最後一次和你們訓練囉。」

隔天前往訓練場，賽風找我攀談。

「在跟蓋茲交手前，要先跟我過過招嗎？」

由於受到邀請，我和盧莉卡先與賽風對戰，然後與蓋茲對戰。

「與第一次交手時相比，你的力量和速度都提升了。只要照這樣繼續努力，總有一天能跟虎狼對戰。加油吧。」

蓋茲的那句話，讓周遭的冒險者們發出驚呼，但是那句話的意思，意味著我目前還無法戰勝虎狼。

那麼如果以目前的狀態再次遇見虎狼該怎麼辦？我有兩個想法，一個是鍊金術，而另一個則是……

當我陷入思索時，有人大力拍拍我的背。

「喂喂，老實說我很驚訝喔。與在王都最初交手時相比，你進步了很多。對劍的操控也是，力量和速度也躍升了一大截。老實說，我都想知道要怎麼做才能這麼迅速地成長呢。」

我想得到的理由，是隨著漫步升級而提升的狀態值。因為不清楚其他人的狀態值，不確定狀態值的上升有多少效果，這代表至少有提升的價值嗎？

那麼從今以後，我也需要繼續踏實地走路。至少那些走過的距離、走過的步數應該不會背叛自己。

與盧莉卡她們共度的最後一天，是旅行準備日。她們好像會先前往鄰鎮，搭乘開往拉斯獸王國的公共馬車。

我在防具店請老闆檢查衣服和靴子的狀態，拜託他修理，同時購買了備用裝備。一方面因為我有臨時收入，另外只要有道具箱，就不用擔心行李無處可放。

我接著前往武器店，也購買了備用武器，並補充投擲用的小刀。盧莉卡苦思著要不要買新武器，結果決定不在這裡買。聽說現在的獸王國致力於發展武道，說不定能找到好武器。

「那個國家的方針，的確隨著國家領導人變來變去呢。」

武器店的老闆也傻眼地說道。

那天晚上，我拜託老闆娘把晚餐做得豐盛一點，並在餐後前往盧莉卡她們的房間。

我迅速使用鍊金術製作魔力藥水。回復與精力藥水已經在昨天做好，鍊金術等級也上升了。

「這就是魔力藥水呀……」

「嗯，如果是兩個人旅行，克莉絲使用魔法的機會也會變多吧？所以我想妳們需要這個。」

「雖、雖然是沒錯……」

「上次也一樣，我們買不起這些藥水呀。啊！難道你想叫我們用身體支付嗎！」

沒想到在這個世界也會聽到那句話。妳看克莉絲把話當真，臉都紅透了。

「啊～這麼做不只是為了妳們，也是為了我自己。」

「什麼意思？」她們露出浮現疑問的表情看過來。

「我想克莉絲應該知道，魔法使用愈多次，魔法等級，或者說品質愈會改變。為了製作我真正想做的東西，需要多多使用鍊金術來訓練技能。」

「我不太明白你的說明耶。克莉絲明白嗎？」

「……嗯，算是有個概念。」

「那麼你想製作的東西是什麼？」

「嗯，我現在開始製作。」

我從道具箱裡取出魔礦石、魔水晶和狼的魔石，分成五堆。

並重新看向鍊金術的可製作清單。

在查看可用鍊金術製作的物品時發現，清單下方有些道具標示NEW字樣，並感到好奇。當我鑑定那些道具，會先顯示一行文字：「過去從未有人製作過的道具」。道具沒有名稱，但接著會顯示效果和製作時所需的素材。

例如效果是「可以聯絡在遠方的人」的道具。這是手機嗎？這可能是電話或電子郵件，或是有類似功能的道具。順便一提，製作所需素材是魔礦石、魔水晶、祕銀與高品質的魔石以及大量魔力。真是模糊。

另外，看到其他顯示ＮＥＷ字樣的道具，我發現那些道具的效果與地球上存在的東西十分類似。我不禁這麼想——這是根據我的知識（記憶？）生成的嗎？

我鑑定高品質的魔石，顯示結果為「高等級魔物的魔石，或是將多顆魔石合成」。

我一邊看清單，一邊尋找某樣東西。因為自己的鍊金術等級和道具，實在不足以製作有通訊功能的魔道具。

不過我發現的那樣物品最低條件是鍊金術Ｌｖ５。而剛剛技能升到了Ｌｖ５。

效果「得知對方所在地」道具的所需素材是魔礦石、魔水晶與魔石。耐用度（使用次數）會隨著魔石的品質而提升。

「大概沒問題，我來試著製作看看。」

我按照平常的步驟製作，失敗、製作、失敗、製作、失敗。連續失敗三次，眼前收集的素材消失了三堆。

奇怪？成功率比普通道具來得低嗎？還是說和製作藥水之類的條件不同？雖然準備了備用素材，但沒想到會這樣連續失敗。我本來以為頂多會做出品質與使用次數不同的成品而已。

素材數量不夠用來驗證。我應該留下更多素材嗎？

從手感來說，我感到有可能成功。如果說還有什麼能做的，頂多就是在製作時灌注更多魔力而已吧。

我深吸一口氣，集中精神。這次即使失敗也沒關係。啊，不過考慮到挑戰最後一次的壓力，希望這一次就成功。

我默唸製作的同時灌注了較多魔力。想像著自己所思考的發訊機與收訊機意象，而非清單上映出的影像來製作。

一道特別耀眼的光芒亮起，我忍不住閉上眼睛。從手上流出的魔力卻持續外流。光芒在不久後平息，素材化為一對道具。

「這是什麼？飾品？」

「這是有確認所在地效果的道具。」

「喔～然後呢？」

「我希望妳們帶著這個。這邊是發訊機……呃，對這邊的另一個道具灌注魔力會產生反應，通知對方自己的所在位置。」

她們不解地歪歪頭，表情像在問「為什麼？」這是很合理的反應。

「那個……我還不能跟妳們一起走。不過等我訓練自己，提升實力並擁有自信後，還想再和妳們一起冒險。我覺得這個道具可以幫助我們會合。」

「空，你不知道只要委託公會，就能與人聯絡嗎？」

這個我知道。公會有付費傳話服務。不過那個服務應該只有公會成員才能使用。

當我感到困惑時，盧莉卡看著克莉絲，克莉絲直盯著發訊機後拿了起來。

「攜帶這個，對我們來說不會有什麼不妥，對吧？」

「嗯，因為這個只能知道所在的方向而已。不到附近尋找，很難知道詳細的地點。」

雖然這是正常使用時的情況。另外因為有使用次數的限制，無法經常使用。鑑定顯示使用次數是五次。

「的確，長時間沒去公會時，會收不到傳話服務的訊息，有時送出訊息也不會立刻收到回應。如果每次到了城鎮都傳話說『我們在這裡』，開銷可能夠買把好武器了。」

我記得那個服務好像滿花錢的。即使是在公會之間傳遞，發送給不特定多數的人數與地點，看來費用也會相應地增加。

「既然克莉絲說沒有問題，那我也沒意見。不過你可別用來做奇怪的事喔？」

這一點我十分清楚。

我發動鍊金術，看看能不能再製作一組，結果成功了。

「這一組要怎麼辦？」

「嗯～如果在你來找我們之前先找到賽拉和愛麗絲姊姊，就由我們去找你吧。克莉絲應該能使用對吧？」

會魔法的克莉絲的確可以使用。而且……我可能無法再使用公會的傳話服務。

最後我製作了鍊子，把道具串成項鍊交給她。盧莉卡不知為何叫我為克莉絲戴上，我老實地照辦了。試著想想，這或許是我第一次送禮物給女性。這麼一想，心跳突然加速了呢。

啊，我把自用的道具也做成了項鍊。雖然老實說很難為情……

「早安。終於要出發了，準備沒問題嗎？」

「早安。我們跟你不一樣，經驗豐富，不可能疏於準備。」

「可是小盧莉卡，妳昨天一再檢查行李直到深夜……」

「喂，這要保密吧？」

兩人愉快地笑著。感覺有點強顏歡笑。

我一如往常地吃完早餐，返回房間。兩人收拾好行李，與旅館老闆娘打招呼，謝謝她至今的關照。

我和兩人一起離開旅館，並肩走向集合地點。

誰也沒有開口，只是默默地走著路。氣氛有點沉重。平常會開玩笑的盧莉卡，唯獨今天一語不發。

集合地點有零星的人影。我看到之前一起接過護送任務的C級冒險小隊。有一個人注意到我們並舉手打招呼，我們也舉手回應。

「盧莉卡還有克莉絲。雖然說這種話有點難為情，我在各方面真的很感謝妳們。如果我是獨自一人，自己一定還在王都只顧著送貨。我認為自己能來到這麼遠的地方，見識各種事物與累積各種經驗，都是多虧了妳們。」

「怎、怎麼突然說這種話。不過我們也得以回歸初心，想起各種已經遺忘的事情，所以彼此彼此呢。」

「嗯，我過得很開心。這麼想或許輕率，但是很開心喔。」

之所以會覺得輕率，一定是因為有賽拉與愛麗絲之事的關係吧。明明必須認真尋找她們，明明必須以她們為優先，兩人或許認為教導我各種事是在繞遠路。

就算我說沒這回事，感覺她們一定會否定。

「空暫時會待在這個國家嗎？」

「因為我還有很多沒去過的城鎮。我計劃返回王都，至於路線會繞遠路吧？這不是因為我害怕虎狼喔。難得有機會，想順道去別的城鎮看看。」

「知道了知道了。只是你可別逞強喔。」

「嗯。」

「我們也會努力，好在下次見面時可以向你介紹朋友。」

「嗯，我很期待。所以我會努力走……變強的。」

「嗯嗯。不可以逞強喔，也別工作過度了，要好好休息。」

感覺我們可以一直聊下去。只要一張開嘴，想說的話便接連脫口而出。昨晚明明也聊了很久，或許還沒聊夠。

然而離別的時刻終會到來。隨著時間過去，人們一個又一個上了馬車。我看看周遭，有人同樣在道別、有人在鼓勵打氣等等，形形色色。

「那麼，空，多保重喔。下次見面時，我們來較量誰的本事進步更多！」

盧莉卡直到最後都是盧莉卡呢。

「那個……這是我要給你的。你送了我們很多東西，這是回禮。」

克莉絲交給我幾張紙。我看了看，上面記載著關於魔法的各種情報。

「這是……」

「因為你問了各種關於魔法的問題，我把自己所知道範圍內的東西都寫下來了。」

「這樣嗎……謝謝。」

「不客氣，還有……加油喔。」

克莉絲說完後也坐上馬車，我目送她們直到看不見那輛馬車為止。

馬車漸漸消失在地平線彼端。她們說如果旅程順利，二十天後會抵達拉斯獸王國。

下次見面會是什麼時候呢？為了儘可能早日重逢，我必須做的事情有很多啊。

我一直目送到看不見車隊為止，然後朝公會走去。

◇克莉絲視角・2

「真的可以嗎？」

晚上的露營時間，小盧莉卡過來問我。

我立刻明白她在問什麼可以嗎，還有指的是誰。

「嗯，把他捲入我們的狀況，感覺過意不去。」

「如果是空，我覺得他會笑著原諒我們呢。」

也許的確是這樣沒錯。可是和我們在一起，他可能會被捲入危險當中。雖然目前還不要緊，但明天或後天未必還會平安無事。

而且空好像也有什麼苦衷。

不過我們的情況也一樣，所以不怪他。在各方面利用對方的，或許反倒是我們。

這個國家的空氣感覺就是如此停滯和糟糕。

「話說真的存在嗎？」

小盧莉卡問的是精靈吧。

我點點頭。

牠給我的印象是個難以溝通的孩子。雖然牠能夠聽得懂我們的語言，我卻幾乎不明白牠到底在說些什麼。

牠好像很在意空，經常躲起來看著他。

偶爾會大膽地出現在空眼前，嚇他一跳。

牠一開始對我有些戒心，不過在空被虎狼打傷後，就經常過來找我。

我姑且聽明白的部分，有牠說想和空在一起、想保護他等等。

我告訴牠，人和精靈的壽命不同，但我不知道牠是否真的理解了。

只是在牠幫助負傷的空時，我痛切地感受到那份心意是明確的。

所以我最後也教了牠各種事情。

至於方法……如果由我告訴空或許會更穩當，但我沒有勇氣這麼做。這當然是因為有規矩在，就算有勇氣可能也做不到。

所以我對那孩子撒了一個謊。

我告訴牠這是個考驗。必須努力用自己的話告訴空才行。

然後我們做了練習。牠好像光是說一點話，不，說幾個單字就得耗費能量，累得精疲力竭。

假如是成長後的精靈可能不同，我想這對那孩子來說負擔可能很重。

不過牠卻出乎我的意料，每晚都過來反覆地練習。

看到牠的模樣，我感受到這孩子的心意是認真的。

所以我在最後對牠說道：

「加油喔。」

再來就看那孩子了。但願牠的心意可以傳達給空。

希望我交給空的那些資料，能派上一點用場。

閒話・1

一個昏暗的房間內。全身穿著黑色基調服裝的男子，他對著靠坐在格外豪華座椅上的男子深深地低下頭。

坐在椅子上的男子帶著冷淡的眼神，不見一絲平常展露的溫厚笑容。

「……報告。勇者們看來正如聽聞般沒有戰鬥經驗，大部分的人都跟不上與騎士團之間的訓練。」

「大部分是指？」

「……劍聖、聖騎士、劍王三人動作生澀，正在緩緩適應中。」

「……其他人呢？」

「魔導王可以使用高輸出魔法，但不穩定，發動狀況起伏不定。至於精靈魔法士，由於沒有精靈魔法的使用者，目前正派研究者們調查文獻中。」

「……聖女呢？」

「……正在教會訓練神聖魔法。」

「沒辦法立刻上前線嗎？據說以前召喚時，儘管費了一番工夫才學會魔法，但馬上就能拿劍戰鬥了。」

「……您意下如何？」

「他們是寶貴的戰力。若隨便投入前線陣亡也得不償失。先讓他們適應戰鬥吧。正式的提升位階(等級)等那之後再說。」

「…………屬下明白了。」

「……等等，這麼說來，關於精靈，那個不能用嗎？」

「……那個倖存者嗎？」

「對，他應該很熟悉精靈吧？唔，不過輕易接觸會有危險嗎？」

「……用隸屬魔法牢牢束縛住就沒有問題。如果您能批准使用面具，可以提升安全性……」

「……面具要視隸屬魔法的效果而定……那就嘗試一次吧。若能使用精靈魔法，應該會成為很大的戰力……」

「……遵命。屬下立刻擬定對策並實行。」

「……對了。那個不符期待的傢伙怎麼樣了？」

「……據說在冒險者公會註冊了。」

「……喔，那他有能力戰鬥囉？」

「……據說每天都在接送貨委託。」

「那種小孩的跑腿工作……記得他的技能是漫步吧……原來如此，的確適合嗎？」

「……還有收到報告指出，他能輕鬆地搬運大量貨物。」

「……然後呢？」

「……不，屬下認為只是搬運東西也能派上用場……」

「搬運貨物靠奴隸去做就夠了。要是貿然用他，不小心讓他死了，反倒才會造成影響吧。」

「……的確是如此。」

「……不過也對，那個不符期待的傢伙即使無能，也是異世界人，不知道會發生什麼變化。今後也繼續觀察他吧。不過別讓他去其他國家以及談論召喚勇者一事。」

「……如果發生這些情況呢？」

「殺掉也無妨。處理掉……」

「……報告。騎士團長表示希望帶三名勇者前去討伐魔物。」

「朕聽說了……聖女的情況如何？」

「……據報實力已成為王都教會第一。傳聞教會正暗中謀劃帶她前往聖王國。目前正在進行調查。」

「……安排聖女參加討伐。一查出謀劃者就處理掉。」

「……屬下明白了。」

「……魔導王的情況如何？」

「據報還難以投入實戰，問題出在威力太高。」

「有波及我軍的風險嗎……精靈魔法士的情況呢？」

「……他與精靈的契約似乎完成了。」

「……『似乎』這個說法很含糊啊。」

「這是由於他本人這麼宣稱，我們當中無人可以確認精靈的存在。我們也問過那個人，據說是締結了契約……不過已經確認魔法發動了。」

「……沒必要讓他們戰鬥，也讓兩人都參加討伐吧。即使只是看見魔物，多少也會有些改變吧。可以的話，朕是想讓他們戰鬥。」

「……遵命。」

「……那個不符期待的傢伙情況如何？」

「據報他接了幾件委託，出了城鎮。」

「……他接了什麼委託？」

「採集藥草與討伐哥布林。」

「……獨自接下的嗎？」

「據報他與結識的冒險者一起接委託。」

「……他變得有能力戰鬥了嗎？」

「在他回來報告哥布林討伐之事時，已確認他受了傷。另外也曾看到他與同一組冒險者一起訓練，但實力老實說比新手騎士還弱。」

「……同行冒險者的身分呢？」

「據報來自波斯海爾帝國，不過似乎是愛爾德共和國人。」

「……是間諜嗎？」

「屬下獲得情報，他們正在巡迴各國尋人，尋找的對象有可能是奴隸，也確認其與奴隸商人有過接觸。」

「……好好盯著。如果他們要一起前往國外，一併處理掉。」

「……報告。討伐已順利完成。」

「……戰鬥情況如何？」

「他們第一天顯得困惑，不過從第二天以後就能順利應對。但騎士長報告，他們有時會被力量擺布，希望讓他們定期累積實戰經驗。」

「……階位提升了嗎？」

「已確認低等級者提升了幾級。」

「……其他人的反應如何？」

「一開始看到魔物的屍體會覺得不適，不過除了聖女和精靈魔法士兩人，其他人看起來都適應了。」

「……能力方面情況如何？」

「聖女的力量無可挑剔。由於體能較差，屬下認為需要護衛。」

「……命令騎士團長進行該方向的訓練。如果教會的人反對，就告訴他們這是為了保護聖女。」

「……屬下明白了。魔導王感覺非常想使用魔法。」

「……變得很好戰嗎？」

「與其說好戰，更像是想對會動的目標使用魔法，確認是否生效。」

「……有類似逃避的反應嗎？」

「……至少在返回時並沒有。」

「……情緒的狀況呢？那個術式的效果如何？」

「……變得有些暴力傾向，不久後又恢復原狀。屬下認為需要再觀察一陣子。」

「……嗯……那個不符期待的傢伙情況如何？」

「他接下商隊護送任務，前往中繼都市菲西斯了。」

「……護衛任務嗎……」

「……那對二人組據報已直接前往拉斯獸王國。只是，那兩人似乎正在尋找獸人和尖耳妖精奴隸。」

「……你說尖耳妖精？」

「……是的。據說捲入戰爭中失聯了。您認為該如何處置？」

「……把防範等級提高一點。若有什麼狀況，就裝作意外除掉她們。」

「……遵命。」

「……那個不符期待的傢伙也跟去了嗎？」

「……目前並未看到這種徵兆。他也沒有透露自己的情況。」

「……別放鬆戒備。對了……也派那個過去吧。」

「……13號嗎？」

「你有異議？」

「……不，很抱歉。繼續觀察即可嗎？」

「……稍微由我方主動出手，看看他的反應也是個方法……或者說……」

「…………」

因此我決定製作手槍，當作保險之一。手槍在可製作清單上也是我這麼決定的一大原因。

我合成鐵鋼石、鐵礦石與魔礦石，追加魔石並注入魔力混合在一起後便完成了。原理不得而知。只能說製作出來了。

「……這個就是……」

完成的手槍重量，比想像中更加沉重。

儘管統稱為手槍，好像有各種製作方法。我剛剛做的是最基本的，依照混合素材的數量和品質、使用的魔石品質以及蘊含的魔力量而定，似乎會有所變化。

子彈也順利製作完畢，但不能在這邊試射，因此我先收進道具箱裡保管。對我來說沒有機會用到會更好，不過不知道會發生什麼情況，需要預作準備。

哈～～我吐出一口氣，躺在床上。

精靈也像配合我的動作般降落在床鋪上，直盯著我。

牠的眼神彷彿在訴說什麼，我依然不明白牠想表達什麼。

只是總覺得躺著不太好，起身在床鋪上端坐著，與牠面對面。

我們目光交會，隱約看出牠正在仰望著我。

『……契……』

我好像聽到什麼聲音。感覺也像直接在腦中響起，但聲音微弱得像呢喃，聽不清楚。

我不由得環顧周遭，房間裡當然沒有其他人。

「難不成……是這傢伙的聲音嗎？」

我垂下目光，鎖定床上的精靈。

『……約……』

當我又覺得聽到什麼時，牠圓圓的形狀塌下來，像被壓扁一般變成荷包蛋似的形狀，然後變得透明。

「喂、喂！」

我驚訝地呼喚，然而精靈沒有反應，消失得無影無蹤。

我一直等到房間裡的油燈燃料耗盡後就寢，卻在意得無法入睡。我在半夜醒來好幾次查看枕邊，但牠平常待著的地方仍舊空蕩蕩的。

隔天，由於預約到了開往南門都市方向的公共馬車，我決定在等候搭車期間到公會接委託。接的是我所擅長的採集藥草委託。

於是我創造了傳說。你說你聽不懂我在講什麼？

五天內，我每天都去採藥草。冒險者的人數因討伐虎狼而減少，用於討伐的藥草被買走後，藥草庫存也尚未補上，因此我很受歡迎。

櫃檯小姐一開始很高興，但隨著日子過去她浮現難以言喻的表情，最後臉頰開始抽搐。不看情況持續接委託的我或許也有問題，採集藥草是我能確實賺到錢的委託嘛，這也無可奈何。

最重要的是，去採集時走路可以賺取經驗值，而且我用來提升鍊金熟練度的藥草庫存也漸漸減少了。

在繳交採集藥草的五天裡，我最多賺到一枚金幣。這讓公會裡的冒險者們發出驚呼。有幾支冒險小隊當時向我提出邀請，但我鄭重婉拒，表示自己要離開城鎮了。

嗯，我受不了太熱情的氣氛呢……相對的，我在公會附設的酒吧請他們喝酒，聽聞各種冒險故事。十枚銀幣就這樣沒了！他們到底喝了多少啊。要不是公會會長出來叫我們散會，肯定還會花掉更多錢吧。

那場宴會也算在模擬戰鬥等交流中與我成為朋友的冒險者們，知道我要離開城鎮後為我舉辦的歡送會。不過雖然賺了一筆錢，總覺得出錢的人是我好像怪怪的。和盧莉卡她們分別後，我大都獨自行動，能夠一群人一起熱鬧地放鬆是很棒啦。

說不定他們考慮到這一點……是我想太多了吧。他們肯定只是單純想喝酒而已。

因為聚會開到有點晚，我腳步搖搖晃晃地返回旅館。自從來到這個世界以後，我並不常熬到深夜才睡。在旅館住宿時，我經常早早入睡。

所以在我覺得有些睏倦地回到房間時，看到那個身影，睡意一下子一掃而空。

「好、好久不見。你還好嗎？」

我奔向精靈，忍不住開口。

之前牠以那種方式消失，讓我很擔心。

最重要的是我在那之後閱讀克莉絲給我的資料，獲得了各種知識。

首先是關於屬性魔法，那份資料主要介紹火、水、風、土、光和闇六種屬性魔法的基礎知識。可能是因為克莉絲本來就在使用，火和風魔法的說明特別詳細。

而最後寫到的內容，記載著與現在出現在眼前的東西有關的部分。

精靈魔法。那是與精靈締結契約後可以使用的魔法。她寫到她是從認識的尖耳妖精那邊聽來的，那說不定是指她們正在尋找的愛麗絲。

根據描述，精靈有各種不同的性格，有會追隨牠們感興趣對象的習性。另外，如果本來就跟精靈之間具有親和性，有時牠們會回應呼喚而出現。精靈有個體差異，過去也曾確認到會說話的精靈。

儘管不知道精靈的最終目的，精靈希望與人締結契約，攜手同行。締結契約的方法是為精靈■△※，當對方同意，即宣告成立。

■△※部分的文字不知為何變成亂碼無法閱讀。

我試著仔細回想，當時牠講的好像是「契約」。

「我說，你想跟我締結契約嗎？」

我看著牠的眼睛詢問，牠眨了一下眼，然後激動地點頭。

這可以當成肯定吧？

這麼一來，問題在於方法嗎……雖然這麼說，但我想像得到。儘管想像得到，不過問題並不在那裡。

「只要為你取名就可以了嗎？」

當我小心翼翼地詢問，牠似乎高興地點點頭？

果然是嗎～名字啊～

我不由得想抱住腦袋。

「因為你是白色的，就叫小白之類的……」

我說出口之後，感覺到很傷心的氣息。牠的耳朵也垂下了。

也對～我自己也覺得太直接了。

「話說你是男性？還是女性？」

在克莉絲的資料上有寫到他和她，所以精靈應該有性別存在。我試著確認，他對女性這個詞彙產生了反應。

「……希耶爾。」

當我說出不禁浮現的詞彙，她的反應顯得非常開心。啊～那在法文中是「天空」的意思……不過她本人很高興，到了現在，也沒辦法說想更改了吧。雖然覺得難為情，也沒辦法嗎……

「那麼妳的名字就叫希耶爾。我的名字是……妳可能知道，我叫空。請多指教。」

當我伸出手，她來到我的手掌上突然發出光芒。明明應該是第一次看到這種光輝，我卻有種懷念的感覺。

那道光芒緩緩地擴散，籠罩我全身。總覺得身體發熱，變得暖和起來。

不久後光芒平息，恢復原來的狀態。

我注視著希耶爾，但覺得她沒有什麼改變。

我活動一下身體，一切如常。

……於是我想到要查看狀態值，便叫出狀態值面板。

數值……沒有什麼變化。

不過項目增加了。

多出了稱號「與精靈締結契約之人」這一行文字。我使用鑑定，顯示「這是給予和精靈締結契約者的稱號」這段說明。

除此之外，我學習到了原本無法學習的神聖魔法。可是精靈魔法仍然呈現灰色文字狀態，無法學習。

「有件事我要確認一下，締結契約後有什麼非做不可的事嗎？」

這個問題沒有得到回答。不過我隱約感覺到一絲自己和希耶爾之間的連結。

這時候，我察覺掌心感受到輕微的重量。當我動動手，手掌上的希耶爾也移動了。

「變得能碰到了？」

我上下左右地活動著手，希耶爾也許很開心，耳朵頻頻抽動著。

我一邊以目光追逐耳朵的動作，一邊不禁用空出的手撫摸希耶爾，蓬鬆的溫柔觸感傳來，但吃驚的希耶爾逃跑似的離開了。

「不、不好意思。不可以摸嗎？」

聽到我的道歉，她警惕地靠近我，停在半空中。

在我小心翼翼地摸了一、兩下後，她倏然退開。看樣子她不喜歡過度被碰觸。不如說希耶爾可能也不習慣，顯得有些困惑。

「明天得早起，今天就來睡覺吧……再說一次，以後請多指教！」

我看到希耶爾對那句話有力地點點頭。

當我熄滅燈光躺在床上，希耶爾來到枕邊縮成一團。不，她本來就圓滾滾的呢。

隔天早上我做好旅行準備，走出旅館。盧莉卡她們是從西門離開，而我是由南門出發。在等待公共馬車時，有熟面孔找我攀談。看樣子他們接了委託要出城鎮。

「空也要離開城鎮嗎？要變寂寞了呢。」

我和熟識的冒險者們告別，搭上公共馬車。

前往調查及討伐虎狼的一行人尚未歸來。也有人組成大規模商隊走北側的大道，但那只是極少部分人，絕大多數人就算要前往王都，也會選擇經由南門都市的迂迴路線。

我坐在搖曳的馬車上，思考今後的計畫。

首先我要前往位於王都南側的南門都市艾琵卡。除了通往王都，艾琵卡還有通往艾法魔導國與福力倫聖王國的大道。

「前往福力倫聖王國的道路經過整備，但要前往艾法魔導國必須翻山越嶺，很辛苦喔。儘管如此，因為那個國家有少見的產品，有不少商隊會去那邊。」

我在馬車上聽到各種消息。特別是不可靠近的地點與傳聞等等。感覺聽到了很多關於魔物的活動變得活潑化的消息。

「這是指討伐委託很多嗎？」

「對，大型城鎮上的冒險者也多所以還好，可是小城鎮與村莊好像應付得很吃力。領主也不能對村莊棄之不顧，正忙著派遣士兵等等。」

如果村莊毀滅，領地內的收入將會減少。但是派遣地點也有優先順序，無論如何都會出現傷亡。

「而且士兵本來是對人戰鬥的專家，不習慣應付魔物。聽說在黑森林發動的第一次侵略時，造成的傷亡非常嚴重。」

「就是在王都北側的那片森林對吧？」

我記得好像聽說過魔王城在森林的彼端。

「嗯，以前只有零星分布的簡易堡壘，如今已經是要塞都市了。聽說還派遣了S級冒險者過去呢。」

我這次放棄走路，選擇搭乘公共馬車有幾個理由。

一個是收集情報。旅行商人的話題有許多實際的經驗談，聽了很有收穫。因為搭馬車時閒著沒事，只要我發問，他們會告訴我各種事情。

「對了，聽說在阿雷特與普爾姆中間點附近，有個製造古怪食材的村子，這是真的嗎？」

「啊～你說福賽村嗎？那邊的確有這附近很少見的食材。是把家畜奶加工來著？」

「不過別的地方應該也有製作這種產品。只是很少會運輸到城鎮，沒什麼吃到的機會呢。」

「算是吧。就算進貨，運輸也很麻煩。如果是大型商會，有高性能的道具袋與魔法道具那還好，但是這樣價格會變得昂貴，我們一般人很難吃到。」

「對啊。如果想吃就要到當地去。」

果然和我先前聽說的情報一樣。

這趟旅途不趕時間，順道去福賽村看看好了。一起聽到這番話的希耶爾或許是很好奇，顯得心神不寧。

我在三天後抵達第一個城鎮阿雷特，住了一晚後，前往下一個城鎮普爾姆。

由於事先拜託旅館給我小房間，我得以單獨住宿。

白天我依慣例在鎮上散步，這個城鎮沒什麼特色，我去冒險者公會看過，也沒什麼活力。聽說這是因為很多人在累積一定的經驗後會前往中繼都市。但公會不至於都沒有冒險者，那是因為半途返回的人似乎也不少。

那一晚我在旅館重新查看技能。正確來說，是查看新學到的技能。

由於技能點數有13點，我學了幾項新技能。

NEW

【投擲・射擊Lv1】【火魔法Lv1】【水魔法Lv1】【心電感應Lv1】

投擲・射擊在進行遠距離攻擊時會有命中率補正。

我學習這個技能，一大原因是由於鍊金術的等級提升到能夠製作槍械了。這也能用在投擲小刀上，應該不愁沒處可用吧。

我只製作手槍，到現在甚至還沒試射過，所以想找機會試射。只是就像鍊金術清單上的標示一樣，那是這個世界上不存在的東西，我認為使用時需要注意。老實說，在有旁人的地方可能無法使用。不過如果自己面臨危險，我打算毫不猶豫地使用。性命最重要。

火魔法讓我可以使用火屬性魔法。我習得的目的主要是為了焚燒哥布林等魔物的屍體。當然還預計在攻擊時也讓火魔法發揮效用。

水魔法讓我可以使用水屬性魔法。由於我會生活魔法，目前沒有使用機會。在需要大量的水時就會用到了嗎？另外，我希望繼續提升技能等級，做到可以維持冰系統……冷卻等溫度管理的程度。

至於魔法，因為轉職為魔術士的條件是習得三種以上的屬性魔法，我先學這兩種。打算邊看情況，邊陸續學習其他屬性。看著克莉絲，我覺得魔法果然很令人嚮往呢。

最後學習的心電感應，是不用出聲也能傳達話語的技能。但這好像不是對任何人都能傳達，我嘗試過好幾次向人發送，卻沒有反應。

學習的契機是因為一起搭乘公共馬車時，我無法向希耶爾說話，她顯得很寂寞。雖然她聽著我與其他人的對話忍耐著，但感覺不時會像希望我找她說話般瞄過來。

可是對希耶爾說話，等於在自言自語……我記住了這一點。看著那圓滾滾的眼睛直盯著自己，我就……

『喂～喂～聽得見嗎？』

在我第一次傳送心電感應時，希耶爾驚訝得毛都豎起來，東張西望地環顧四周。

我馬上揭開內幕並且道歉，告訴她這麼一來，在路途中也能交談了，她高興地飛來飛去。

嗯，冷靜一點吧。

第二天早上，我搭上開往普爾姆的公共馬車。預計在四天後抵達目的地，但我會在第二天中途下車。在出發前跟車夫商量過了，所以沒問題。已經支付了直到南門都市的車資，剩餘的車資無法要回來，我覺得這也無可奈何。

兩天後，當我在通往福賽村的岔路口下了馬車，車夫提醒般的問道：

「真的沒關係嗎？」

我告訴他我是冒險者，但他還是對獨自旅行感到擔憂。雖然可能是我外表的問題。

「是的。我聽說了傳聞，想去傳聞中的福賽村看看。」

「怎麼，小弟，你要在這裡下車嗎？啊，你要去福賽村嗎……如果有機會，也請我嘗嘗起司的味道吧！」

「好主意。我的份也拜託囉。」

雖然不知道話有幾分是認真的，我結識的商人們笑著說道。

話說回來，原來那種稀奇食材是起司啊……既然有起司，考慮到牛奶以及乳製品，說不定也有奶油。

那的確是我來到這個世界後沒吃過的食材。

『那麼我們也出發吧。』

我們目送馬車離去，走向通往福賽村的道路。

明明沒有人在，我卻用心電感應傳話，一方面是為了提升熟練度，另一方面是為了適應。不小心自言自語很丟臉呢……

啊，在那之前，得用那個魔法才行。

「顯示ＭＡＰ。」

我學習新技能時發現空間魔法已經升到Ｌｖ６，已可使用這種魔法。以目前所在位置為中心顯示ＭＡＰ。一次能顯示的範圍不大，但可透過注入魔力來擴大顯示ＭＡＰ。

而且這個和狀態值一樣，除了我以外的人好像都看不見。

不僅如此，這個魔法有自動繪製功能，會把經過的地方記錄下來。

如果單獨使用，看起來和公會等地方設置的地圖沒什麼區別，沒什麼用處，但進一步使用技能，就能發揮其真正的價值。

察覺氣息。使用這個技能，可以在ＭＡＰ上顯示出有反應之物。我至今都是隱約知道反應所在的方向，這麼一來就能清楚地知道地點了。

目前ＭＡＰ上沒有任何反應。我注入魔力擴大ＭＡＰ，只有查到公共馬車漸漸駛離的反應。車廂裡的人數也相符。

這麼一來，我認為至少監視者現在不在附近。假如對方有高等級的遮蔽氣息類技能就無法確定，但要說這些會沒完沒了。

這就是另一個目的。我的確對起司很好奇，然而我想確認是否正受到監視。

『不過，起司啊……配培根一起吃很美味呢。』

也許對培根一詞產生反應，希耶爾很感興趣地看過來。

我先說前提是那種食材與我的想像相符，然後說明使用起司烹煮的菜餚，我忍不住熱烈地談論著起司的潛力。看來我比自己想像中更想念起司啊。

只是接下來才麻煩，希耶爾聽到後，就像在說「快走」似的飛到前頭並回頭看我，催促我跟上去。

由於用跑的會無法獲得技能效果——

『希耶爾想吃哪種料理呢？』

我一邊問這些問題讓她冷靜下來，一邊步行走向她。

『再走一段路應該會進入徐緩的坡道。我想在那之前吃飯，可以嗎？』

希耶爾對我的心電感應傳話點了點頭。

我來到離大道有點距離的地方準備烹飪。在公共馬車上，午餐也是吃保存食品簡單解決，但自己還是想吃點好好烹煮的食物，或許因為有一日三餐的習慣吧。另一方面則是保存食品都不太好吃。

我把切成小塊的蔬菜和肉類稍微炒過後，加入調味料和水燉煮當午餐。調味比較重一點，因為這鍋湯不是要直接喝，而是要把麵包浸在湯裡吃。這時候我有意識地使用了火屬性和水屬性魔法，而非生活魔法。

柔軟的麵包屬於高級品，價格相當貴。因此保存袋裡事先買好的麵包都是硬麵包。

當湯變熱，散發出好聞的香味，希耶爾開始心神不寧。

精靈不進食也沒關係，但她好像對食物很感興趣，經常在我吃飯時一直盯著看。

直到昨天為止，我們都是搭乘公共馬車集體行動，無法拿食物給她，不過現在沒有旁人，可以給她吃。再說希耶爾也不喜歡保存食品就是了。

我把湯倒入兩人份的湯碗裡。

『妳要麵包嗎？』

一問之下，她好像要吃。

當我把麵包放在盤子上，她先從麵包吃起。但從旁邊看，就像麵包倏然消失了。可是她的表情悶悶不樂，覺得味道不怎麼樣。

當我一邊看著她的反應，一邊把麵包浸在湯裡食用，她反過來直盯著我。

我把浸泡在湯中的麵包從右往左移動，她也跟著改變面向的方向。

我又拿出一片麵包，輕輕地浸在湯裡。

希耶爾看到後，等待了一會後，吞下整碗食物。湯碗變空了。在某種意義來說是變魔術呢。

我看著興高采烈得感覺快蹦蹦跳跳的希耶爾，繼續吃飯。

飯後我用水魔法洗淨餐具，並用火魔法烘乾後，繼續前進。

正如之前聽說的，進入岔路走了一會以後，就來到徐緩的坡道上。微妙的傾斜向前延續，最後登上陡坡的盡頭就是福賽村。

建造在山丘上的村莊。我產生了這種印象。山丘範圍很廣，圍著一大圈柵欄。由於家畜採取放牧，柵欄應該是為了防止家畜逃跑以及滾落山丘而設置的吧。柵欄打造得很堅固，可能也是預防魔物的對策。

當我告訴守門人我來訪的理由時，他吃了一驚。

「來買起司很奇怪嗎？」

「的確很少見。純粹前來購買的商人會帶著馬車過來。我不知道有幾年沒見過像你一樣徒步走來購買的傢伙……有點想不起來呢。」

那些商人們也提過，大型商會才會來進貨。

「那麼這裡有旅館嗎？」

「嗯，有一家喔。那裡供應用本地採到的食材做的菜餚。請務必享受一番。」

他應該對自己村子裡的產品非常自豪吧，可以從言語之間感受到他充滿自信。

「我是旅行者，想要住宿兩天左右，可以嗎？」

「當然可以。你一個人嗎？」

「嗯，我聽說了這個地方，想過來看看。」

「嗯～這個村子沒什麼特別的東西喔？」

旅館老闆不可思議地歪歪頭。人對於身邊的環境，的確往往沒有認知。

「我聽說這裡有起司，很想吃吃看。」

「起司嗎？確實是在這個村子製作的，有那麼少見嗎？」

至少自從我來到這個世界後，就不曾吃過了。關於保存的問題，可以收進道具箱，或是之後煙燻過就好。

當天晚上供應的餐點的確用到了起司。

麵包切成薄片，中間夾著起司和蔬菜。就是所謂的三明治。

還有將烤馬鈴薯用奶油炒過，上面撒上融化的起司。我拿起一顆馬鈴薯，起司牽絲垂下。希耶爾看到後眼睛圓睜，上下追逐著牽絲的起司。她拿到嘴邊咬一口……啊，她露出非常幸福的陶醉表情。

『好吃嗎？』

面對我的詢問，她點點頭，蹦跳著要求還要再吃更多。

最棒的是番茄湯。聽說番茄也是村子裡栽種的。當我說想要購買時，老闆娘說會介紹農家給我。非買不可啊。另外還有牛肉與豬肉的菜餚，好吃到忍不住吃太飽了。

「本來覺得分量很多，不過你吃得真香呢。」

在我把菜吃得精光之後，老闆娘高興地這麼說道。因為還有希耶爾要吃的份，我多點了一些菜。一方面也有懷念的滋味讓我吃得停不下來的關係呢。

「因為每一道菜都很好吃……忍不住就吃多了。」

「是嗎是嗎。那你明天也抱持期待吧。」

對那句話反應最大的是希耶爾。她眼睛放光地看著老闆娘。剛剛明明還飽得動彈不得……

「老闆娘，這附近有什麼稀奇的地方嗎？」

在吃完飯心滿意足後，我詢問正在收拾餐桌的老闆娘。

「稀奇嗎～對於從外面來的人來說，感覺不管看到什麼都很稀奇……硬要說的話，頂多是離開村莊走向大道，半路上在右手邊會看到樹林，穿越那片樹林後有座小湖吧。啊，還有在那片樹林裡可以採集到少見的蘑菇吧？」

「擅自採集那種蘑菇沒關係嗎？」

「應該沒關係吧。那是自然生長的，並不是村子管理的作物。而且村裡的人也不會特地去採蘑菇。」

我在來旅館前看了一下村中的情況，大家的確都忙著飼養家畜與務農。

至於老闆娘為何知道那個地方，據說那裡是著名的村民休憩之地，同時也是年輕人們的約會聖地。她說那裡是她與丈夫充滿回憶的地方，當場秀起恩愛，真傷腦筋。

隔天我買了各種食材，收進道具箱裡。試著詢問能不能實際參觀製作奶油與起司的現場，村民爽快地答應了。當我問可以偷師嗎，也說沒關係。真是一群大而化之的人們。

結果在這兩天，我把村子各處走遍了。

「你會按照計畫，明天離村嗎？」

「是的。我預定半路上去湖邊看看。」

「這樣啊。我個人推薦在那邊住一晚喔。湖泊附近有可休息的小屋，你可以住那裡。不過小屋只能遮風避雨，沒有家具，如果是你應該沒問題吧？」

我接過分量偏多的便當，道謝後離開村莊。路上遇見的人們都來打招呼，為我送行。果然是一群溫暖的人們。

『那麼我們出發吧。』

希耶爾對我的話點點頭。

希耶爾或許也很中意這個村子，我曾看到她坐在村民飼養的豬與牛的背上，玩得很開心。雖然是我自己的印象，精靈感覺喜歡豐饒的大自然，或許跟這種氣氛悠哉的地方契合度很高。

話雖如此，如果問我會不會想住在這裡，那得考慮呢。這裡可以是度過餘生的好地方，但我想在這個世界到處走走看看的欲求尚未滿足。

我下了坡道，沿著徐緩的山坡前進，確實在右手邊看見樹林。直接走向樹林感覺也可以到達目的地，然而根據村民的說法，這裡好像有一條不太好找的路。我仔細觀察，發現的確有條路。如果不知情地走過來，應該不會發現吧。路面踩踏得還算穩固但未經打理，上頭有些小石子。因為靴子修補過了，就算踩到小石子，我也毫不在意。

我沿著路走下去，路徑宛如被吸入樹林般向前延伸。路面依然踩踏得很穩固，但樹枝延伸到路上，有時我會折斷擋路的樹枝再往前走。我當然有把樹枝收起來，等待露營時當作木柴運用。

由於進入樹林後，希耶爾就開始心神不寧，我告訴她可以四處逛逛，她便高興地飛走了。自從締結契約後，她似乎變得能強烈地感覺到我在何處，所以會相當隨心所欲地到處行動。不過到了晚上一定會回來，當我醒來時，她總是在旁邊縮成一團。

目送希耶爾離開後，我也鑑定了周遭，但附近沒有生長蘑菇。這裡感覺不像經常有人來的樣子，果然是因為接近人們通行的道路，容易採集嗎？

我想了想，以ＭＡＰ查看目前的位置和湖泊的位置。看樣子就算進入樹林也不會迷路。旅程並不趕時間，我心想在中午前到達湖邊就行了，便尋找起蘑菇。隨著我偏離道路深入樹林，慢慢開始發現蘑菇。

可是鑑定顯示這些蘑菇都有毒性，無法食用。由於用鍊金術調配後好像可以製成類似毒藥的東西，我少量採集了一點。

接下來我走到樹林深處，但沒有找到可食用的蘑菇。察覺氣息偵測到微弱的反應，可能有動物把蘑菇當作食物吧。從反應大小來推測，那不是人類或魔物，但並未看見什麼，所以我姑且保持警惕。而當我靠近時，偵測到的反應就逃跑似的離開了，應該不要緊吧。

結果，我在沒有收穫食材的情況下穿越樹林。

穿越樹林後，前方是一片鋪滿花草的平原，平原彼端可以看見湖泊。湖畔那棟小屋就是之前聽說過的休息處吧。

我本想直接往前走，又對踩踏這些美麗的花產生罪惡感，轉而走到踏得穩固的道路上前進。

當清風吹過，花草隨之搖曳，演奏出悅耳的聲音。雖然音色並不協調，聽起來卻令人平靜。

我聽著那個聲音往前進，轉眼間抵達湖邊。近距離所見的湖泊清澈見底。我將手伸進湖水中，很清涼，如果天氣再熱一點，真想把腳伸進去涼爽一下。

在眺望著湖景一會後，希耶爾從遠處飛過來。是因為差不多到了午飯時間嗎？

我拿出請老闆娘準備的便當，希耶爾高興地吃著。我也一起吃飯，已放涼的菜餚不減美味，令人滿足。

「專業廚師做的料理果然好吃呢。」

如果烹飪技能升級，我有一天也能煮出這種水準的餐點嗎？

順帶一提，正熱衷於吃東西的希耶爾好像沒聽到我說的話。

吃完飯後，我查看小屋內部。大概是為了避免有人定居下來，除了屋子角落堆著木柴外，屋內空無一物。考慮到這是在野外過夜，光是有個屋頂也足夠了呢。

老闆娘推薦我住一晚，是在入夜之後會發生什麼事嗎？太陽還高掛空中，距離天黑還有充裕的時間。儘管我有意試用手槍和魔法，那樣很可能會破壞這個地方，因此猶豫不決。

「來試著做點菜好了……」

或許是對做菜這句話有反應，本來在休息的希耶爾飛了過來。

除了牛奶，我挑戰用番茄等蔬菜製作各種醬汁。希耶爾對我在做什麼感到不可思議，發現我開始製作煙燻食品，便直盯著看。我要做煙燻培根，難得有機會，也試著做煙燻起司。記得以前在電視上看到過。當我準備把起司直接加進去時，烹飪技能發出警告。原來如此，若直接煙燻起司會融化，需要進行處理……

「料理技能真是太方便了。」

另外，一般好像以詠唱和使用魔法來提升技能熟練度，但我發現一條捷徑。

發現捷徑真的是個巧合，在我以生活魔法用火和水時，火和水屬性魔法的熟練度上升了。現在我正積極地利用這一點來提升技能等級。不過也許跟原本的用法不同，熟練度提升得比較慢。我轉念一想，只要稍微有點提升就夠了。

我一邊用火魔法調整火力，一邊用重點所在的水魔法做各種嘗試。水主要可用來調整溫度與冷卻，消耗魔力還可以作冰塊。但單獨使用無法做出熱水，想直接做出熱水看來必須與火魔法併用才行。順便一提，我試著在備用鍋中生成的熱水是滾燙的。這需要練習呢。

當我忘了時間持續嘗試錯誤，太陽在不知不覺間西沉，不禁感到有些寒意。看來先前自己非常專注。而料理方面，我煮出醬汁和湯等各種菜色，存放在用鍊金術製作的保存容器裡，想吃的時候加熱就行了。因為鑑定會告訴我食物是否可吃，可以預防食物中毒。

我用小火保溫晚上要吃的那鍋食物，並重新環顧四周。原本在陽光下閃閃發光的湖面，宛如被黑暗侵蝕般逐漸由藍色轉為黑色。色彩繽紛的花朵，此刻也像逐漸被塗上深色般失去光彩。

對那幕景象感到一絲寂寞的時間只有短短幾分鐘。在夕陽西沉不久，四周一下子被黑暗包圍後，突然發生了戲劇性的變化。花朵綻放之處亮起點點光芒，光點不知為何飛上空中，在達到一定高度後迸開消失。我腦中一瞬間浮現肥皂泡泡。

不僅如此，湖面像鏡子般倒映出覆蓋夜空的星辰閃閃生輝，突顯出光的界線。明亮到不需要人工照明。原來如此，難怪是約會聖地。我明白村民們為何會特地過來這裡了。我也覺得如果能跟盧莉卡和克莉絲一起目睹這一幕就好了。

我目瞪口呆地望著美景。希耶爾也眨眨眼睛，看著那片光景。這時候，我的肚子咕嚕作響。我與希耶爾目光相對，不知為何覺得很難為情，刻意地清清喉嚨，打開鍋蓋。

香味在周遭瀰漫，刺激飢腸轆轆的肚子。希耶爾也受到吸引般轉向並靠近湯鍋。

我把湯倒進盤子裡，放在希耶爾面前。雖然畫面看起來像給寵物飼料一樣，這也沒辦法。這次要吃的是我做的幾種湯中的一種——以番茄為基底燉煮的蔬菜湯。

我也替自己準備了一碗，要用湯匙勺起湯吹涼後喝一口……味道微妙。

說得好聽點是發揮食材原本風味又帶著甜味的湯。說得難聽點，是生菜味明顯，調味沒調好的湯。不是無法下嚥，要說味道是否令人滿足，不得不說答案是否定的。番茄的潛力不應該只有這樣。是我的烹飪技能等級還不足以引出番茄的美味嗎？

我看向希耶爾，她正高興地喝著湯。雖然這麼說，我至今不曾看過希耶爾覺得東西難吃……啊，有過呢。在吃那種保存食品的時候。這麼一想，她的味覺說不定和我們差異不大。唉，光是看著她高興地吃東西的模樣就讓人療癒，所以沒關係。

我艱苦地奮鬥，添加少許調味料，同時一點一點地調整味道。一口氣摻入很危險，要少量微幅調整。這很可能會變成失敗的原因，但我相信可能性，果敢地嘗試。技能也告訴我一定沒問題……一定……

當我埋首於作業中，突然感到周圍的光線減弱了。我重新望過去，發現發光的花朵正慢慢地失去光輝。光芒隨著時間過去愈發減弱，當月亮來到正上方時，光已完全消失。我看向湖面，那裡看得到映著兩個月亮的倒影。

現在只有月光和營火的火光映照周遭，看著在黑暗中浮現的火焰讓人心情平靜，或者說有種能使人忘記時間一直看下去的不可思議力量。希耶爾也盯著火焰，但不久後也許看膩了，閉上眼睛不再動彈。

我望著火焰半晌，在營火熄滅時抱起不再動彈的希耶爾進入小屋。雖然也不是不能睡在戶外，難得有間小屋，沒有理由不用。

締結契約後最大的變化，果然是變得能碰觸到希耶爾吧。她摸起來觸感很舒服，一撫摸就會停不下來，但她本人好像不太習慣這樣，過度撫摸就會逃也似的消失，因此我很自制。本來覺得現在是好機會，但她在清醒時和沒有意識時的手感會變得不同呢。即便如此，我還是偷偷地撫摸了一下。

我在睡前併用MAP和察覺氣息確認周遭沒有危險，決定只使用平行思考便去休息。若發動

多個技能，ＳＰ會半途耗盡，不過按照我目前的ＳＰ最大值，我知道若只用一個技能，在提升自然回復的幫助下，足以輕鬆撐過睡覺期間。

本來覺得最適合使用的技能是察覺氣息，但我有使用這個技能後導致睡眠變淺，稍有反應就醒過來而無法休息的經驗，現在則會避免使用。看樣子可偵測到的反應數量隨著等級提升而增加這一點帶來了反效果。技能效果似乎可調整強弱，我正在練習中。

在小屋住宿的一夜平安結束了，我得以神清氣爽地起床。希耶爾或許是睡昏頭了，有點搖搖晃晃。無奈之下，我抱起她走到屋外，把她放在墊子上，開始做菜。

『妳醒了嗎？』

可能是對煎培根的聲音產生反應，應該躺在墊子上的希耶爾來到我身旁。

『再等一下，馬上就好了。』

我把起司放在培根上再煎一次。希耶爾好像完全清醒了，她翹起嘴角。

『早餐是度過一天所需的活力來源，不好好吃一頓可不行呢。』

希耶爾對那句話連連點頭。根據克莉絲的情報，精靈不吃東西也沒問題……不過比起獨自吃飯，與別人一起吃飯時食物會更美味。

於是吃完飯後，我們向南門都市邁步前進。

我們在三天後抵達的普爾姆住了一晚，從後續開來的公共馬車乘客那裡聽說了討伐虎狼的消息。據說虎狼討伐成功，但還有部分冒險者在調查森林，前往王都的公共馬車還需要一點時間才會行駛。

由於無法搭乘公共馬車，我決定徒步前往南門都市。這趟旅程不趕時間，如果沒有目的，走路是最好的。雖然獨自旅行會有各種危險，現在大道上的旅人比較多，露營時也會集體聚在一起，相對來得安全。大概是因為有許多人不直接前往王都方向吧。

我猶豫著該如何處理沿途的露營事務，最後決定找在附近露營的人們商量，請他們讓我一起休息。交涉條件是我會提供餐點和守夜。希耶爾負責判斷對方是否善良。在希耶爾面有難色時，我就不接近那些人，會繼續走到看不見對方為止。拜此所賜，我學到一個新技能，將來有可能需要用到，所以不成問題。

NEW
【夜視Lv1】
夜視。效果是讓人在黑暗中也能眺望遠處的技能。
屬於持續發動型，不過可以隨意切換。等級提升後，可眺望的距離好像也會增加。我還沒在夜間戰鬥過，而繼續旅行下去有可能發生夜襲，擁有這個技能應該沒有壞處。

多虧這個技能，我可以跋涉的時間變長，花了四天就來到預計五天後抵達的南門都市。

南門都市艾琵卡是有雙層圍牆環繞的城鎮。外牆和內牆之間是農耕地，城鎮在內牆之內。單論圍牆所環繞的面積，比王都更加寬廣。

周遭可以看見的整片田地是麥田嗎？更後方還有酪農在工作的景象。

我辦完入城手續後，前往公會。就算要打聽旅館地點，去公會問也比問路人來得好開口。

我順便查看委託，比起送貨委託，鎮上找農活幫手的委託似乎更多。

也有討伐委託呢。討伐哥布林的委託數量頗多。有直接來自村莊的委託，也有領主發出的定期討伐委託。因為如果放著不管，牠們會無限增值。

採集藥草的委託……有是有，不過離城鎮很遠。如果要接，得以最接近的村莊當活動據點才行啊。在遠離村子的地方好像也有藥草叢生地，若要前往那裡，看來非得露營不可。

我打聽旅館地點，總之先預約了五天的房間。

自己基本上一邊接送貨委託，一邊收集周邊情報。如果碰到什麼感覺可接的委託就接下來。

至於錢……儘管還夠用，但我有想買的東西。

技能「漫步Ｌｖ30」

效果「不管走多少路也不會累（每走一步就會獲得1點經驗值）」

經驗值計數器　216034／340000

技能點數　10

已習得技能

【鑑定Lv9】【阻礙鑑定Lv2】【身體強化Lv8】【魔力操作Lv6】【生活魔法Lv6】【察覺氣息Lv9】【劍術Lv7】【空間魔法Lv6】【平行思考Lv5】【提升自然回復Lv4】【遮蔽氣息Lv4】【鍊金術Lv5】【烹飪Lv5】【投擲．射擊Lv1】【火魔法Lv2】【水魔法Lv2】【心電感應Lv2】【夜視Lv3】

契約技能

【神聖魔法Lv1】

關於神聖魔法，學到後可以使用回復魔法的治癒，但MP的消耗很大。我不清楚是本來就如此，還是因為並非透過原本的方式習得才會如此，無法隨意使用。我並不想受到得用上神聖魔法的重傷就是了。

不過，契約技能嗎……

「我也會變得能用精靈魔法嗎？」

我看看希耶爾，她正滾來滾去，也許在享受床鋪的觸感。因為最近都在野外露營。剛遇見的時候，她明明很有野性，會在藥草的葉子上睡覺……

可能注意到我的視線，她停止打滾飛了過來。我盯著希耶爾。之前覺得與盧莉卡她們分別後會很寂寞，不過多虧希耶爾，我每天都過得很充實感受不到寂寞。老實說，她救贖了我。

『謝謝。』

我傳送心電感應，但不明白我在說什麼的希耶爾只是歪歪身體。

『不，明天我們慢慢地……雖然沒辦法那麼悠閒，我們在鎮上到處逛逛吧。』

不過是一邊照慣例跑送貨委託一邊逛。

『那麼，晚安。』

聽到那句話，希耶爾移到枕邊縮成一團。我望著她的模樣，也躺在床上閉上眼睛。

第7章

抵達城鎮的隔天，我照慣例接了送貨委託。由於主要目的是記住鎮上有哪些地方，我先悠閒地走走逛逛。因為也有送貨到農業地區的委託，我走了很長一段距離，但這並未造成困擾。

半路上，我捕捉到熟悉的反應，試著開口攀談。那是搭公共馬車時，告訴我福賽村消息的商人大叔。

「喔，這不是小弟嗎。你順利抵達村子了嗎？」

「我確實去過喔。更重要的是我買了起司等產品，要不要嘗嘗？」

因為他牢牢抓住我的肩膀要把我帶走，我告訴他自己正在進行委託並約好之後再見面。會面地點是大叔當作據點的商會宅邸。

我在做完委託後前往，驚訝地發現那是一座不小的宅邸。我提供以起司為主的食材，在餐點做好前與他聊了一會。

這位大叔——克勞德似乎是一家小商會的會長。我心想這樣的人為什麼會搭乘公共馬車，據說他基本上以南門都市為據點，經常前往中繼都市與王都販售食品，這次在回程時有人來找他商量馬車數量不足的問題，於是他借出馬車當作公共馬車。

「雖然的確很好吃啊～」

他吃著起司料理，腦海中應該在思考盈虧問題吧。

「這邊這種顏色有些不同的也是起司嗎？」

「那是煙燻過的起司喔。比起一般起司能保存更久。」

「如果味道再重一點，感覺能當下酒菜呢。」

克勞德這麼說著將煙燻起司放入口中，伸手拿酒。

「小弟不喝酒嗎？」

我聽到那句話後點點頭。儘管沒特別問過這個世界的限制，我目前無意飲酒。

「因為這是我煙燻的。假如找熟悉烹飪的人商量，應該能做出更像樣的成品喔。」

「真的嗎？這是你做的嗎……要不要加入我們商會？」

這個世界的人，對於會做菜這件事評價很高嗎？

「我目前不打算結束冒險者生涯。我還有想做的事情。」

「真可惜。唉，如果遇到什麼狀況，就找我商量吧！」

他看起來喝得很醉了，會這麼問是酒醉的衝動吧。

在那之後，我花了三天時間把南門都市內走一圈。農田所在的外側區域我只去過一次，不確定以後是否會再去。

另外，我在來到這個世界後首度前往奴隸商行。尋找盧莉卡她們的好友也是目的之一，另一方面是因為有人告訴過我：「如果想繼續單獨活動，那麼買個奴隸怎麼樣？」而且建議得相當認真。

在冒險者當中，買奴隸組成冒險小隊似乎並不稀奇。因為若是單獨活動，範圍無論如何都會受限。我在南門都市與在中繼都市結識的冒險者重逢時，他們邀請我加入小隊，當我拒絕後，他們給了我這個建議。

我前往奴隸商行，得知奴隸也分成幾個階級。

犯罪奴隸。當奴隸的期間會根據所受刑罰的程度而改變。由於在期限結束後必須將之釋放，幾乎沒有人會購買這種奴隸。主要大都是經營礦山與農業等等的企業主購買。若是重罪犯，在現今的王國有時會被送往黑森林的防線。

戰爭奴隸。這是指在戰爭中被俘虜和抓走的人們。國家會為要人支付贖金，但換成普通人就有困難了。因為被抓的人數很多，在戰爭的混亂中難以找到索賠目標，就算運氣好找到，對方也沒有能力支付贖金，最終他們被迫以勞動買下自己，結果產生了這種奴隸。

債務奴隸。大多是付不出帳款的居民，為了家人而賣掉自己的情況。此時可以提出購買條件。提出愈多對買家有利的條件，奴隸商人買人時開出的價格就愈高。因為這樣更容易出售。

戰爭奴隸和債務奴隸沒有明確的釋放期限，可用自己賺得的錢買回自由之身。當然如果奴隸受僱為做生意的助手，支付給他們的工資不到普通店員的一半，十分低廉。

另外，買家有義務為奴隸提供最低限度的生活環境。若因為是奴隸就做出不給食物等行為，將會受到懲罰。假如奴隸死因蹊蹺，也會進行調查，有過失的奴隸主也會淪為犯罪奴隸。

由冒險者僱用奴隸時，最低條件是奴隸必須能夠戰鬥，或是同意參與戰鬥。冒險者基本上會選擇前者。因為小隊中如果有累贅，還不如一個人戰鬥來得輕鬆。其中似乎有些人會僱用奴隸當危急時的誘餌。因為在外出進行討伐委託時發生這種狀況，難以證明是否是故意的。不過倘若類似的事情一再發生……當然會遭到懷疑。

我聽完之後詢問價格，遠遠高出我手頭現有的錢。當然了，如果放寬條件便買得起，但也不是能輕鬆購買的價格。

我詢問有沒有獸人與尖耳妖精的奴隸，對方回答沒有。這兩個種族不分男女都受歡迎，若沒有重大問題，在王國是會立刻售出的熱門商品。

我對王國奉行人類至上主義，異種族奴隸卻大受歡迎感到疑惑。據說獸人力氣大，許多人會僱來做體力活。不過對方表示近十多年都沒見過尖耳妖精。

看來希耶爾也是第一次來到奴隸商行。她一開始東張西望，最後也許看膩了，便鑽進最近她很中意的兜帽裡。

我離開奴隸商行走到公會，發現公會籠罩著一股森嚴的氣氛。

「發生什麼事了嗎？」

我詢問認識的冒險者，他說大約五天前出發前往王都的商隊遇襲了。我記得那支商隊規模不大，但有十名以上的護衛。在抵達這個城鎮時，他們與我交錯出發，因此有印象。

「被什麼攻擊了?」

「好像是魔物。附近的居民發現倒下的傷者,前來通知公會。」

「那麼要召集什麼?」

「聽說要組織討伐隊。報告在昨天傳來,當時獲救的人好像被送到教會,公會有人去打聽詳細情況了。」

「是強制參加嗎?」

「以這裡為基地的人可能會強制參加。但依魔物而定,或許有階級限制。」

當我們談著這些事情時,一名男子走了出來。他是個筋骨隆隆?的肌肉壯漢。聽說是這裡的公會會長。

「都到齊了吧。我想事情你們都聽說了。這次的討伐,C級以上的冒險者要強制參加。討伐的魔物是歐克。推測至少有三十隻以上。」

「酬勞是?」

「參加者會發給十枚銀幣。之後依照表現支付追加酬勞。」

「D級以下不能參加嗎?」

「如果有討伐歐克的經驗,我允許參加。把有高階種的可能性也考慮在內吧。」

「什麼時候出發?」

公會會長仔細地回答冒險者接二連三拋出的問題。

「明天一大早出發。要搭乘馬車前往,有馬車的人坐自己的車過來會很有幫助。公會方面會準備糧食與藥水類。還有其他想問的事嗎？若沒有，參加者去辦理手續後解散。」

C級以上的冒險者們陸續辦好手續。剩下的D級冒險者們正在商量有討伐歐克經驗者要不要參加。

討伐雖然來得倉促，那是因為通往王都方向的大道如果被封鎖，在各方面會很不便。

「你要參加嗎？」

有人問我，由於沒有討伐歐克的經驗，我回答不參加。而且自己又是D級。

不過這麼一來前往王都方向就禁止通行了嗎？我的旅館房間預約到今天為止，該延長幾天呢？真煩惱。

我一邊瀏覽張貼的委託單，一邊重新安排今後的行程。討伐委託的數量不少。是人手調去歐克那邊，使得其他討伐停擺了嗎？

而與王都不同方向的委託……地點在附近的，有採集魔力草的委託嗎？倘若採集地點的森林中有魔物，或許會有試射手槍的機會。

隔天我目送討伐歐克一行人搭乘的馬車離開，往與他們反方向的南邊走去。

在其他藥草叢生地也可以採集到魔力草，不過我這次要前往的奇艾特村附近（即使如此也需要走上半天）的藥草叢生地，好像以能採到許多魔力草聞名。

如果在普通的叢生地採集魔力草，每十株藥草能找到一株魔力草就算幸運了，這似乎是共通的認知。

按照我採集的感覺，不覺得有這回事，那或許只是因為自己使用鑑定才能找到。我不曾普通地找過藥草嘛。

我悠閒地一路走到村子。也許是很久沒出城鎮的關係，感覺希耶爾也很雀躍。可能是因為能盡情地吃料理吧。在城鎮裡有別人在看，怎麼說都不太方便。

我按照預定計畫在太陽下山前抵達奇艾特村。本來走那麼遠的路會很累，但那與我無關。我一邊發動察覺氣息一邊走路，在遙遠的森林中捕捉到魔物的氣息。數量是……五隻左右嗎？

「你來這裡幹什麼？」

「我來採集藥草。如果村裡有旅館，我想住宿。」

「知道了。不過你別在村子裡亂逛。若給村裡的人造成麻煩，我會把你趕出去。」

看來我不太受歡迎。難不成是其他冒險者闖過什麼禍嗎？聽說經常有人來採集藥草，但感覺整個村莊都籠罩著緊繃的氣氛。

旅館的住宿費是住一晚一枚銅幣。房間大小除了床鋪外，只有擺放行李的櫥櫃。餐點很簡單，就是比保存食品好一點的水準。與老闆之間也沒有必要以外的對話。待起來不怎麼舒適呢。

我在就寢前從道具箱裡拿出水果問希耶爾要不要吃，她便高興地飛過來。

我稍微逛了逛，奇艾特村裡沒有娛樂，感覺光是過每天的生活就很吃力了。沒錯，完全感覺不到餘力。

「你要去採集藥草嗎，就算有野獸也不要獵殺。如果被襲擊那就沒辦法。還有，最近也有人看到魔物。你要小心啊。」

有人這樣提醒我。雖然沒造成什麼損害，村民們或許是因為看見魔物，導致情緒緊張。大概是我前來時偵測到的魔物吧。

奇艾特村是規模不大的小村莊，村民也不多。因此魔物可能會造成很大的威脅吧。村民們好像也狩獵過魔物，但他們是外行人，無論如何都會出現傷亡。不過野獸是珍貴的食材，他們要求我不要擅自狩獵。

我進入森林，首先採集魔力草。聽說為了討伐歐克，魔力藥水在一定程度上被收購，使得庫存減少。還說除了我以外，也有冒險小隊正前往其他採集地點。

我進入森林後，在午餐前抵達採集地點。地面在樹根阻礙下難以行走，光是要避開樹根走路，一般來說都會很消耗體力。這可能是我至今到過的森林中，最難以行走的糟糕環境。

藥草的叢生地帶以範圍來說不大，算狹小嗎？不過我用鑑定確認後，發現那片狹小的範圍內生長著大量的魔力草，有一半以上都是。

我跳過嫩芽，回收長到一定程度的魔力草。並注意不要採集過度。在回收一定程度後，我休息並填飽肚子。當然了，希耶爾也一起吃。我把事先做好的湯用火加熱，準備食物。不管一人份還是兩人份都不需多少工夫，一起吃反倒比獨自吃飯感覺更美味。

總覺得希耶爾的存在，像這樣為我的心靈帶來從容。如果我們能夠聊天，那就無可挑剔了。之所以會這麼想，可能是我漸漸感到寂寞的證據。

休息一會後，我重新發動魔法。叫出ＭＡＰ，使用察覺氣息。

「這是昨天發現的魔物……是狼嗎？感覺正在往這邊移動。那邊的微弱反應是野獸嗎？」

來狩獵吧。周遭沒有人，這或許是試試手槍的好機會。

先拿樹木當標靶試射手槍。假如沒有問題，就試著用槍來狩獵好了。魔物說不定也會對聲音產生反應而過來這邊。

『希耶爾，我要和魔物戰鬥，妳離遠一點。』

儘管知道不會打中她，如果希耶爾在附近，我沒辦法專心揮劍。

我使用遮蔽氣息接近目標。這時候邊看MAP邊走路，必須留意不要絆到樹根。雖然一開始不習慣，我使用平行思考克服了這個缺點。技能真的很方便。得看使用方式而定就是了。

接近到一定程度後，我舉起手槍。目標是長在約二十公尺外樹枝上的果實。以距離來說可能離得太遠，但這一方面也是為了確認投擲．射擊技能的效果。

我瞄準後舉起手槍。可以的話想單手用槍，因此這麼嘗試。

倒數三、二、一，扣下扳機。原以為會有後座力，不過多虧了狀態值，槍身沒有晃動。

從槍管飛出的子彈掠過果實命中後方的樹木。這該當成瞄準正中央卻打偏了，還是有掠過小小的目標就算成功了呢？真難決定。

另外就是槍聲震耳欲聾。

隔了一段距離的希耶爾也在聲音響起的瞬間豎起全身的毛。

不僅如此，原本在三百公尺外的魔物明顯改變行進路線。加快速度接近這裡。這種速度……

看來果然是狼。

如果狼聽到了剛才的槍聲，那代表槍聲響起的範圍相當廣。或是狼的聽覺很靈敏。

我解除遮蔽氣息技能開始移動。找到視野遼闊、適合瞄準的地形後，先在那裡停下腳步，再度發動遮蔽氣息後再次移動。

不久之後，狼出現在我剛剛所在的地方徘徊。有的聞味道，有的把鼻子貼在地面。

我屏住呼吸舉起手槍。靜靜地深吸一口氣，扣下扳機。

射出的子彈準確命中狼脖子。那頭狼來不及發出哀鳴就倒下。

本來沒有防備的狼群抬起頭環顧四周。

當我與其中一頭狼目光相對的瞬間，再度扣下扳機。

子彈在狼移動前射過去，在眉心開出一個洞。

當我把槍口轉向下一個目標時，其餘的狼展開行動。

有些躲在樹木後，有些朝我而來。

當我把槍口轉過去，狼往左右跳開，做出逃避瞄準的動作。牠們以本能察覺到危險嗎？

牠們動作速度太快，沒辦法用槍攻擊。

就算扣下扳機，狼也會巧妙地閃避。打不中。技能的補正效果跟不上。

我也躲藏起來一度脫離現場。迅速把裝備從手槍換成單手劍。在這時暫時解除遮蔽氣息，繞到一棵大樹後面，同時再度發動遮蔽氣息。

接著我配合從樹後面衝出去的時機拉近距離，揮下長劍。

我一擊就葬送了撞見我而浮現驚訝表情的狼。

在牠後面又有另一頭狼撲過來。

我無法揮劍，便用劍當盾牌擋下狼的攻擊。

狼利用後座力落地，立刻朝我跑來。

可能是在提防我開槍，牠左右踏著微幅的步伐漸漸靠近。

我將劍尖指向正面，擺開不受動作迷惑的架式。這是我在大量模擬戰鬥中得到的教訓。應該說是被灌輸到身上更正確嗎？

以最低限度的動作抵消狼的假動作，反過來加入假動作引誘牠攻擊。

我得以輕易地打倒被吸引過來的狼。

還剩一頭。剩下的那頭狼可能是判斷形勢不利，我感覺到牠正以驚人的速度遠離。我重新以MAP查看，代表狼的反應不久後從MAP上消失了。牠似乎脫離了察覺氣息的偵測範圍，前往與村莊相反的方向。

我在戰鬥結束後尋找希耶爾，發現她顯得沒精打采。

『該不會是聲響太刺耳了？』

等我這麼問，她大大地點頭，露出警惕的模樣。

槍聲的確很響，也許製作類似消音器的東西會比較好。要查看清單了。

在那之後，我在現場解體用槍解決的兩頭狼。剩下兩頭只有放血而已。嗯，沒多少進步呢。

沒錯，就如同沒多少進步這句話，我有了一點進步。看來技能判定我是為了烹飪而解體魔物，只有技能補正部分進步了。熟練度也微幅上升。

我把狼肉放進保存袋同時思考。如果今後也要隱瞞收納魔法、道具箱的存在，那我必須取得屬於魔道具的道具袋。只是聽說那個實際上很貴，乾脆用鍊金術來製作小型版本吧……等級跟材料都不夠。

我在返回藥草叢生地途中發現蘑菇，開始採集。這次是無毒可食用的品種。當然其中也摻雜著毒蘑菇，不過我有鑑定技能，沒有問題。

希耶爾很感興趣地看著我採蘑菇。

如果要烤蘑菇，有醬油的話那就太好了，光是撒上鹽味道也不一樣嗎？再來就期待食材本身的滋味吧。

因為在解體與採蘑菇上花了時間，我返回藥草叢生地時，太陽已經下山。由於在森林中，環境顯得格外幽暗，不過多虧夜視技能，走動起來不成問題。

我沒有返回村子，一方面想在相隔許久後和希耶爾悠閒地吃頓飯，另一方面是為了提升烹飪技能的熟練度。

在城鎮裡我不用自己煮飯，所以很少有機會使用。

而且雖然不是在地美食，小吃攤也會販賣只有那個城鎮才吃得到的料理，我總會忍不住去嘗嘗呢。

晚餐是狼肉排以及用野草與狼肉煮的湯。野草是我在步行途中採的可食用種類。我也馬上烤起先前採來的蘑菇並撒上鹽。

如果有高湯粉，露營的飲食生活可能會大幅改善，我如此心想著，手也沒有停止做事。

我熬煮狼骨，在湯中加鹽。調整火力再度煮沸後撈出骨頭，放入野草和狼肉。肉排則除去肉筋，只是簡單地撒上鹽燒烤。香辛料和調味料其實還滿貴的啊。在某種意義是奢侈品呢。

我邊喝清淡的湯邊思考。由於生活在一定程度上有了餘裕，也該思考下一步了。果然是飲食吧。美味的食物能夠豐富心靈……應該是吧。在福賽村取得的食材讓可製作的食譜增加了，但還未達到令人滿意的水準。

我一邊吃，一邊不忘分出給希耶爾的份。

看她的模樣，好像很喜歡蘑菇。眼神閃閃發光。

『啊～希耶爾。喜歡蘑菇是很好，但有些蘑菇有毒不能吃，妳最好別亂吃喔。』

提醒她一聲吧。雖然吃下毒蘑菇的希耶爾會怎麼樣，是個謎團。

我喝了一口湯並且思索。如果烹飪的廚藝進步到能做生意的程度，或許就不再需要特地繼續當冒險者。

就算要在各地到處旅行，用旅行商人的身分就行。還有依鍊金術製作的藥水價格而定，轉換到那個方向也可以。

另外我擔憂的是這張公會卡。我把它當作身分證攜帶，可是這張卡片在這個世界具有多少意義呢？目前在進入城鎮和村莊時與在公會接委託及報告時會用到，但使用時會留下類似紀錄的東西嗎？

試著仔細回想，在入城出示公會卡時，我看守門人用某種像魔道具的東西掃過公會卡。我記得他的說明是查看是否有犯罪紀錄吧？村莊則確實沒有。

在承接以及報告委託時，我把卡片交給公會職員，也隔著櫃檯看過他們進行某些操作。如果以懷疑的觀點來看，可以藉此追查足跡等等。

在王國期間還好，前往其他國家時，我覺得最好重新製作身分證。如果王國的那些人認為我沒用而捨棄了自己那就好，但是他們可能不肯那麼輕易地放棄。我需要對策。總覺得在王都時受到監視。

那現在……怎麼樣呢？至少察覺氣息沒有捕捉到類似監視者的反應。因為有隱蔽系的技能存在，太過樂觀很危險。

吃完飯後，我休息一會，切換意識。

思考關於今天的戰鬥。

我證明了手槍在戰鬥中非常有用。

但並非沒有問題點。一方面是不習慣的關係，狼靠近後，我就無法冷靜地用槍。特別是受到狼的動作迷惑，甚至無法瞄準。雖然槍本來就是中、遠程的武器，這可能是沒辦法的事。

乾脆再做一把，改成雙槍？還是改造成可以連續發射呢？

非慣用手拿槍好像會有精準度問題。由於還有技能補正，只要經過練習或許可以練到派得上用場就是了。

然後是威力。子彈貫穿狼的軀體。再來就看對外皮堅硬的魔物是否有效。特別是對歐克之類的魔物會怎麼樣呢？因為有討伐一事，我忽然想到歐克。歐克的襲擊也是如此，感覺最近這陣子與魔物有關的麻煩很多。事情都發生在我前往的各處，不是我的緣故對吧？

啊，思緒離題了。手槍對歐克是否有效。如果無效，那就提升手槍本身的性能，要是不行，就強化子彈吧。若是以加工提升強度，或許能夠提升威力，只是這時候要擔心的是槍身是否承受得住。

有很多問題。關於改造手槍，可能需要使用各種鐵礦石，尋找哪種適合。

這一天我鋪好墊子，裹著長袍入睡。今天睡覺時我使用察覺氣息。因為感覺再持續使用一會就能升級了。

由於不需要早早歸返，我在森林裡散步了好幾天。

我以希耶爾喜歡的蘑菇為中心，採集了野草與樹木果實等食材。

有人說大自然是食材的寶庫，的確正是如此。儘管有毒的東西也很多，需要留意，不過這方面有鑑定技能，不成問題。

我回收各種東西，由於道具箱的剩餘容量快滿了，我決定返回村子。關於狼的事情也要報告一下比較好。

我返回奇艾特村時，守門人很驚訝。的確，我出去時說要採藥草，明明是可以當天往返的距離，卻在森林中足足生活了三天，所以他很吃驚吧。

「發生什麼事嗎？」

「我採集得太投入，忘了時間。而且我碰到狼，稍微迷了路。」

「碰到狼？在哪裡？」

「是在採集藥草的地方再往南走之處碰到的。狼一共有五頭，我只打倒四頭……有一頭逃走了。」

「這樣啊。如果你有狼肉，我們會買下，怎麼樣？」

「若是剩下的也可以，就賣給你們。那狼皮呢？」

「狼皮賣給公會價格應該會更高，但假如可以，希望你也能賣給我們。」

「這樣行李會輕一點，所以無妨。相對的，希望你告訴旅館老闆做些美味的菜餚給我吃。如果是這個村莊的特色料理，我會更開心。」

「知道了。我去找人過來，你等一會。」

我賣掉狼肉與狼皮，那一天在村子裡住了一晚。

我認為餐點按照我的要求升等了一級。菜色變得豪華一點，多出幾道第一天住宿時沒有的菜餚。雖然老闆依然沉默寡言又冷淡。

另外，住宿費不知為何變成半價。守門人特地過來解釋說這是討伐狼的酬勞。與其說是酬勞，更像在表達感謝之意吧。他們似乎收到狼的目擊情報，但難以去狩獵狼，為此感到困擾。

隔天離開村子時，我感覺守門人的語氣變得溫和了些。

看來魔物造成的損害，對於小村莊來說果然是嚴重的問題。

一返回城鎮，我就被有點慌張的氣氛包圍。

『發生了什麼事嗎？』

那異樣的氣氛讓希耶爾垂下耳朵，飛進兜帽裡躲起來。

我去公會報告採集委託之事時，公會人員大喜過望。我想著他們之前說過魔力草數量不足，而且好像還因為討伐歐克的一行人追加訂購魔力藥水，導致只剩下少量庫存。

「討伐那邊碰到什麼麻煩嗎？」

儘管是倉促做的準備，我記得會長說過會準備綽綽有餘的補給品。

「他們前往現場確認後，發現歐克群體的規模比預期中更大……現場人員好像也很混亂。」

「情況不要緊嗎？」

「他們似乎遭到襲擊，但成功擊退了歐克。只是……不，如果有什麼狀況，公會那邊會發表消息。假如你在意，請明天早上再來一趟。」

由於他說若有藥草及活力草，希望我也能出售，於是我也拿了一點出來賣。

藥水類不能直接出售，用鍊金術製作的藥水不斷累積是個問題。雖然自己也會使用，但用到的次數不多，變成擠壓道具箱空間的原因。

我走在鎮上，零星聽到有人談論歐克的傳聞。

討伐歐克的隊伍以大批人馬出發，成為了矚目的焦點也是一大原因。而且商人們正在收集情報，鎮民們也會得知消息吧。

通往王都的路線無法安全通行，目的地是王都的商人想必很困擾吧。隨著虎狼的出現，想經由南門都市前往王都的人應該不在少數，結果完全適得其反。而我……動機有點不一樣吧。

總之我先付一天份的住宿費，在旅館訂了房間。

可能是許多冒險者去參加討伐的關係，旅館有很多空房。

只是照這樣下去，如果被困在這裡的人變多，旅館說不定會住滿。

明天一大早有必要去公會收集情報呢。假如討伐沒有眉目，這段期間有必要接些委託來做。雖然暫時不接委託也能維持生活，有錢自然是最好不過。而且我說不定會買奴隸。

隔天前往公會，牆上張貼了情報。冒險者們聚在一起確認情報，形成人牆。

感覺暫時沒辦法過去查看，所以我轉而去看委託。

藥草相關的採集委託好像增加了。嗯？酬勞也變高了。

可是我看看採集地點的地圖，上次去過的地方是步行前往的最近地點啊。這是指註釋上標記可以一併採集各種藥草的地點就是了。

上面寫著在其他城鎮附近的地點，採集量並不穩定。由於前往的人很多，有可能已經被採集殆盡了。

我上次去過的地方魔力草還算多，不過感覺藥草與活力草的數量很少。而且我採集的數量不少，直到下次可以採集為止，還需要一段時間吧。

當我在委託告示牌前沉吟時，人群減少了，於是過去查看。

我瞧瞧……上面公布了關於歐克群體規模的情報。由於在首戰發生衝突時有幾個人看到高階種。現在正派出斥候緊急確認中。

另外，他們正在建造簡易的堡壘與防衛據點。也寫到已請求領主派出騎士團支援。還有歐克的數量似乎比起初所知的更多，有可能已經建立聚落。

我認為在騎士團抵達前乾脆撤退就好，不過他們似乎是為了引開對方的注意力便於斥候行動，而故意建造起防衛據點。

「請、請問～」

在我看著告示牌時，有人開口呼喚我。我記得她是櫃檯小姐之一。

「那個，你是空先生對吧？」

「是我沒錯。」

「啊，太好了。我有點事想和你說，可以過去那邊談談嗎？」

那邊有個空著的櫃檯。我依言跟過去。

「那麼，有什麼事呢？」

「我有委託想拜託你……」

「……意思是有指名委託嗎？但我是D級喔。」

我在這邊沒有那麼賣力地做送貨委託，應該不顯眼才對。

「與其說是指名委託，我聽說你是採集委託的專家，想請你接採集藥草的委託。」

「這是從誰那裡聽說的？」

「……有冒險者在傳消息，還有來自菲西斯冒險者公會的報告。」

這算有說服力的答案嗎？我的確與在菲西斯認識的冒險者滿常見面，盧莉卡她們也說過，公會之間有互相聯絡的方法。

「如果是這次的討伐需要，希望妳別對我抱著期待。」

「為、為什麼？」

「我不知道委託需要多少數量，若要一併繳交，能夠採集的地點很遠。光是前往那個地點就需要一天……也不夠啊，需要花上兩天吧？」

「……的確，能採到大量藥草的地點在距離上很遠。假如我們派馬車給你搭乘，你覺得怎麼樣呢？」

「那樣的話是可以縮短一點時間。只是我不想和其他人一起採集。」

「咦～為什麼？」

「因為我想專注在採集上……」

我說謊了。其實我是不希望有人看到我採集時的模樣。

說不定會有人起疑心。因為我的採集方法基本上依靠鑑定。

另外，我對於和陌生人一起行動是否安全也抱著一點戒心。雖然不認為會有人從背後捅我一刀，但和初次見面的人一起行動可能伴隨風險。

「那麼妳打算怎麼做？我不介意普通地接採集委託。因為收入看起來很不錯。」

也許是我的不安表現在臉上，櫃檯小姐直盯著我看。

「……請你稍等一會。我去找上司商量。」

她慌忙離座，消失在後方。

嗯～藥草不足啊。乾脆由我採集藥草，只請公會搬運貨物，效率會更好嗎？但這樣有被抽成的風險。真難辦。

我坐在搖曳的馬車上，眺望掠過的景色。用木箱匡噹搖動的聲響當作背景音樂。

馬車的貨架上坐著包含我在內的五名冒險者，還放著裝藥草用的木箱。車夫座位上坐著車夫與擔任護衛的冒險者。後方還跟著另一輛馬車。

「差不多到了下雨的時期嗎？」

「是啊。在雨中露營很辛苦，希望能撐到我們回去後再下呢。」

這次的採集委託時間為兩天一夜。

由於有多個藥草採集地點，我們被安排分為兩組採集。

馬車在大道附近停下，我們設置大本營後，各自自由行動。這樣的確比聚在一起作業更有效率。這裡好像又是不常出現魔物的地方。

「那我們去另一個地點。儘管約定中午左右會合，如果我們晚歸，你們可以先回去喔。」

另一輛馬車開往其他採集地點。

馬車停在當作地標的樹木前後，大家留下車夫和護衛散開。

與我一起接委託的冒險者算熟人。儘管這麼說，我們在中繼都市打過模擬戰鬥，但交流不算多。只是對方似乎知道我採集藥草的事蹟，他們走過來說很期待我的表現。因為酬勞是依照個別採集的分量支付，然而公會宣布，如果總量很多，會發給所有人特別獎金。

就算是這樣，我要做的事還是跟平常一樣。我發動鑑定走在草原上，陸續採集藥草。這次還準備了專用的護膝。

公會方面說會以較高的價格收購這次採集到的藥草，我會在時間允許內持續採集。努力儘量不辜負……一起接下委託的人對我的期待。

多虧夜視的效果，我在天色變暗後也能採集藥草，不過希耶爾看起來也漸漸厭倦，是時候回去了。她現在正在兜帽裡休息。

做好露營準備後，我生火烹飪。

我把水倒進鍋中，放入為了煮湯製作的自製攜帶食品。那是我前陣子準備好的。麵包從商店買來收在道具箱裡，現在取出來吃。因為麵包已經冷掉，先用火稍微烤過。光是這麼做，味道就大不相同呢。然後在上頭塗抹含鹽奶油，再夾上起司就完成了。

在我做完準備時，也許是被香味吸引，希耶爾醒了。我準備好兩人份的食物，一起吃飯。今天我們安靜地吃著。

吃完飯後，剩下的只有睡覺。我對自己施放洗淨生活魔法，準備就寢。

我在睡前開啟MAP，使用察覺氣息偵測。因為在採集中也有使用察覺氣息，我想應該沒問題，不過為了慎重起見，併用MAP來做確認。

結果察覺氣息明明沒捕捉到什麼，MAP上卻出現了反應。

儘管不穩定地閃爍著，MAP上不時浮現紅點，反覆地在一瞬間出現後又消失。若不仔細看，不會發現那個反應。

「這是什麼……」

聽到我忍不住說出口的聲音，希耶爾疑惑地看過來。

我猶豫著該如何回答。雖然語言相通，她是否理解意義是另一回事。話說就算講出來，也不代表能做什麼。或許只會讓她增添擔憂。可是……

希耶爾直盯著我一動也不動。就像在等待我說話一樣。

『之前有和妳提過技能吧？』

當我切換成心電感應說話，她點點頭。

『我用技能捕捉——我是說發現了來歷不明的反應。至少我認為那並不是一起來採集的成員。』

我曾告訴希耶爾，自己是從另一個世界被召喚過來，以及有可能由於這個原因正受到監視。一方面因為就算告訴希耶爾，她也無法告訴任何人，另一方面是為了練習心電感應沒有可講的話題，所以不由得說了出來。

大約有一半的理由，是我懷抱著想找人揭露祕密的心情吧。不過她好像有一大半無法理解。特別是關於我來自異世界的部分。

希耶爾聽完之後眨眨眼睛，感覺全身散發出幹勁、氣場之類的東西。我揉揉眼睛，是自己的錯覺。

只是她的眼睛看起來倒也像在對我說：「敵人來了！」

看著那圓圓的眼睛，我冷靜下來。

如果那個反應屬於在觀察我情況的某個人，隨便提高防備有被對方察覺的風險。

根據MAP來看，對方沒有動作。待在同一個地方沒有移動。

我靜靜待著不動一會之後，反應從MAP上消失了。不是移動後離開MAP範圍，而是突然消失了。

『反應消失了，不知道會有什麼狀況。我會使用技能睡覺，希耶爾要怎麼做呢？』

當我這麼問，她蹦蹦跳跳地主張著什麼。意思是「包在我身上」嗎？

如果那個是我想像中的監視者，我認為不會加害自己，但必須有所防備。

而且按照我現在的SP量，就算同時使用平行思考與察覺氣息，也不會在醒來前耗盡SP量過去吧。我每天走路，踏實地升級技能，終於在這時派上用場。

細微的聲音令我醒來。

也許是睡得很淺的關係，我對微弱的聲音也有反應。之所以睡得很淺，我想是腦海中在想著那個「神祕監視者？」的存在。

我開啟MAP，使用察覺氣息，但沒有反應。

昨天的反應是誤報嗎……不，沒這回事吧。

至今也在城鎮裡捕捉到奇特的反應，現在應該懷疑才對。

沒錯，懷疑對方的隱蔽能力在我的察覺氣息技能之上。所以從今以後，我必須考慮到這一點來行動。比方說如果試圖離開這個國家，對方會採取什麼行動等等。

我放鬆身體，仰望天空。烏雲覆蓋天空，下起小雨。這就是聲音的來源。

『希耶爾不怕雨嗎？』

她平常總是睡在旁邊，因此我開口問道，但她不在那個位置上。

我看了看，也許是對下雨感到高興，她正開心地飛來飛去。

我看到那個身影，忽然想起童年時代的自己。什麼都沒想，不怕淋濕地在雨中四處奔跑的自己……嗯，我知道她不怕雨了，不過也不能這樣一直玩下去。在雨變大之前，得叫她回來才行。

『希耶爾，我們來吃飯吧。』

當我用心電感應呼喚，她便高興地飛回來。

在我面前緊急煞車的希耶爾顫動起來，把淋濕的毛甩乾。

看到水花飛濺，落下的水滴沾濕我的臉與長袍，希耶爾驚慌失措。

『嗯，不要緊喔。』

我迅速用生活魔法烘乾弄濕的衣服並問道：

『玩得開心嗎？』

希耶爾對這個問題滿足地點點頭。

迅速吃完飯後，我一邊祈禱雨勢不會變大，一邊原路折返。

讓大家久等了嗎？我這麼想著，逐漸靠近大本營，發現反應各自分散。看來他們好像還在採集藥草。

「喔，你回來啦？話說這一大包行李是怎麼回事？」

看到我背上的背包，車夫很驚訝。

這也難怪、這也難怪。因為我得意忘形，一直採集到背包都裝得鼓鼓的。

「我為了獎金努力了。」

當我露出燦爛的笑容這麼說道，他臉龐抽搐。啊，對了，這位車夫是公會職員呢。

「還要在這裡多留一會嗎？」

「……在下大雨之前出發比較好吧。我認為已經充分採夠預計的數量了。」

車夫吹響集合的哨子，散開的冒險者們歸來。

「已經要出發了嗎？」

「我想在雨勢變大前出發。因為他似乎很努力呢。」

當我忙著把採集到的藥草裝進木箱時，有人呼喚我。

我轉頭看去，對方朝我豎起大拇指。嗯，好吧。我舉起手回應。

結果，我們不等另一輛馬車就出發了。因為雨勢漸漸變大。

我們在公會繳交採集到的藥草，領取委託費與獎金後，當天便就此解散。不必等另一組人回來，繳交的數量也足夠了。

採集委託結束後的隔天。我一邊跑送貨委託，一邊在鎮上到處逛逛。

城鎮裡的情況顯得有點慌亂，小吃攤與露天商店看起來也缺乏活力。我吃午飯的同時打聽著，看來大家果然對於歐克感到不安。

我則反過來一面送貨，一面謹慎地在城鎮內行走。最大限度地運用平行思考，同時使用察覺氣息走動。本來就算使用平行思考，我也不會同時重複發動察覺氣息。因為使用兩個察覺氣息也不會提升精準度，只會造成不必要的疲勞。

儘管如此我還是使用了，這是有理由的。

在前一天的採集委託中，鑑定的等級升級了。現在變成「鑑定ＬｖＭＡＸ」。

> ＮＥＷ
> 【人物鑑定Ｌｖ１】

這是在鑑定達到上限時追加到選項中，我學到的新技能。Ｌｖ１可查出那個人的名字。Ｌｖ２可查出那個人的職業。升到Ｌｖ３後，可查出那個人的等級。

人物鑑定與鑑定一樣，在看著人的時候使用技能，會跳出對話框般的顯示欄。為了提升技能熟練度，我對所有人同時使用察覺氣息與人物鑑定，因此SP不斷降低，充斥整個視野的顯示欄也讓我感到噁心。

在做完送貨委託時，我也很清楚自己的精神相當疲憊。本來認為人物鑑定可以找出可疑的傢伙，結果卻以徒勞告終。

雖然沒什麼食欲，我設法吞下食物，躺在床上。

查看技能，狀態變成【察覺氣息LvMAX】。

終於升到上限。鑑定也是這樣，其他技能或許也是以Lv10為上限。

我調整呼吸，再次發動察覺氣息。反應分為強烈與輕微兩種。那個反應輕微的人，說不定具有遮蔽氣息技能。從這裡很難核對答案。有必要做確認。若是可以，要用肉眼確認。

而技能欄又增加一個至今沒見過的技能。

NEW
【察覺魔力Lv1】

察覺魔力是直接感應到目標魔力的技能。這跟察覺氣息有什麼差異？不過既然是察覺氣息升到上限後出現的技能，我認為是偵察類的技能。

我為學習人物鑑定消費2點技能點數，還有餘裕。學習起來應該有某些用處才對……希望如此。只是要學習這個技能，也需要2點技能點數啊。

經過苦思之後，我選擇察覺魔力技能，分配點數。

我馬上試著使用，得到了反應。或許等級低的關係，範圍很小。目前能確認的範圍是在旅館內，反應有大小之分。

這是單純用來確認位於範圍內對象的魔力量的技能嗎？若是那樣，感覺有察覺氣息就夠了。我搞砸了嗎……？

不不，現在下結論還太早。一邊做各種驗證，一邊提升等級吧。再怎麼說也是高階技能（大概）。我這麼說服自己。

我順便查看職業，增加了探子的職業。是偵察類的職業嗎？對偵察類技能有補正。我暫時大多會單獨活動，轉換過去吧。

「哎呀，你今天臉色不錯呢。身體狀況恢復了嗎？」

當我前往餐廳，老闆娘開口的一句話就這麼說。

我昨晚的確狀態不好，可能害她擔心了。

「最近或許工作過度了。今天準備好好休息。」

「冒險者很忙碌呢。去討伐的都還沒回來。我們的生意也不景氣，很頭疼呢。」

她留下不知是開玩笑還是認真的一句話後離開了。大概是指討伐歐克之事吧。

根據公會的消息，騎士團今天會帶著藥水出發。

要去看熱鬧嗎？反正閒著沒事，我想親眼看看所謂的騎士團。

吃完飯後前往大門附近，現場已經聚滿人群。

大家的目光都注視著動作整齊劃一，穿戴統一裝備的騎士們。

隨著看起來像騎士團長的人發出號令，騎兵與馬車開始移動。

總數大概有兩百人左右嗎？當他們同時行動，地鳴般的聲音響起。雖然馬上被歡呼聲淹沒，聽不見了。

鎮民們喧鬧一番，在看不見騎士們的身影後散去。

公共馬車交替駛入城鎮。

我望著馬車，看到有熟面孔下了車。

「喔，這不是空嗎？辛苦你來迎接我們。」

「啊，哥布……」

我反射性說出口，被他迅速地逼近距離。就算看到粗獷大叔的特寫，我也不覺得開心。好狠的懲罰遊戲。

「嗯，你說什麼？」

居然威脅人，真幼稚。

「……好久不見，賽風先生。」

「喔，你看來也很有精神。剛剛我們和像騎士團的一夥人交錯而過，那是怎麼回事？」

「只要去公會就知道了，那是歐克討伐隊。」

「討伐歐克？感覺人數相當多啊。」

我認為以人數來說，的確很多。

「據說歐克群體規模很大還可能包含高階種。由於有一大批冒險者前往，旅館的空房相對比較多喔。」

「這樣算走運嗎？你不參加嗎？」

「參加條件是C級以上，或是有跟歐克交手的經驗。啊，我正在前往王都途中，目前通往那個方向的交通停擺了。」

「真的假的。總之我們先去公會看看。」

哥布林的嘆息一行人集合起來，朝公會方向走去。

我沒有跟過去，決定在鎮上散步。主要在露天攤位純逛街，以及品嘗在地美食。雖然有的好吃有的難吃，但也有相當美味的食物。

吃完東西後，我去武器店請人保養武器，一邊看看礦石類價格，一邊在鎮內走走。也許是往王都的道路不通的關係，感覺道具類的價格正慢慢上漲。像藥水已漲價兩成。

「歐克嗎……」

我還沒有實際見過。據說歐克不同於哥布林，身高高達兩公尺，肌肉發達且動作敏捷。資料上記載歐克皮膚也很硬，不鋒利的武器無法傷到牠們。不過肉很好吃。

我想避開危險，也有想與歐克交手的想法。正確來說，我想知道自己是否能打倒歐克……想知道以目前的實力，能戰鬥到什麼程度。如果請賽風陪我進行模擬戰鬥，就能明白嗎？

隔天我去公會露臉，查看委託。

採集委託的數量減少了。這是由於價格上漲，有時間的人都接了委託吧。我之前也努力採集過嘛。

相反的，討伐類的委託都留在牆上。討伐委託也是冒險者的主要委託，競爭率很激烈。熱門到必須一大早過來爭奪。因為冒險者中有許多血氣方剛的傢伙呢。

這種委託會剩下，是討伐歐克的關係吧。單純是缺乏人手。

由於有像賽風他們一樣從別的城鎮過來的人，我認為不會完全應付不來，但如果拖太久就不知道會怎麼樣了。

「喔，空也來找委託嗎？」

「一大早就那麼有精神啊。賽風先生你們已經接了委託嗎？」

昨天剛抵達，馬上就來接委託，雖然我也沒資格講別人，這也太精力充沛了吧。

「再怎麼樣今天也不會接啦。如果只有我一個人，可能會接就是了。」

從他豪爽的笑容，絲毫感覺不到長途旅行的疲憊。

由於還有補給等等要補充，其他成員們很久沒進城鎮，便去看看鎮上的情況了。

「討伐類委託果然還留著啊。」

果然會這麼想吧。

「空想要接哪種委託呢？」

「我不太擅長討伐類委託。假如在出去時遇到魔物，我會認命接受，但不想刻意主動戰鬥。

安全第一。」

倘若是討伐過一次的魔物還能放心交戰，但我並不想刻意討伐首次見到的敵人。老實說，那樣很可怕。

「……真可惜。你至今跟什麼魔物戰鬥過？」

「哥布林與狼吧？」

我也狩獵過其他的魔物，但並不擅長……話說獨自一人也無法打倒那些魔物。

「是新手的重要關卡呢。算是相對好打的種類嗎？像蛇、蜘蛛和蜜蜂都有點棘手，戰鬥起來難以對付。」

蛇是指血蛇。蜘蛛就是蜘蛛。蜜蜂是指殺手蜂。

據說這些魔物各有各的特徵，圖鑑上也有記載需注意之處。可惜的是我從未狩獵過牠們。

「對了。有件事想問賽風先生。若現在的我和歐克交戰，你認為結果會怎麼樣？」

「……你想和歐克戰鬥嗎？」

「老實說，我不知道。只是上次遇到虎狼時也一樣，魔物會突然來襲吧。因此我想掌握自己目前的實力。」

「我想想……那要試著跟我打一場嗎？距離那時候也過了一段日子。」

我記得在目光所及之處的確有訓練場。於是點點頭，跟隨在賽風背後。

訓練場裡不見人影，空蕩蕩的。

我們分別拿起木劍擺開架式。然後……

「唉，別這麼鬧彆扭嘛。」

我們現在在公會附設的餐廳兼酒吧吃午餐。

我承認我們之間的確有實力差距，但沒想到他居然對我放水。不過我並不是在氣他放水，而是氣自己未能看穿這一點的不中用。

「對了。我認為你可以抱持自信喔。距離那時明明沒過多久，你確實有所成長。」

半途與我們會合的蓋茲所說的話，感覺給予了我一點安慰。

「是啊。而且就戰鬥的感覺，若是一對一，你不會輸給歐克。你可以抱持自信。只是聽起來或許矛盾，千萬不要大意啊。因為魔物和人類一樣，有些個體會改變戰鬥方式喔。」

賽風舉起啤酒杯喝酒，豪爽地笑著說道。

「是呀。如果手上沒拿那杯東西，我認為你身為前輩冒險者做了好表率喔，親、愛、的？」

啤酒杯從賽風手中消失，臉上浮現微笑的優諾站在他身旁。有個說法是平常脾氣愈溫和的人，生起氣來愈可怕，我在這一瞬間覺得確實如此。我忍不住戰慄。

賽風臉龐抽搐，蓋茲嘆了口氣。他剛才阻止過他喝酒好幾次呢。

我在餐後也繼續和兩人戰鬥，在吃完晚餐後沉沉睡去。最近我考慮各種事情想得太多，但這一天得以睡個好覺。

沒有到鎮外做委託的日子，我每天都和別人交手。有時我會收到加入冒險小隊的邀約，而我表示等到道路通行後會返回王都，拒絕了邀請。

與各種人交手，讓我發現一些事。

儘管先前也這麼認為，我發現自己的體能在某種程度算優秀。至少臂力、體力和速度都在平均水準之上。除了賽風他們，我與別人短兵相接時只輸過一個人，是個手臂粗得像圓木的肌肉壯漢。

如果能得知對手的狀態值，明明就能一目了然，可惜我只查得出等級。至於等級，目前在鎮上的冒險者中，賽風他們的等級高出一大截，其他人頂多也才十幾級而已。

賽風他們精力充沛地處理討伐委託，假如在休息日遇見，就會帶我去訓練場。賽風會陪我過招，不過蓋茲在那之後的指導更讓人有收穫，這就保密吧。

蓋茲雖然沉默寡言，似乎是著名的盾牌手，而且在受到攻擊時觀察對手動作的洞察力很強，經常有人徵求他的意見。沒有接委託的冒險者們聚集到訓練場的人數日漸增加，就是個好證據。

另外，模擬戰鬥不單是一對一交手，也有組成小組進行的團隊戰。不是只有同一個冒險小隊的成員組隊，也會跟各種人組隊作戰。按照賽風的說法，這是動腦的練習，但大家都用懷疑的眼光看著他。當蓋茨表示贊同後，不知為何大家都認同地積極起來。儘管覺得可憐，我認為笑得很開心的賽風也有問題。

在像這樣度過日子的某一天，歐克討伐隊歸來了。

迫不及待地等著討伐報告的居民們，為了一睹討伐隊的英姿，聚集在大門前。

一群人從遠方走來。居民們看到後發出歡呼，但在漸漸看得清楚他們的模樣時，歡呼聲平息下去，所有人臉上都浮現困惑之色。

他們傷痕累累，我腦中忽然浮現落敗武士這個字眼。

從他們身上感受不到達成討伐的興奮感，一行人帶著沉重的氣氛穿越大門。

人數看起來也減少許多，比起出發時的人數，感覺騎士減員超過一半。

圍觀的居民們講不出話來，沉默地目送一行人走遠。

「感覺不像成功達成討伐的氣氛啊。」

不過如果是討伐失敗逃回城鎮，應該會更加慌亂才對。

而且我從人潮的縫隙間看到，運貨馬車上堆著遭到討伐的歐克屍體。只是數目沒有多到像已擊敗主力部隊的程度。

也許因為這樣，我感到更加困惑。發生了什麼事呢？

我晚間在餐廳的座位上聽到答案。

今天賽風也約我吃晚餐，在一起入座時，我們和參加歐克討伐的冒險者同桌。他與賽風似乎認識，曾聯合接過幾次委託。

「賽風你也到這邊來了嗎？」

「對啊。我想從菲西斯經由這邊返回王都。德拉克現在在這附近活動嗎？」

「算是吧。雖然比不上王都，這裡也有不少好賺的委託。更重要的是跟王都不同，氣氛不那麼劍拔弩張。爭搶委託的情況也很少。」

「這樣啊。實際上發生什麼事？還是說下了封口令？」

「倒是沒有。反正明天公會就會公開發表。老實說，這件事若不共享情報，會很危險。」

賽風一邊往杯中倒酒，一邊催促他往下說。

德拉克喝了一口酒潤潤喉嚨後，像吐出下一句話般說道：

「那裡有魔人。」

「啥……？」

一直在聆聽的眾人把視線投注在德拉克身上。別桌客人們的目光也轉向他。

那句出乎意料的話，讓驚訝、困惑與動搖蔓延開來。

「你開玩笑的吧？」

「這是事實。那個……的確是魔人。」

也許是回憶起當時的情況，他的表情因恐懼而扭曲。

先前沒有流一滴汗的額頭浮現汗珠。

他好幾次張口想說話，又像對於說出來感到遲疑一般閉上嘴巴。

重複好幾次後，他開始靜靜訴說。就像試圖把當時的恐懼隨著話語一同宣洩出來忘掉一樣。

◇回憶·德拉克視角

討伐歐克時，由於確認在森林深處有歐克聚落，我們配合騎士團發動猛攻、救出人質，然後各個擊破，確實地殲滅歐克。

保護了人質的冒險者們也不忘立即轉移至馬車，脫離戰線。

我們迎擊前來追殺人質的歐克，為下一戰做準備。

一方面靠著A級冒險者和騎士團的活躍，即使出現傷亡，仍成功地討伐聚落裡的高階種高級歐克及歐克將軍，戰況在我方優勢下展開。

在歐克所剩無幾的時候，那傢伙出現了。

從天空飛過來的「那個」自高空俯瞰地面，靜靜地飄浮著。

當大家察覺並發出騷動時，「那個」彷彿在等這一刻般舉起手。我認識的魔法師說，他在那時候感覺到魔力爆炸。

正覺得光芒閃過時，騎士團部分成員隨著巨響爆開。定睛一看，發現那邊出現一個大洞。

爆炸接連發生兩、三次，「那個」不久後靜靜地降落在地上。

即使遠遠望去，也認得出那傢伙血紅的眼眸，光是看過來就令我背脊發寒，身體自然地顫抖起來。明明目光根本沒有交會。

那傢伙像散步般走過來，漫不經心地揮動手臂。附近的冒險者有的爆開、有的被打飛，現場下起真正的腥風血雨。

騎士團成員們回過神來發動攻擊，卻沒有作用。結果就像在說那一切訓練有素、協調一致的攻擊都是徒勞無功一樣。他們連同鎧甲一起遭到破壞。

那傢伙一邊攻擊，一邊彷彿在尋找什麼般緩緩地步行前進。

那傢伙的身影逐漸變大，這一次，我感覺與那傢伙目光交會了。

之後的事我不太記得了。只是一心一意地逃跑。當自己回過神時，已在森林中瑟瑟發抖，抱住腦袋等待聲音平息。慘叫聲宛如烙印在鼓膜上，有段時間即使捂住耳朵我也會感覺聽得見那些慘叫聲。

不知道像這樣過了多久，聲音平息，我和附近的人彷彿受到引導般返回聚落。儘管身體拒絕回到那個地方，我覺得自己必須去確認。

現場慘不忍睹，如果有地獄存在，就是像那樣的景象吧。血肉橫飛，遍地屍體，不分人類或歐克混雜在一塊。從某種意義來說，我覺得當場喪命的人比較幸運。相反的，甚至覺得那些手腳被炸飛，苟延殘喘的人更為不幸。

我茫然地站在原地，有人發出的聲音讓自己回過神來，去救助還活著的人。我感到本能告訴自己，儘管手頭的藥水不多，假如還有可以拯救的生命，就應該使用。

留在現場的冒險者和騎士，只說他們擊退了那傢伙。

可是實際上他們甚至無法對那傢伙造成一點傷害，最後那傢伙留下一句：「不在這裡嗎？」說完就離去了。

之後我們憑弔死者，收集可辨認的遺物。回收作為討伐證據的歐克屍體，不成原形的屍體則儘量回收素材和魔石，然後像逃跑似的歸還了。

◇◇◇

隔天的公會瀰漫著沉重的氣氛。

參加歐克討伐的冒險者中有三成的人一去不返。再加上歸來的人當中，也有被判斷難以繼續當冒險者的重傷者。傷勢嚴重到沒有高階的神聖魔法使用者或高級藥水，就無法挽救的程度。

雖然冒險者的傷亡狀況比騎士團輕微幾分，但被迫面對認識的人突然不在了的現實，依然讓許多人十分動搖。

儘管理解冒險者這一行總是伴隨著死亡，遭到魔人蹂躪這種令人震驚的狀況，或許也是動搖的原因之一。

所謂魔人……據說是當魔王顯現於這個世界時，同樣會出現的存在。

魔王的先鋒。這次的相遇，可以說在某種意義上對自從三年前收到魔王復活的神諭後，感到半信半疑的世界，證明魔王確實存在。

我沒有體察公會內的氣氛，行事如常。一方面為了確認訓練的成果，我決定接討伐委託。若要說真心話，我是難以忍受沉重的氣氛，如果有機會，很想離開這裡。

以金錢收益來說，還是選狼吧。素材可以販售，肉類也能拿來練習做菜，在各種意義來說很有賺頭。而且上次我打倒狼時還用了手槍，這次我想只用劍解決牠們。

你說選擇討伐哥布林可以看到對人戰鬥的訓練成果？在金錢面前，那都是瑣事。

「喔，空也來接委託嗎？」

我回頭一看，他就在背後。不請自來的男人——賽風。

「早安。吃早餐時沒見到你，我還想說怎麼了呢。」

「……我喝太多了。結果……被優諾罵了一頓。」

他被老婆罵一頓啊。蓋茲說過優諾真的生氣時很可怕。她常拿法杖毫不留情地敲賽風。

我記得他昨天說過要喝酒安慰德拉克。

「賽風先生會過來，代表你們也要接委託嗎？」

「嗯，因為討伐委託積壓了不少。不減少到一定程度，我們無法安心返回王都。而且有那傢伙的存在，前往王都的交通可能會暫停一陣子啊。空要接什麼委託？」

「這個狼的討伐。」

「不對未知發起挑戰嗎？」

「因為安全第一。而且我認為選擇交戰過的魔物，更容易了解自己的成長。」

「那我們就接這個吧。」

「擅自決定沒關係嗎？」

「我們昨天商量過了。就算我是隊長，也不會擅自做決定。既然這樣，你跟我們一起搭馬車到半路吧。」

乍看之下他們的委託會經過發布討伐狼委託的村子。這是巧合嗎？不，沒這回事吧。賽風與外表看來不同，很會照顧人呢。這就是他受歡迎的原因嗎？

當我接下討伐委託，公會人員很高興。果然積壓了不少委託吧。

吃完一頓較早的午餐後，我搭上馬車。徒步需要走一天半的距離，搭乘馬車在今天之內就能抵達預定前往的村子。而且載重輕的馬車速度更快。

我們在車程中聊到各種話題。賽風他們的目標是前往有地下城的城鎮，賺一大筆錢度過幸福的退休生活。那不是只有賽風和優諾嗎？我如此心想，但是其他三人好像也有這個想法。名叫金的冒險小隊成員與蓋茲都說想開一家屬於自己的店。他們也反過來問我，我便說想巡迴各國到處看看。他們顯得有點傻眼，不過也說這麼一來，可能會在有地下城的城鎮碰面。這個國家沒有地下城呢。

我們聊得興起，但分別的時候到了。抵達岔路口後，我下了馬車。

「感謝你們送我一程，能聊到各種話題也很愉快喔。」

希耶爾也很感興趣地聆聽我們的對話。

「喔，路上小心啊。」

賽風他們好像要去馬車車程兩天外的地方討伐蜘蛛。優諾似乎不太願意，但委託費特別高，他們還是接了。我不認為自己會喜歡獵殺大蜘蛛啊。應該很噁心吧。遠離歐克建立聚落的地點，似乎也是他們選擇這個委託的原因。

我走在有些變窄的道路上。路面的鋪設狀況比大道來得差呢。馬車不至於無法通行，不過會因為崎嶇的路面吃苦頭吧。

我在太陽下山前抵達魯波瓦村。

這裡是村莊對吧？

眼前是一座破舊的大門。而守門人……當我在門前呆站了一會，門後走來一個人。

「你來幹什麼！」

不管去到哪個村莊，人人都這麼問我，我看起來不像冒險者嗎？

「我接了討伐委託，來討伐狼。」

「……討伐狼嗎……」

他好像很失望？我沒有說錯話吧。

「啊，不好意思。我帶你去見村長。跟我來。」

也許是我把想法表現在臉上，他向我道歉。

「村長。接了討伐狼委託的人來了。」

一位已過中年的男性從後方出現，在看到我後環顧四周。

「你一個人嗎？」

「是的，我是D級冒險者空，一個人單獨活動。」

「……這樣嗎。辛苦你特地前來。藍茲會說明詳情。請帶他去找藍茲。」

「是。請往這邊走。」

我在守門人帶領下抵達藍茲的家。在村中走過這段路，總覺得有人盯著自己。村子也有點殘破，那棟房子感覺好像有點傾斜。

「藍茲先生。有冒險者來處理狼的委託了。」

應聲後走出來的那個人，頭部與一隻手臂上都纏著繃帶。

「你要討伐狼對吧。你了解這一帶的地形嗎？」

「算是有記住了。」

藍茲為了確認而做的說明好懂又正確，也與ＭＡＰ的資訊相符。我在意的反倒是其他反應。

「這個村子的……」

當我準備發問時，一群男女彷彿要打斷話頭般包圍我。不過，我已從ＭＡＰ得知他們靠近。

「我說，你是冒險者對吧？」

「求求你、求求你救我女兒。」

「拜託你打倒那群傢伙吧。」

「……我老婆被擄走了。你能想想辦法嗎？」

「沒有其他人了嗎？你一個人來嗎？」

「求你為我丈夫……為我丈夫報仇……」

好、好近。臉湊得好近。而且所有人都神色迫切，眼神很可怕。那種異樣的氣氛也讓希耶爾感到害怕。

「你們冷靜點，我會說明。不過找他是沒辦法的。」

「藍茲先生，可是……」

「他是來討伐狼群的。而且階級是Ｄ級。單靠一個人對付不了那些傢伙。你們的要求等於叫他去送死。」

「可是，藍茲先生的女兒也……」

他瞪了還要繼續說下去的男子一眼，令他閉嘴。好可怕～也太有魄力了吧。

村民們不甘情願地散去。

「抱歉啊。大家情緒都很激動。」

「原因是什麼？而且村子裡好像遭受過什麼人攻擊一樣，顯得殘破不堪。」

「嗯，事情就發生在前幾天。在談這些之前，今天就住我家吧，雖然村子裡有旅館，但現在應該無法住宿。」

我老實地接受他的關照。

房子裡打理的很整齊。我在他示意下坐在鋪在地板的墊子上，他端來一杯水給我。

「就在前幾天，村子遭到歐克襲擊。男人們大多不在村裡，女人們和家畜被擄走了。我們趕回來想奪回他們，卻如你所看到的一般，反被擊敗。」

藍茲握緊拳頭，不甘心地說道。

「原來如此。所以大家才來拜託我嗎？」

「嗯，你跟歐克交戰過嗎？」

「沒有呢。而且話說在前頭，我沒有多少戰鬥經驗。」

「……就算你說得充滿自信，我也不知如何反應啊。」

「因為這是事實。讓你們抱著期待也不好吧。」

他不知為何露出苦笑。

「不過歐克啊。我認為最好明天就找人去發布委託比較好。」

「是啊，你說得對。」

沒受到期待還算好的。嗯，原來如此。我理解了。

「這一帶本來就有歐克嗎？」

「應該沒有才對。連哥布林這幾年也沒見過。上次看到狼也不知道是多少年前的事了。」

「這樣嗎。」

雖然有段距離，說不定是從那邊流竄過來的。有漏網之魚的可能性很高呢。因為魔人的出現，討伐似乎不了了之。

「我只要按照預定計畫去討伐狼就可以了嗎？」

「就這麼做吧。歐克對我們來說是威脅，狼同樣也是威脅。諷刺的是，現在多虧了歐克的存在，狼應該暫時不會來到附近吧。」

他說對氣味很敏感的狼，大概不會來這個殘留歐克氣味的村子。

「你們不離村避難嗎？歐克有復返的風險吧？」

「這個我們也考慮過。但村子裡有很多老人，因此猶豫不決。」

他們認為比起在徒步逃離時遭受襲擊，不如以牲畜為誘餌暫時躲避比較好。因為歐克並不是唯一的威脅。而且還有那些被擄走的人。

「床鋪在那邊。不好意思，床很小，你忍耐一下吧。」

「只要能在有屋頂的地方睡覺就足夠了。」

藍茲請我吃了一頓簡單的晚餐，借給我一間簡樸的空房。

「開啟狀態。」

技能「漫步Ｌｖ32」
效果「不管走再多路也不會累（每走一步就會獲得１點經驗值）」
經驗值計數器　３３９５２１／４０００００
技能點數　８
已習得技能
【鑑定ＬｖＭＡＸ】【阻礙鑑定Ｌｖ２】【身體強化Ｌｖ８】【魔力操作Ｌｖ７】【生活魔法Ｌｖ６】【察覺氣息ＬｖＭＡＸ】【劍術Ｌｖ８】【空間魔法Ｌｖ７】【平行思考Ｌｖ５】【提升自然回復Ｌｖ６】【遮蔽氣息Ｌｖ５】【鍊金術Ｌｖ７】【烹飪Ｌｖ６】【投擲・射擊Ｌｖ３】【火魔法Ｌｖ３】【水魔法Ｌｖ３】【心電感應Ｌｖ４】【夜視Ｌｖ３】
高階技能

【人物鑑定Ｌｖ４】【察覺魔力Ｌｖ２】

契約技能

【神聖魔法Ｌｖ１】

人物鑑定升到Ｌｖ４，能鑑定的項目又增加了。

我試著鑑定藍茲，顯示出如下訊息。

【名字「藍茲」　職業「獵人（前冒險者）」　Lv「8」　種族「人類」】

藍茲說我沒辦法討伐歐克，是根據以前當冒險者的經驗所下的判斷吧。

另外，新的可用技能是空間魔法的結界術，使用後可以環繞在自身周遭或是只集中在一個方向張設類似防禦壁、護盾的東西。就是所謂的魔法盾牌。這個也可透過注入魔法來強化強度，但光是正常使用就會消耗很多ＭＰ。

我試著實驗後發現，若縮小發動法術範圍，護盾連子彈也能彈開。我連開十槍，護盾也絲毫無損，然而在維持時間達到極限後消失了。看來如果縮小範圍，存續時間會跟著變短。

而把範圍擴大到環繞周遭時，護盾就能被一發子彈打碎。由於子彈威力被抵消，代表可以抵擋一次槍擊。接下來我想驗證護盾能否確實擋住一次攻擊。

『歐克嗎……希耶爾有什麼看法？』

我並非期望得到回答，而是不經意地對她開口。

希耶爾沒有特別說些什麼，只是眨眨眼睛。

我伸出手輕輕地觸碰撫摸她。暖意在掌心擴散，讓我的心平靜下來。

我開啟ＭＡＰ，看到有七頭狼在藍茲所說的地點。

另外在接近ＭＡＰ邊緣之處，還有五個魔物和七個人的反應。這應該是歐克和被擄走的村民們吧。

訝異的是兩者都離村莊不遠。因為如果遠離未探索區域，ＭＡＰ上就接收不到反應。

除此之外，在遠離村莊之處還有另一個反應。即使Ｌｖ達到ＭＡＸ，顯示仍然很模糊。是若不注意就會錯失的模糊反應。然而那個反應確實存在。我追加使用察覺魔力，成功接收到稍微清晰一點的反應。

「這個是這樣嗎……」

聽到我的呢喃，舒服地閉上眼睛的希耶爾睜開眼看過來。

我摸摸她表示沒事，整理思緒。

以前做採集委託時捕捉到的反應。現在如果有意識地搜尋，就不會錯失。

「那個也得想想辦法才行呢……」

我正受到監視，有這種感覺。在採集時也是，做這次委託時可能也有人在跟蹤自己。

要說可能性，我認為是召喚自己的王國派出的手下。除此之外，我不認為……自己有受到監視的理由。

「只是比起那個，更大的問題在那邊嗎……」

歐克與被擄走的人顯示標記重疊為一個點。

我看過資料記載，人形魔物會擄走人類女性當成增加同胞用的道具。

我別開目光關掉地圖顯示，專注在入睡上。那七個顯示標記模糊地殘留在眼底。

「不行啊……」

這本來不是我該插手的問題。然而藍茲與村民們神色迫切的表情在腦海中浮現又消失。

現在的我有能力對抗歐克。而且賽風他們也說過，一對一交手沒問題。光憑自己的劍術就能做到。

那麼如果加上魔法，應該能同時對付多隻歐克才對。

然而還有其他不安要素。我已經不可能靠走路提升等級。其他可做的事，只有學習對戰鬥有幫助的新技能了，但是……

「……要說可用的，頂多就是這個吧？」

NEW
【劍技Ｌｖ1】
劍技。使用後可以消耗ＳＰ，發出威力強大的持劍攻擊。

這似乎是劍術等級升到5級以後能學到的技能。

目前可用的招式只有「揮劍猛砍」。這是加快揮劍速度，將威力提升到平常兩倍以上的初級技能，好像比單純揮劍更有威力。

假如發生戰鬥，應該可以當作一招殺手鐧，但是……

儘管如此，當重新思考尚未見過的歐克，我遲遲難以入睡。

或許是因為想起了一度下定決心與歐克交戰，卻滿目瘡痍歸來的歐克討伐隊的模樣。

我用床單蒙住頭，用力閉上眼睛逼自己睡覺。

第8章

揮下的劍劃破魔物的軀體，魔物緩緩地倒下。

當我鬆了口氣的時候，一把劍從倒下的魔物後面刺過來。

雖然因鬆懈而反應不及，我設法收劍彈開那一擊。然而身體由於擺出勉強的姿勢而搖晃。

追擊的劍鋒朝我不斷揮落……我從床上驚醒。

呼～大大地嘆了口氣。

貼上額頭的掌心沾滿汗水。我用洗淨魔法除去汗水，站起來大大地伸個懶腰。

儘管醒來的方式糟糕透頂，我仍然下定決心。

再度查看狀態值與技能，握緊拳頭。當然了，我的確並非百分之百出於善意……

「可以問個問題嗎？」

做好準備後，我去找藍茲。

「你要問什麼？」

「你知道歐克的數量與被擄走的村民人數嗎？」

他用試探的眼神看著我。但眼中搖曳著猶豫之色。

若用一句話來描述，那種情緒是糾葛嗎？

「為什麼要問這種事？」

「如果輕率地說我覺得好奇，那很失禮。我昨天睡前做過各種考慮，若你們願意幫忙，我會協助討伐歐克……不，或許頂多只能引開牠們，我會協助救出被擄走的人。」

這棟房子一個人居住太大了。餐具的數量也是如此。最重要的是昨天與村民們的交流。蘭茲看起來像在壓抑自己。

「假如你是在意他們昨天說的話，把那些忘了吧。冒險者就是這樣的工作。」

「這是經驗者之談嗎？」

「……沒錯。」

「你們的情況與我無關。我想和歐克交手。不對，我只想試試能不能討伐牠們。」

「難道說你要測試自己的實力？這種話……」

「我無意讓你相信，也不打算徵求你的許可。如果你做不到，我去拜託昨天那些人就行了。他們一定會贊成吧？」

雖然語氣強硬，但是倘若可以，我希望找藍茲同行。昨天來拜託我討伐歐克的是普通村民。其中也有一個獵人，但大概不熟悉歐克。我也沒有熟悉到能對別人做指示的程度。

藍茲凝視著我，沒有別開目光。

我也沒有撇開視線，從正面注視他。

不知道像這樣經過了多久，先別開目光的人是他。

「為什麼要為了陌生人，做到這種地步？」

「是啊。可能是因為我明明是陌生人，卻也曾受到別人親切相待吧。而且我是真心想跟歐克交手。」

如果問我是否當真想打，答案是一半一半。我理解一旦自己死了就會失去一切。儘管賽風他們保證過我有能力應付，他們應該沒設想過我同時對上多隻歐克的情況。

不過我現在懷抱的這份心情，並不是理性能解釋的。

我並不認為盧莉卡和賽風他們是純粹出於親切而教我各種事情。即使如此，雖然有技能，對於不得不在這個世界摸索求生的自己來說，那些向我伸出的手是多麼令人高興的幫助啊。

「這算是我的自我滿足。所以你不用煩惱喔。」

我以冷淡的態度開口，等待他回答。

藍茲似乎正在猶豫。他看來正在衡量以前身為冒險者的自己、身為村民一員的自己與身為父親或情人的自己。他應該基本上是個好人，有顆善良的心吧。

「知道了。我去跟大家談談。」

「就那麼做。我可以引開歐克，不過不知道有多少人被擄走，得由你們出人手救出他們。」

其實我知道有多少人被抓走，但這點無法向他說明。

當我們一起走出藍茲家，一位村民走過來，像昨天一樣懇求我。他神色迫切，苦苦哀求。

藍茲為難地制止他，請他去找其他村民們到村長家集合。

村民們聚集後，我們在村長家展開商議。議題是救出被歐克擄走的村民，以及村莊在行動期間的防衛。由於也有可能出差錯，無法就此放心。

根據在村長家商量的結果，包含藍茲在內的五名村民會與我同行。

留下的村民中，派出腳程快的年輕人去公會發布委託，其他人則聚在倉庫裡。倉庫比其他房屋更加堅固，又有可當作避難所的地下室，因此被選中。

「請多加小心。」

村長向我深深低頭致意。

藍茲帶頭邁步前進。由於我們不知道歐克的正確位置，於是根據村民證詞當中歐克離開的方向前進。

前進了一定程度後，我們漸漸深入森林。我一邊假裝探索周遭，一邊找出像歐克留下的痕跡引導大家。

藍茲一臉不可思議地看過來。

「我常常進入森林做採集委託，自然而然養成了追蹤魔物與野獸腳印的習慣。」

我找個合理的說法說服他。其實自己是以ＭＡＰ查看了目的地。

實際上在行進方向不時會發現像歐克留下的痕跡。各處的樹木上都有刮痕，那是示威的表現嗎？如同在宣言這裡是我的地盤般，每隔一定的間隔，樹幹上就會看到刮痕。

藍茲可能也發現了這點，謹慎地跟著我。不知不覺間，變成我帶頭走在前面。

「等等……前面似乎有塊空地。我去看看情況，你們在這裡等候。」

「你一個人去沒問題嗎？」

「沒有累贅更輕鬆。藍茲先生帶領大家藏身在這附近吧。」

我用強硬的語氣限制他們的行動。

如果他們擅自行動，我也很傷腦筋。村民們很焦慮，我擔心他們一時衝動而失控。他們之中也有家人被擄走，這或許是沒辦法的事。

「如果現在擅自行動被發現，那些被擄走的人會有危險。無法遵守指示的人在這裡掉頭吧。不聽從指示不僅會害了自己，也會害同伴面臨危險。」

我認為他們明白這一點，但是為了慎重起見，我加重語氣警告。情緒有時候會使人無法冷靜下判斷。

一個毛頭小子說出這番話，讓一些人毫不掩飾心中的不滿，不過我不理他們，看著藍茲。

藍茲或許理解了，他點點頭，催促大家行動。

見到這一幕後，我也開始行動。

歐克沒有動靜。首先得確認牠們在什麼地方。我也想親眼看清楚周遭的地形。

我一邊使用遮蔽氣息一邊靠近。單獨站在遠處的那個是哨兵嗎？我以肉眼查看，有一隻歐克站在破舊的建築物前方。

建築看起來相當大。外表似乎歷經過漫長的歲月，十分殘破。建築後方是岩山，看樣子很難繞到後面猛攻。必須設法把這五隻歐克從建築物內引出來。

假設我們從正面發動攻擊，待在裡面的傢伙會出來嗎？還是會認為牠們遭到襲擊，把抓來的人當成擋箭牌？這可能是一種賭博。我不能自行下決定，最好跟大家商量。

我決定最後再查看一次地形及周遭環境，然後返回。

會合以後，我立刻說明現狀。

「把人質……？」

「嗯，因為不知道歐克會採取什麼行動。現在能做的是在我攜帶的道具中有可以發出巨響的東西。如果使用後能讓歐克走出建築物，我打算現身引開牠們。假如沒成功，只能直接動手了。」

那麼你知道歐克的數量嗎？」

「我認為有四、五隻。應該不會更多了。」

「這樣啊。就採用這個方法可以嗎？」

「……再看一下情況，觀察歐克會不會離開建築物如何？差不多到午餐時間了，牠們可能會外出進食。既然有哨兵站在那裡，那棟建築物裡應該也有歐克。如果已經外出那就不知道了。」

的確正如他所說的。我忘了這一點。我透過技能得知建築物內有四隻歐克，但一般來說都會提防是否有出外偵察的個體。

「藍茲先生說得對。可以的話，我想避開危險。」

「歐克會以跟人類同樣的感覺進食嗎？」

「……這個我不清楚。」

「我知道了。就定位後，我會先觀察一下情況。不過假若沒有動靜，就按照最初的計畫行動可以嗎？另外也請藍茲先生注意周遭狀況。」

由於沒有其他好的替代方案，雖然有風險，也只能實行了。就算發動夜襲，若不能當場打倒所有歐克，就必須在一片漆黑中逃跑。我是沒問題，但其他人就不是這樣了。

也許是理解這一點，大家即使並非百分之百接受，還是聽從於我。

「對了。這個給你。假如有必要就拿去用吧。」

我交給他裝著回復藥水與精力藥水的袋子。

藍茲一開始不肯收，但可能想像到被擄走的人的狀態，最後還是收下了。

為了避免傳出奇怪的傳聞，我交給他的是初期製作的低品質低回復量藥水。他非常感謝我，但我無法說出口，自己很頭疼該怎麼處理這些藥水，這樣反倒幫了大忙。

不過藥水在村民們眼中大概被分類為高級品，兩種各給十罐就會讓他們這麼驚訝啊。

我開始單獨行動。使用遮蔽氣息躲在遮蔽物後，緩緩地靠近。到這裡是極限了吧。

平安抵達我決定好的位置時，我背靠著遮蔽物，深深地吐出一口氣。

希耶爾擔憂地看著我，這也無可奈何。我也理解自己很緊張。

如果說我不擔心那是謊話，但已經走到這一步，也無法反悔。只要閉上眼睛，眼底就浮現那些迫切懇求我的村民表情。

可是我是來討伐狼的耶。

我把玩著手中的手槍排遣緊張。

第一次狩獵狼的時候，沒有時間思考就迫於情況展開戰鬥。

第一次與哥布林交戰時，我是出於自身意志接下討伐。不過當時還有盧莉卡和克莉絲陪著自己。

與虎狼交戰是意外狀況，但那時身體在思考前就先行動了。

這是我第一次與歐克戰鬥。遺憾的是這次我孤身一人。或許沒有做好足夠的戰鬥準備，也缺乏決心。儘管如此，自己現在會站在這裡，毫無疑問是出於自身的意志。

藍茲他們確實地待在我指定的位置。

歐克也在建築物內有某些動作。擔任哨兵的那隻歐克看似有些不滿，顯得很煩躁。

太陽的位置漸漸升高。再等下去也是浪費時間呢。

我舉起手槍，將槍口對準天空。

在我準備扣下扳機時，看到兩隻歐克在MAP上開始向外移動。

我等了一會，兩隻歐克走出建築物。牠們與擔任哨兵的歐克有所互動。是在交談嗎？

我又多等了一會，但留在建築物內的兩隻歐克沒有動靜。

再來就是走一步算一步嗎？我扣下扳機，槍聲響起。朝著天空開火。

歐克看起來很驚訝，馬上做出警惕周遭的動作。

我在解除遮蔽氣息的狀態下在歐克面前現身，直接拔劍朝牠殺去。當然是用走的。我不是在展現自己很游刃有餘。

歐克發出咆哮嚇唬我。

我無視咆哮拉近距離，對準最前面的歐克揮劍。

金屬交擊聲響起。他以手中的劍擋下這一擊。

歐克把劍用力壓回來，但我從正面接下。不知是多虧了基本狀態值還是強化身體的技能，要比拚力氣我可不會輸。魔物有個體差異，所以切忌過度自信就是了。

我一度用力往前推，在下一瞬間向後跳開。

失去力量支撐的歐克身軀向前傾倒。

我沒有錯過那個破綻，揮下長劍。我認為這是時機完美的一擊，卻被從側面伸過來的矛尖阻礙，長劍準頭偏了，僅僅輕微割破歐克的皮膚。

而且反方向又有另一隻歐克發動攻擊。牠的裝備是斧頭。看見那厚實的刀刃，我感到正面交鋒會很危險。

要先重整態勢。哨兵也像要逃出三隻歐克的攻擊距離般往後退。

被劃傷的歐克重新站穩腳步，發現自己被我打傷，發出憤怒的咆哮。

也許是聽見咆哮聲，剩下兩隻歐克也走出建築物。剛才聽到槍聲明明沒出來，莫非咆哮聲是信號嗎？

至於建築物裡人類的動向……似乎都聚集在角落。

我拿出小刀，瞄準剛剛出現的歐克投擲出去。

小刀對準牠的眉心飛去，卻被牠用驅趕蒼蠅般的簡單動作彈開。

歐克的眼眸捕捉到我，惡恨恨地瞪過來。

這下子吸引到牠們的注意力了嗎？

就在投擲小刀後，歐克朝我發動攻擊，我舉劍擋下。

我一邊留意距離，一邊重新看著總共五隻的歐克。牠們手中的武器各不相同。劍、長矛、斧頭、棍棒、雙手劍。魔物也對武器有擅長與不擅長之分嗎？

另外我在意的是有一隻歐克顏色稍有不同。那是微妙的色澤差異。細微到若沒跟其他歐克站在一起便不會察覺的程度。我使用了鑑定查看，五隻都是歐克。只是其中一隻個體的等級比其他的來得高。

以色澤不同的雙手劍歐克為中心，牠們組成笨拙的隊形襲來。

我一再像要迎擊般揮劍，同時誇張地閃避並向後逃。這是為了儘可能遠離建築物。

「差不多是時候了嗎……」

切換到第一個作戰計畫吧。

雖然長時間連續使用會有危險，我首先在此發動一次平行思考。

我做出牽制，讓附近兩隻歐克停下動作，朝拿斧頭的歐克揮劍。

已有防備的歐克把這一劍彈開。

我失去平衡摔倒。

這時棍棒歐克展開追擊。

我單膝跪地舉劍從正面架住棍棒，卻煞不住力道被打飛到後方。飛得非常遠。

我看似慌張地站起來舉起劍。一邊調整紊亂的呼吸，一邊看似膽怯地環顧歐克。

當我與雙手劍歐克目光對上時，牠臉上浮現嘲諷的笑容。

我慢慢地後退。

「嗚哇啊啊啊啊！」

我發出叫喊，衝進近在身後的森林。

一瞬之後，背後傳來追逐的腳步聲。

查看ＭＡＰ顯示，五隻歐克都追上來了。

我在注意不跟追兵分開的同時，放慢奔跑速度。

要調整快慢，保持不被追上又不拉開距離意外困難……如果沒有平行思考，就無法同時觀看周遭環境和ＭＡＰ，不可能做得到這種行動吧。

在腳步聲、怒吼與吶喊聲追趕下，我不停奔跑、奔跑再奔跑。

看到有五個標記點正向建築物移動……他們會合了吧。

此時一陣破風聲響起，我感覺到危險，撲向地面。長矛就在我的腦袋剛剛所在的位置。長矛刺中樹木，隨著反作用力搖晃。好險。

我沒有掉以輕心的意思，卻在把注意力轉向ＭＡＰ上的藍茲他們那一瞬間，被打得猝不及防。剛才鬆了口氣也是個錯誤。

我繃緊神經，邁步奔跑。在樹木之間穿梭，有時則拿樹當作盾牌。

跑了五分鐘，十分鐘。有時現身，有時反覆投擲小刀並挑釁歐克，終於在選為目的地的小片空地上停下腳步。我站在隨時能躲進森林的空地外圍。在此停止平行思考。由於一直在奔跑，Ｓ

P消耗得非常劇烈。我喝了一罐精力藥水，調整呼吸。

轉身等待歐克從森林中出現。

查看MAP上牠們和藍茲等人的位置。他們正在向村莊移動。

首先第一個作戰計畫結束。對我來說的重頭戲現在才要開始。

我深深地吸口氣，把劍換成手槍。並舉起手槍，做好隨時能開火的準備。

好緊張啊。重新想想，我剛才面對的是比自己高一個頭，體格粗壯的歐克，我的身體就不由得戰慄起來。

但是反過來想想吧。這代表靶子很大，容易命中。

我慢慢地吐出吸進的空氣。緊繃的身體也同時卸下不必要的力道。

三、二、一……被迫跑了半天，狂怒的歐克們陸續衝出森林。

我在跑在最前面的歐克越過空地一半時扣下扳機。距離我不到二十公尺。

兩聲槍聲響起，面露憤怒的歐克「砰」地一聲倒下。

聲音平息，四周鴉雀無聲。直到剛才都聽得到的怒吼、吶喊和腳步聲都消失了。

歐克們停下腳步，全都露出驚愕的表情看著倒下的同胞。

時間停止了。我產生這種錯覺。

不能錯過這個機會。

我使用遮蔽氣息，放輕腳步接近困惑地停止行動的歐克，一劍刺過去。

運用體重來自背後的一擊刺穿歐克的皮膚，撕裂血肉，貫穿軀體。

哀鳴聲響起，落在倒地的歐克身上的目光轉向我。

我迅速抽回劍，離開歐克。

失去支撐的歐克因為重力緩緩倒下。這是第二隻。

歐克們原本帶著輕視、嘲笑玩弄弱者的態度，在這一刻為之一變。

進入臨戰狀態……該這麼描述嗎？

牠們壓低重心，各自舉起武器。彼此之間保持距離，擺出不會妨礙對獵物揮動武器的站位。

接下來是真正意義上的重頭戲。儘管希望牠們再低估我一點，但這也無可奈何。

我與歐克們對峙並思考。曾經用過的手段會受到防備，必須好好考慮使用時機。

但是拖著不用也不行。數量差距本身就是一種威脅。如果戰鬥拖延太久，可能會顯現出體力差距，我希望速戰速決。因為自己的體力只有在步行時才更勝一籌。

整理好想法之後，我再次使用平行思考，預備發動魔法。我準備的是火魔法。這是第一次用在攻擊上，技能指導了該如何使用。而且自己也仔細讀過克莉絲給的資料做過確認。問題只在於威力。

剩下的歐克拿著劍、斧頭、雙手劍。斧頭歐克可能是這當中最容易打倒的。或許是武器的影響，牠的動作有點慢。考慮到武器的負擔，我想先打倒牠。

我轉向持劍歐克發動攻擊。為了避免同時遭到攻擊，我儘量拿正在交手的歐克當成擋箭牌。

由於必須不斷奔跑移動消耗體力，但為了保持一對一交戰，這也是沒有辦法的事。

這種狀態維持了一陣子，歐克的動作出現變化。兩隻歐克向左右遠遠散開，對我發動突擊。

如果我攻擊前面的歐克，並順著勢頭從旁邊穿過就可以躲開，但牠們不會容許我這麼做吧。

不過這是個機會。

我拿起裝備在腰際的小刀朝正面投擲。同時轉身奔向拿斧頭的歐克。

斧頭歐克停下腳步，擺開架式迎擊。

我邊跑邊揮下長劍，在進入攻擊距離的瞬間施放魔法。

「火焰箭！」

極近距離發射的火焰箭按照計畫直接命中歐克的臉。這一擊應該完全出乎意料，歐克沒有任何反應。

可能是魔法技能等級太低，或是用得還不順手，未能打倒歐克。

我對準因魔法失去平衡痛苦掙扎的歐克揮下長劍。

劍毫無阻力地劃破脖子。本來以為劃得不夠深，但鮮血從傷口噴出，歐克的身體搖搖晃晃就這麼倒下。

沉浸在打倒對手的餘韻中不久，我就轉身切換到下一步行動。

歐克正好排成了一排。

我迅速拉近距離，雙方交鋒。我用最小的動作招架歐克揮下的武器。

我反手使出學到劍技後可使用的技能。

「揮劍猛砍！」

劍速加快，歐克的應對慢了一拍。

劍尖刺進歐克的軀體，毫無阻力地直接刺穿。

飛濺的血花沾染長袍。

在抽劍的瞬間，技能也在這時失效，我同時陷入身體逐漸脫力的感覺中。這是大量消耗ＳＰ的反作用力嗎？

因此我的應對慢了一拍。

不知何時接近的剩下那隻歐克，像要把我連同歐克一起砍碎般揮下雙手劍。

閃避……來不及了。

陷入危機的我硬是舉起長劍，再度使用揮劍猛砍。因為姿勢很勉強，速度比正常狀態來得慢，但還是能勉強趕上……應該吧。

劍借助技能的力量襲向雙手劍，沉重的撞擊導致劍尖毀損。

儘管如此，還是成功讓攻擊偏離軌道。

對手的劍尖掠過我身旁，撞擊地面。

我想翻滾逃開，但身體不聽使喚。查看狀態值，ＳＰ降到０。換成平常即使昏迷也不稀奇，今天卻得以保持意識清醒。

歐克重新轉向我，舉起雙手劍橫掃。

我抬起頭，歐克帶著確信獲勝笑容的臉龐就在眼前。

從道具箱拿出手槍，發動結界魔法阻擋逼近的劍尖。

雙手劍被護盾彈開，歐克滿臉驚愕。由於護盾是透明的，除了使用者以外沒有人知道護盾的存在。

我扣下扳機，朝牠射出所有子彈。

歐克最後的表情，彷彿在說自己難以置信。

緩緩向後倒下的軀體不再動彈，一動也不動。

我從道具箱裡拿出魔力藥水和精力藥水，分別喝下。味道還是像在喝苦澀的茶。儘管能夠忍耐，這不是我會喜歡喝的味道。緊急關頭時不會在意，但有時間時喝起來就……

不過藥水是有效的。

我感到倦怠的身體的確正在逐漸回復。

能不能改良成像果汁一樣好喝呢？我使用洗淨魔法沖掉口腔殘留的苦味。真是浪費魔法啊。

我一面思考著這些事，同時回頭看向背後。

有一個人站在那裡。

我認為對方與我接觸的機率是一半一半。如果他離開回去報告，我打算趁隙逃跑，但對方可能顧慮到這一點。不知道是由於某種情況缺少人手，還是這個人很優秀？

那人自然地站立，感覺毫無破綻。

也許對我抱持戒心，他站在一段距離外與我面對面。

「什麼人？」

由於對方沒有發動襲擊，我認為他或許有意交談，開口問道。

不過那身打扮怎麼回事？全身黑衣，戴著遮住眼睛的面具。讓人想問你是忍者嗎？個子大概比我矮兩個頭吧？由於有段距離，我不確定正確的高度，但看得出來體格矮小。

「……我是13號。異世界人，藤宮空。已確認你的力量。我奉命將你帶走。」

「……我受到監視啊。為什麼要帶走我？」

「不知道。我只是受命若你有力量，就把你帶走。」

「我只是狩獵魔物而已。這是任何冒險者都會做的事。」

「……一個人狩獵五隻歐克。這不是任何人都做得到的事。而且我並未收到你擁有這種力量的報告。」

他用感覺不到情緒的聲調淡淡地說道。宛如機器一般。

「……而且也確認到你使用了報告中未提及的攻擊魔法。」

「如果我拒絕呢？」

「不接受拒絕。」

那人身形一晃，以驚人的速度逼近我。

他手中不知何時已握著短劍。

我霎時間向後跳，但他立刻拉近距離。

在槍口對準他的瞬間，那人像在逃避槍口般跳到斜後方。

這代表他知道手槍的效果嗎？不對，他是看見了。

他保持大約三十公尺的距離觀察狀況。

他會防備手槍是個意外之喜，但這把槍已經沒有子彈了。假如他發現這一點那就結束了，不過這不是我最擔憂的問題。

我把手槍放進道具箱，撿起歐克所用的劍。

試著輕輕地揮動，感覺並不沉重。

我舉起那把劍，重新轉向那個人。

「不好意思，我不打算回到那裡。再說你們先拋棄我，又因為有力量就叫我回去？別開玩笑了。」

我開口挑釁他，反過來拉近距離。

現在最不應該做的就是放他逃走。如果他一開始就回去報告，那就另當別論，然而這傢伙是現在唯一知道我擁有力量的人。那麼，為了避免情報傳開招來更多追兵，我必須確實在這裡除掉他。

我揮下長劍，被他輕盈地避開，間不容髮地向我發動反擊。

沒有任何多餘的動作。

他最大限度地活用靈活的身手，令我一點一點累積傷害。

攻擊沒有造成任何致命傷，但是同一個部位被多次攻擊後導致裝備損壞，被劃破的皮膚淌流鮮血。

我選錯了武器嗎？雖然這麼想，自己最慣於使用的武器是劍。假使拿小刀與他對抗，顯然也會出現本領和經驗上的差距。就算拿小刀也能發揮劍術技能效果也一樣。

別說不放他逃走，照這樣下去我自己也自身難保。說不定他看過我與歐克的戰況以後，認為他能輕易地擒住我。實際上照目前的情況來看的確沒錯。

我用斬擊與火焰箭連續攻擊卻被他躲開，因此後退暫時拉開距離。

我也用假動作佯攻，對他卻不管用。

在我心想要重整態勢，重新舉起武器時，長劍從手中滑落。

怎麼回事？我試圖撿起掉落的劍，發現身體無法行動自如。

感覺……不對，手在發麻，無法靈活活動啊。

感受到視線而抬起頭。明明戴著面具看不見，卻感到他在觀察我。

我使用鑑定看著短劍。

……原來是這麼回事嗎？

當我從道具箱拿出藥水的瞬間，小刀立刻飛來。

手中的藥水迸散碎裂。

原本想要閃避，身體卻不聽使喚。

慢慢變得難以動彈。

即使如此，他也沒有大意地靠近我。

因為他知道只要照這樣等待下去，我的身體會漸漸動不了嗎？

糟糕、糟糕、糟糕！

真的大事不妙！

我在心中詠唱「開啟狀態」。

自己身上附加了異常狀態「麻痺」。

我有喝魔力藥水補充MP，但在與13號的戰鬥中用了魔法，使MP不夠施展結界魔法。即使等待自然回復，看來還需要一段時間。

怎麼辦？

我將視線投向對方，同時看著狀態值面板。

有沒有什麼能派上用場的技能……我按耐著焦慮的心情尋找。

不行、不行、不行。這個也不對。

不過我的目光停留在某一處。

異常狀態抗性。擁有對異常狀態的抗性。抗性效果會隨著Lv提升而增加。

就是這個嗎？沒有其他看來有關聯的技能。但我不知道會不會獲得麻痺抗性。

我煩惱了一瞬間，也在一瞬間做出決定。

我正準備學習技能，思緒卻突然混亂。明明要選擇技能，意識卻無法好好運作。感覺簡直就像連神經都麻痺了，漸漸變得混濁。

我咬緊牙關試圖抗拒，然而就這麼失神了。

回過神時我躺在地上，失焦的視線並未注視什麼，只是茫然地望著地面。我好像聽見腳步聲，思緒卻有如蒙著迷霧般難以運作。

在逐漸下沉的意識中，一團白色毛茸茸突然躍入視野。

希耶爾在我眼前慌張失措，接著把身體靠過來磨蹭。我感覺她的眼神在訴說著什麼，但是我看不懂。

眼皮漸漸變沉重，我逐漸脫力。

…………闔上的眼皮彼端，感覺突然亮起光芒。

明明閉著眼睛，卻感到炫目。

這是怎麼回事？我睜開眼睛轉頭看去。

便看到精疲力盡的希耶爾。她無力地像荷包蛋般攤平。

在驚訝的同時，我發現思緒恢復正常。也感覺到有人靠近的氣息。

我正在回復。難道說是神聖魔法？我想起與希耶爾締結契約後學到的技能。

不過身體還無法行動自如。但狀況比剛才好轉了。

『謝謝妳救了我。』

我向希耶爾發出心電感應，回想起自己在倒下前準備做的事情，並分配技能點數。點數還剩6點。

NEW

【異常狀態抗性Lv1】

效果「對毒具有抗性」

這樣不行。

我繼續分配點數。點數還剩4點。

NEW

【異常狀態抗性Lv2】

效果「毒無效」

還是沒成功嗎？

我現在想要的不是效果無效。

我繼續分配點數。點數還剩1點。

NEW

【異常狀態抗性Lv3】

效果「毒無效，對麻痺具有抗性」

在學到後的瞬間，我感到身體的麻痺減輕了。熟練度正緩緩上升。

我檢查一下握力，不斷忍耐地撿起劍。

然後以痛苦的動作站起來，表現出好不容易維持站立的模樣。

我舉起劍，呼吸紊亂，跌跌撞撞地往前走。速度緩慢。

這算是在演戲。我自認演得很好。應該沒問題吧？

我一步一步地走近他。

我突然復活讓13號停下腳步，警惕地舉起短劍。

進入攻擊範圍了。

拿出全力揮劍，發動技能「揮劍猛砍」。

揮下的劍在半途中脫手飛出去。

我愕然地看著劍的去向，他趁機砍過來。

上當了！

我朝著劍尖伸手抓住13號的手腕。同時像要握碎手腕般灌注力道。

不成聲的驚叫響起，短劍從13號手中掉落。

我們在速度上勢均力敵……不，我可能不如他，但力量則是自己更勝一籌。

我心想現在是分勝負的關鍵，推倒露出動搖之色的13號，用體重加以壓制。

他的嘴角因疼痛而扭曲，拚命掙扎試圖掙脫。

我按住他不讓他掙脫，同時使用的鑑定顯示一樣東西的訊息。

【隸屬面具】剝奪佩戴者的意志，製造忠實於命令的人偶。具有大幅提升體能的效果。

訊息瞬間吸引我的注意力。

我重新看向他。

他的身材纖細，個子矮小。儘管在面具遮蓋下看不出表情，但仔細一看，鼻子、嘴巴與皮膚都顯得年輕。或許該說幼小？

因為人物鑑定不會顯示年齡，只能猜測。不過我使用了人物鑑定卻沒發揮作用。

我苦惱著要怎麼做、該如何是好。把他當敵人，卻對下手殺他感到抗拒。

對魔物就沒有這種感覺。因為對手是人類嗎？

怎麼辦？摘下或是破壞這張面具就行了嗎？

「正想著怎麼那麼吵過來看看，這還真是有趣的表演。」

我思考著各種事情，突然聽到聲音自背後傳來。

雖然注意力集中在13號身上，但是完全沒發現對方靠近。

我回頭一看，一個有雙血紅色眼眸，頭上生著兩支犄角，背上長著蝙蝠翅膀的人，正擺出悠然的姿態。

……魔人。

那個身影吸引了我的注意力。

有人把短短一瞬間的分神視為良機，採取行動。

13號。他敏銳地察覺我放鬆力道，迅速掙脫束縛。

當我暗叫糟糕的時候，已經太遲了。

對於被他掙脫感到後悔也無濟於事。實際上現在那邊的問題優先順序更高。

我注意保持動作自然，與他面對面。

左邊是魔人。右邊是13號。若把我們三人的位置用線連起來，感覺可以形成一個正三角形。

「隸屬面具嗎？人類真是老樣子。」

像是看到髒東西的冷酷目光。口中說出的話語令我顫抖。

「不過你的存在是更大的問題嗎？我說，異世界人啊。」

他的眼中沒有笑意。明明沒有瞪視我，身體卻瑟縮起來。

必須保持清醒才行。

「為什麼叫我異世界人？」

魔王的手下……倘若異世界人是為了討伐魔王而受到召喚前來這裡，對魔人來說算宿敵嗎？

不過這個情況在某種意義上算是正好嗎？前提是若能與他進行對話。我覺得自己剛才也在考慮同樣的事情。

我已經從經驗者那裡聽說過魔人的威脅性。現在的我無疑不是他的對手。

「唔。假如說我是以技能查出來的，能夠理解嗎？那麼我也要提問。你在這裡做什麼？」

「討伐歐克。他……襲擊了我。」

我指向13號說道。

「討伐嗎？我愈來愈不明白了。把異世界人單獨留在這種地方的理由是什麼？」

他以打從心底裡覺得不明白的態度詢問我。

「你為什麼會這麼認為？」

「異世界人是用來殺害魔王大人的兵器吧？居然消耗在這種莫名其妙的地方，我難以理解這一代國王們的行動。雖然對於我等來說是應該歡迎之事。」

別笑得那麼高興。話說異世界人擁有某種對魔王有利的特別技能嗎？

老實說，我認為高階冒險者們更強。現在的我連C級的人都打不贏。不，或許其他被召喚過來的傢伙可能有吧。

「很遺憾，我僅僅有個異世界人身分，弱到被召喚過來的當天就被掃地出門。老實說我對那些傢伙只覺得火大，也無意對他們唯命是從。因此如果你能放過我，那就太好了。」

「……你的說法很有意思。不過我無法坦率地相信你。因為人類是會滿不在乎地傷害他人、撒謊與背叛的種族。」

我無法否認。那種心態，不管在另一個世界還是這個世界都一樣，利己又自私。不符合這種形容的人是少數派吧。

但是我幸運地遇到屬於少數派的盧莉卡和克莉絲。

「你不否認嗎？」

「我認為這是事實。」

「唔，去除不確定的風險是最好的做法。我認為現在處理掉你才是最好的喔？」

魔人壓抑的殺氣一下子滿溢而出。

正面面對殺氣，我險些昏厥過去。

因為已做好準備，才勉強能夠承受。

此時，令我和魔人都感到意外的情況發生了。

13號對殺氣產生反應，突然襲擊魔人。

他攻其不備。攻擊完全出自死角。

魔人頭也不回地揮一下手臂，就擋下發動時機完美無比的攻擊。

「剛剛明明在搏鬥，接下來卻保護他？真是難以理解的行動。是那張面具的影響嗎？」

被彈開的13號像顆球一樣飛出去。

他的身軀落在地面翻滾，但在衝擊力消失後立刻站起身來。

「我會執行命令。把藤宮空帶回去。清除礙事者。」

「……甚至連對手的力量都無法理解。只不過是人偶嗎？你也在這裡毀壞吧。」

他更換了目標。

但是我不能逃跑吧。

一旦遭到攻擊就完了。只是把死亡時刻延後而已。

我環顧四周，尋找武器。地上有一把13號掉落的短劍。

我配合13號的動作行動，撿起短劍丟過去。

我投擲的短劍飛向13號，阻礙了魔人的行動。

「哦。你要妨礙我？而且還幫助敵人？」

他確實出手要殺13號。如果沒有我的干擾，13號肯定已經死了。

「如果可以，我想向那傢伙打聽各種消息。例如那個隸屬面具。有辦法可以讓他擺脫面具獲得自由嗎？」

「唔。這對我有什麼好處？而且反正你也要死在這裡，沒有意義。」

倘若我們死在這裡，就沒有意義嗎？

自己此刻說不定正站在人生的分歧點上。

一旦失敗就沒有未來。

我倒抽一口氣。吞氣聲在腦海中迴盪。

「……你會使用隸屬的……對奴隸施加的魔法嗎？」

「隸屬魔法？不會用。」

「那麼類似的魔法呢？比方說使人不會背叛你，或是禁止危害行為的魔法呢？」

「……倒是有類似的。」

「那用那種魔法……」

如果有可能性，就接受吧。假如死了一切就結束了。

「對我施加制約吧。」

魔人以試探的眼神看過來。我沒有別開目光，從正面回視他。

聲音消失。

時間停止。

緊張感環繞著我。

我感到一分一秒都很漫長。

不知等待了多久。

魔人開口。

判決之刻。

「……有意思。你為何要做到這種程度？」

「我無法接受被帶來這種莫名其妙的世界，死於這種沒有道理的死法！」

不對。與當時被趕出來時的感受不同。現在的我還有想做的事。

「我還想巡遊這個從未見過的世界。這裡的文化、風景，一切都與我們那個世界截然不同。還有就是我單純地不想死。因此假若能夠得救，我會服從於你。當然了，是在我做得到的範圍內……」

「……好吧。如果你接受制約（詛咒），我就留你一命。」

這可能是惡魔的契約啊。

「首先，我想想……」

他隨意地走近13號。

步伐像是在附近散步般輕快。

13號露出警惕之色，但回神時已被抓住。

魔人一把握住隸屬面具，由於身高差距，他的身體懸在半空中。

13號拚命揮動四肢，對魔人卻毫無影響。

「你幹什麼……」

魔力爆炸了？

我以肌膚直接感受到濃密得令空氣震動的魔力。

那股力量大到足以讓我看見肉眼應該看不見的魔力層。

啪擦！尖銳的破碎聲響起，13號的身體墜落。

魔人手中拿著碎裂的面具。

「剛才那個是？」

「我發出魔力破壞了面具。若想安全又確實地解除，殺死契約者會更快。」

雖然他說得輕描淡寫，但這不是誰都能用的方法吧。

「那麼接下來你要實現承諾。做好準備了嗎？」

我還來不及回答，魔人已來到眼前。

即便在預料之中，面對這麼懸殊的力量差距，也只能發笑了吧？

「我該怎麼做？」

「站在那裡就行了。剩下的我來做……制約內容是……禁止你危害魔王大人。」

他如此宣言，詠唱我聽不懂的話語，最後灌注魔力。

我感覺從他指尖釋放的濃密魔力纏繞我的身軀，最後漸漸被吸進心臟裡。

忽然想到自己跟希耶爾已締結契約，擔心這會不會對她有害，但已經太遲。只能祈禱這不會對我與希耶爾之間的契約造成不好的影響。

正當我想著這種念頭，突然發現魔人直盯著我。

我有種遭到刺探的不快感覺，但立刻消失了。那是什麼呢？這種感覺近似於希耶爾幫我治療麻痺時，毒素漸漸脫離身體的感受。

「我可以問個問題嗎？」

「什麼？」

「別加害魔王的意思，是別與魔王為敵嗎？」

「不對。是不允許傷害魔王大人。」

「是指物理上的傷害嗎？」

「是這樣沒錯。那又怎麼了？」

「不，因為跟先前想像的不一樣。」

我以為會受到更嚴格的禁止事項束縛，所以感到意外。

「這不是我擅長的魔法。比起附加各種條件，設定簡單的條件效果更為牢固。若是複雜的制約，失敗的可能性也比較高。」

「這代表魔王……大人對你來說那麼重要嗎……」

我說了什麼奇怪的話嗎？聽到我的話，魔人面露驚訝之色。

是我沒自覺地講出來了嗎？

「那麼我以後該怎麼做？」

「隨你自由。只要你遵守制約，我沒有意見。」

他說得非常乾脆。

「去討伐魔物也沒有問題嗎？」

「魔物並不是我們的手下。隨你高興吧。」

「如果你還有其他同伴，我是說魔人同族，遇見時我該怎麼做呢？」

「若看不順眼，與他們為敵就行了。我們基本上只是隨心所欲而為。」

完全不明白他的思路與想法。

雖然接受制約，這樣我不就幾乎是自由的嗎？

總覺得被搞得好亂。但是這樣對我來說很方便，所以沒有怨言就是了。

「還有，那個不要緊嗎？」

我指向倒地的13號說道。

從剛才開始，他便一動也不動。

「是受到強制解除面具的反作用力影響吧，不久後應該會恢復意識，至於在恢復意識後會怎樣，我無法保證。有些人會神智崩潰，有些人則會試圖執行之前收到的命令。當然也有沒出現任何異狀的。這方面有個人差異。」

魔人不感興趣地說道，那不是非常危險的狀態嗎？

意思是說在最糟的情況下，自我有可能崩潰吧。

「那我要走了。我們應該很少會見面，但你要遵守約定喔。」

「等等。我還有幾個問題想問。」

「你要問什麼？」

「我聽說你曾在歐克討伐時現身。你統領了歐克嗎？」

儘管他說魔物並非手下，但也有可能利用魔物。

「那是巧合。我感受到召喚的波動。由於牠們群聚在一起，我認為可能有異世界人才過去看看。對了，我戰鬥是因為他們擅自攻擊我，於是讓他們認清自己的斤兩。」

「這代表你不會主動與人類？交戰嗎？」

「我是這樣。其他人不一定吧。每個人的想法各有不同。若有必要，我也會戰鬥。」

人？的確，稱呼他為魔人是我們自己決定的。在對方觀點中，或許也會用人以外的稱呼來指稱人類。

「最後一個問題。被召喚來這個世界時，他們告訴我只要打倒魔王，使用魔王的魔石就能返回原本的世界。這是真的嗎？」

「……無稽之談。我沒有聽說過這種事。至少至今我都沒有目睹過。首先……」

「這樣啊……」

「你不驚訝啊？」

「這是常有的事吧。說為了實現願望需要做某些事。因為需要適合的誘餌來騙人聽命行事。不過這樣啊……」

那幫人果然與其說不容疏忽大意，更是陰險狡詐。不可原諒。

「不好意思，我有一件事想拜託你。可以嗎？」

他臉上浮現厭煩的表情。我問了這麼多問題，他會覺得煩也無可奈何吧。不如說他會守規矩地回答才叫我吃驚。

「如果發現了異世界人，若情況允許，能請你保護他們嗎？」

喔，他的表情轉為感興趣了。

不過這不是什麼不可思議的事吧。

我想起當時那些人的表情。雖然難以諒解他們的作為，但是處在那種狀況下，這也是沒辦法的事。

「那些傢伙也是被擅自召喚過來，受到欺騙與利用而已。所以如果有對話機會，他們放棄戰鬥的話，希望你能保護他們。」

「……我認為這是白費力氣……無法承諾，不過好吧，異世界人啊。」

「嗯，拜託了。還有，我叫空。拜託你了，伊格尼斯。」

魔人……伊格尼斯似乎很驚訝，但或許是馬上理解了原理，什麼也沒說就飄浮到空中，突然釋放魔力。

一聲巨響響起，掀起塵埃。當塵埃散去時，眼前那片森林已經夷為平地。

當我驚訝地看過去，伊格尼斯一語不發地就此飛走了。

可以在空中自由飛翔，真令人羨慕。我逃避現實地想著這種事。

我一直眺望到他的身影消失為止，突然心想那是壓倒性的力量。伊格尼斯說他感受到召喚的波動而來到王國，我認為最可疑的地點是王城所在的王都。有那麼強大的力量，感覺他一個人襲擊王都也能攻陷城市，但這個世界還存在著與他匹敵的強者嗎？

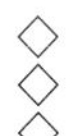

思緒離題了。現在我有許多事要做。簡直堆積如山。

我顯示MAP，使用察覺氣息。在擴大到最大限度後，MAP的邊緣顯示一個正在移動的群體。是藍茲他們。看來他們已平安返回村子，與其他人會合後正在進一步撤離。

由於沒有……其他的反應，可以推測13號是單獨行動。這代表沒有人在監視我……這是逃跑的機會。

只是如果就這麼逃跑，有遭到搜索的風險。那我該怎麼做？必須讓他們以為我們死了。

我把兩隻歐克……用手槍殺掉的那兩隻……連同武器一起收進道具箱，展開偽裝工作。回收這兩隻歐克是為了消除手槍留下的痕跡，以及讓他們以為歐克還有倖存者。藍茲他們應該也看到了五隻歐克。

我首先割破沾血的長袍，扔在地上。我把斷劍留在原地，破壞袋子的金屬配件，扔在歐克的屍體附近。

袋子裡裝有破碎的藥水瓶與公會卡。

我讓損壞的隸屬面具保持原樣，割破13號的上衣也丟在地上。啊，他底下什麼也沒穿呀。正在發育的小巧胸部上下起伏。是他活著的證明嗎？不對。咦，她是女孩子嗎？我是覺得聲音有點尖，又想說少年在變聲期前就是這樣。於是慌忙拿備用長袍裹住她。

嗯，總覺得比起跟伊格尼斯談判時更累。

啊，只把13號用過的那把短劍收起來吧。那是很方便的道具。

必須在天色完全變暗前離開才行。至於目的地……我想起公會看過的地圖，決定前往福力倫聖王國方向。其實我想追上盧莉卡她們，但那邊位於反方向，橫越王國境內有被人目擊的風險。而且要尋找她們的朋友，巡遊她們還沒去過的國家會更有效率吧。就是兵分兩路尋找的感覺。

啊，希耶爾不要緊嗎？如果她繼續處在昏迷狀態，我或許碰觸不到她，可能不得不把她留在這個地方。我記得她是在這附近，咦，不見了。

當我東張西望，希耶爾突然撲向我。感覺到她的重量，那明確的存在感令我鬆了口氣。輕輕撫摸她，她沒有表現出不情願的樣子接受了。真是太好了。

『妳還好嗎？這樣啊……謝謝妳救了我。如果沒有妳，真不知道會怎麼樣……我想離開這裡，妳願意跟過來嗎？』

希耶爾聽到這句話後點點頭，坐到我頭上而非平常的固定位置。假如她待在兜帽裡，的確會妨礙我揹人。她的觀察力敏銳，很有幫助。

我揹起13號，踏進眼前這片森林裡。

在一如往常昏暗的房間裡。升任機關幹部後，我多次造訪過這個房間，但至今仍未習慣。特別是在兩人單獨對峙時，甚至有種時間流速變慢的錯覺。

扼殺情緒，讓心化為虛無。否則就會被吞噬。而且不可以讓對方察覺。

「……報告。目標據報在中繼都市菲西斯隊伍解散後，於該地逗留數日，前往南門都市艾琵卡。」

「……逗留時的行動呢？」

「在訓練所與冒險者們進行模擬戰鬥。另外據說他也前往礦山，與接下藥草的採集委託。目標在藥草採集方面獲得好評，據說短時間內採集的數量相當多。」

「……藥草採集的難度呢？」

「據說普通冒險者很難採集到這麼多藥草。」

「……記得有不少人會繳納沒用的野草吧？終歸是冒險者嗎……」

「……是。這麼一想，目標或許相當聰明。」

「……嗯。虎狼那件事情況如何？」

「根據調查結果，在森林深處發現了虎狼的巢穴。」

「……真棘手。光靠冒險者們能夠討伐嗎？」

「據報目前有多支A級冒險者的冒險小隊在當地。屬下認為交給他們處理沒有問題。」

「因為距離遙遠，這也無可奈何嗎……勇者們的裝備情況如何？」

「……已和鐵匠進行討論，正在製作中。」

「……武器打造好後立刻檢查。如果沒有問題，就派遣他們去黑森林。」

「黑森林？不要緊嗎？」

「……不需要深入森林。先讓他們在外圍露營，觀察情況即可。到那一帶為止，還在那個的效果範圍內吧？」

「……那麼干預呢？」

「……若有危險可以干預。要觀察到最後關頭。不過不允許有任何損失。這一點要牢記在心，澈底做到。」

「……屬下了解了。對於騎士團要下達什麼指示？」

「……這次除了第二騎士團，也派出第三騎士團。他們最近似乎很鬆懈，這應該會成為不錯的刺激。」

「……有來自南門都市的報告。」

「……討伐歐克那件事？順利結束了嗎？」

「…………」

「怎麼了？」

「……歐克部分已討伐完畢。據說有數隻高階種。」

「……然後呢？你說歐克『部分』是什麼意思？」

「……是的。有報告指稱魔人在討伐時來襲。」

「你說魔人？」

「……是的。」

「……討伐成功了嗎？」

「……據說被他跑了。我方傷亡嚴重。」

「……這樣啊。終於發現了魔人嗎……果然……」

「由於傷亡慘重，傳聞已在南門傳播開來。」

「……這個無妨。透過公會向其他國家報告這消息吧。正好催促他們開始行動。」

「……屬下了解了。」

「……現在與魔人對決，勇者們能獲勝嗎？」

「根據報告來看，恐怕有困難。」

「……在黑森林的戰鬥沒有問題吧？看到這個結果也還是沒辦法嗎？」

「……屬下認為勇者們不是對手。屬下收到報告，他們在這次戰鬥連等級也沒有升級。」

「……要在這一帶提升等級，只能前往深處了嗎……」

「……深處是魔王的領域。屬下認為遇見魔人的機率會上升。」

「朕知道。那有什麼適合的地點嗎？」

「……派遣他們去地下城如何呢？」

「……地下城嗎……」

「是的。在那裡也可能取得未知的魔道具及武器。屬下認為有助於增強戰力，又能與各種魔物戰鬥，成為有益的經驗。因為要討伐魔王，無論如何都必須經過黑森林。」

「……地下城裡也不會出現魔人啊。去調查哪一個地下城最適合派遣。」

「……13號失去聯繫了。」

「……她本來在監視那個不符期待的傢伙？」

「……是的。」

「監視被發覺，遭到擊退的可能性呢？」

「屬下認為無此可能。他的討伐委託依然停在狩獵狼的程度。屬下不認為13號與他正常交手會落敗。」

「……這是不含偏袒的意見嗎？」

「……是的。」

「那麼那傢伙的行蹤呢？」

「……他去村莊進行討伐狼的委託，在那裡聽說村子被歐克襲擊的消息，好像與歐克展開了戰鬥。」

「好像是什麼意思？」

「……目擊者只看到他逃跑，沒有人看到實際戰鬥場面。報告指出，由於等待好幾天都沒有回來，村民帶著冒險者前往搜尋，發現那傢伙毀損的武器、公會卡與染血的長袍等各種東西。是與歐克的屍體一起發現的。」

「……是那個不符期待的傢伙討伐的嗎？」

「不清楚。根據村民說法，歐克共有五隻，而屍體只有三隻。另外，在那裡發現了被破壞的面具。」

「……是看到那傢伙即將被歐克殺死，13號插手了嗎？」

「……有這個可能性。」

「13號有能力打倒歐克嗎？」

「……屬下認為她有能力打倒歐克。不過是她不擅應付的類型。還有根據曾是冒險者的村民所說，其中有一隻歐克可能是高階種。」

「……確認過屍體了嗎？」

「……並未確認到屍體。由於歐克有時會吃人肉……」

「……也有可能被當成食物帶走了嗎……」

「……是的。」

「……還是對周邊進行調查。如果是高階種，放著不管也很危險。然後……別忘記操作情報，讓這個消息無法傳入勇者耳中……怎麼了？」

「其實也有報告說，在那個地方看見了類似魔人的東西……」

「……你是說他有可能是被魔人殺死的？」

「……是的。從當時的情況來看，這種可能性反倒更大。據說在附近發現了大規模的破壞痕跡。」

「……若是那樣就無所謂。反倒還正好嗎？如果那傢伙求饒時自稱是異世界人，魔人或許會以為除掉了異世界人。」

「……這就是您放他自由行動的目的嗎？」

「那些傢伙感覺很靈敏。也知道我們使用了異世界召喚吧。魔人在王國內就是最大的證據。不過殺掉一個沒用的異世界人後，假如是無能之輩，就會誤以為已經除掉我們召喚的異世界人吧。這麼一來，其他人就可以自由行動。這麼一想，那傢伙在最後的最後派上用場了。」

「…………」

尾聲

「……妳醒了？」

當我在火邊烹飪食物時，至今都在沉睡的少女扭動著睜開眼睛。

少女坐起身，突然停下動作。她的視線投注在雙手上。

「抱歉，我把妳綁起來了。知道理由是什麼嗎？」

少女睡眼惺忪，茫然地歪歪頭。不明白呢。

「妳知道自己是什麼人嗎？」

「……我是13號，要把你……」

她看起來動搖又困惑。或許她正感到混亂。

「慢慢來就行了。可以告訴我妳想起來的事嗎？」

「……我收到命令。沒錯，我記得是監視你。若有必要就把你帶回去。」

「妳現在也有意服從那個命令嗎？」

「……不知道。我不知道該怎麼做才好。」

她無力地垂下頭，看起來就像打從心底感到困擾。

如果這是在演戲，她可以當演員了。

「妳對於自身的事情知道些什麼嗎？」

「……我是被撿回去的。在那裡接受訓練。此外就沒有了。」

可愛的聲音在這時響起。眼前的湯鍋發出刺激食欲的香味。

嗯，我自己也覺得這次的湯煮得特別好。或許是多虧歐克肉就是了。

「我現在替妳鬆綁，妳能發誓不會與我為敵嗎？」

少女看看手臂，看看湯，又看看手臂，再看看湯，點了點頭。

我把湯盛入碗中，用鍊金術解除束縛，將湯碗遞給她。

希耶爾的目光追逐著湯碗，不過妳先忍耐一下。

「慢慢吃吧。」

少女點點頭，啜飲熱湯。

她面無表情地吃著，手卻沒有停下來。湯碗立刻就空了，她一臉渴望地看過來，於是我又盛了一碗給她。

把鍋中的湯幾乎喝光後，可能是吃飽了，少女開始打瞌睡。

我心想看來沒辦法繼續談下去，準備再次捆住她的手……看到她安心無比的睡臉，決定今天這就樣休息。

我當然在睡前也為希耶爾準備食物。如果以後要帶著這孩子旅行，那得稍微考慮一下呢。

就算是我，整整走上兩天的路也會疲勞。雖然有夜視技能，在夜晚的森林中走路很消耗注意力。不是在肉體上，而是在精神上。再說儘管走路不會累，睡意仍會湧上來。

總覺得我太勉強了。半路上休息過卻難以睡好。穿越不習慣行走的森林或許也有影響。

我以MAP顯示查看周遭後，一躺下來就馬上睡著了。

我聽到微弱的聲響，喚醒下沉的意識。

我側耳聆聽，立刻發現聲音來源。

13號面露痛苦之色地掙扎著。

這兩天都沒發生過這種情況。她清醒過來與我交談，引起了什麼改變嗎？

我曾在電視節目上看過握住病人的手，為病人消除不安的場面。回想起那一幕，半信半疑地握住13號的手。

於是她好像恢復了平靜，發出安穩的呼吸聲。

原來那是真的啊．在我有點感動的時候，她突然抱住我。

擁抱的力道不算強，可是看到她澈底安心的表情，讓我對於強行拉開她感到遲疑。雖然以畫面來說是會被報警的程度……

內心糾葛了一下後，我決定不拉開她直接休息。就祈禱在起床時不會被捅一刀吧。

第二天我睜開眼睛，眼前是仍然面無表情的少女。

我與緩緩張開眼睛的少女四目相對。她對於整個人依偎在我懷中的姿勢毫無動搖之色，直直盯著我看。

我感到很尷尬，離開她站起身。

匆匆打理好衣服，開始做早餐。呼，冷靜點啊。

當我遞出熱湯，她沒有抱怨默默地吃了起來。她只是肚子餓了嗎？

「我說，妳知道自己的名字嗎？」

「我是13號。」

「不是。是真正的名字。」

她不解地歪歪頭。

她不記得？是忘掉了嗎？我總不能當著別人面前叫她13號。

最好把我使用鑑定讀取到的真名告訴她嗎？在她戴面具的時候，明明查不出來。

「妳的名字叫光。妳記得曾被這麼稱呼過嗎？」

她又歪了歪頭。

「……光、光、13號、光……」

她反覆地唸著，但好像覺得怪怪的。

可能是長期被稱作13號的關係。我不認為她的實力是在一、兩年內就能訓練出來的。

我問她從多久以前開始做這樣的事，她告訴我不記得了。不過她說年紀是十歲。

「妳對於自稱為光有所抗拒嗎？」

「……沒有。如果這是命令，我會服從。」

就算取別的名字，只要我下令，她也會服從命令。

她把受到命令視為理所當然。是洗腦嗎？

我的命名品味……希望有一般水準，但與其隨便命名，還是用原本的名字稱呼她更好吧。

「知道了。以後妳就自稱光。另外叫我空吧。」

「光……空。」

她的反應讓人擔心。難以判斷是面具殘留的影響，還是原有的性格。說不定是環境造成的。

「妳在一定程度上還記得我的事情嗎？」

「嗯，藤……空，來自異世界。我監視的目標。」

「所以妳想把我帶回去對吧？」

「嗯，有人交代過，假如判斷你很強，就把你帶回去。」

「我不打算回去。光現在想帶我走嗎？」

「……不知道。」

「不可以說不知道。妳要自己思考。」

我迎面看著她的雙眼訴說。

聽命於人或許很輕鬆。

然而考慮到未來，為了這孩子著想，不能只是隨波逐流。

「……光不想回去那裡。空給了我熱騰騰的食物。」

苦惱一會後，光悄然呢喃。

靠餵食決定的嗎？

我面露苦笑看向光，不禁愣住。

她淚眼汪汪地流著淚。

希耶爾見狀顯得很慌張。這樣想可能不太好，但感覺有點好玩。

她本人好像沒有發現。

我不經意地摸摸她的頭。

光一臉不可思議地看過來，但沒怎麼抗拒就接受撫摸，並瞇起眼睛。她的嘴角看起來有點僵硬地抽動著。

儘管要做的事又多了一件，不過俗話說出外靠朋友嘛？

小小的同行者成為了夥伴。

截至目前為止的狀態值

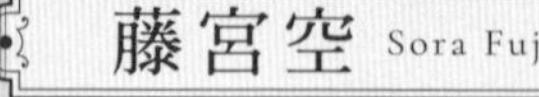

藤宮空 Sora Fujimiya

【職業】探子　【種族】異世界人
【等級】無

【HP】340 / 340【MP】340 / 340【SP】340 / 340(+100)
【力量】330(+0)【體力】330(+0)【速度】330(+100)
【魔力】330(+0)【敏捷】330(+0)【幸運】330(+100)

【技能】漫步　Lv33

效果：不管走多少路也不會累（每走一步就會獲得1點經驗值）
經驗值計數器：278491 / 430000
累積經驗值：4293491
技能點數：2

已習得技能
【鑑定LvMAX】【阻礙鑑定Lv3】【身體強化Lv9】
【魔力操作Lv8】【生活魔法Lv7】
【察覺氣息LvMAX】【劍術Lv8】【空間魔法Lv7】
【平行思考Lv6】【提升自然回復Lv7】【遮蔽氣息Lv5】
【鍊金術Lv7】【烹飪Lv7】【投擲・射擊Lv4】
【火魔法Lv4】【水魔法Lv4】【心電感應Lv4】【夜視Lv5】
【劍技Lv2】【異常狀態抗性Lv3】

高階技能
【人物鑑定Lv4】【察覺魔力Lv3】

契約技能
【神聖魔法Lv1】

稱號
【與精靈締結契約之人】

後記

初次見面，我是あるくひと。

感謝您這次閱讀《異世界漫步～艾雷吉亞王國篇～》。

我的日常生活非常忙碌，一度曾以太忙為由停止寫小說專心當個讀者，但在閱讀許多作品的過程中，又萌生想再寫一次的念頭，於是開始寫作。

我在カクヨム網站上投稿這部作品，有緣獲得出書的機會。

老實說，我一開始半信半疑，心想這是真的嗎？隨著作業的進展，眼見書籍慢慢成形，我產生了真實感。特別是看到自己筆下的人物被繪製為插圖時的感動，至今仍難以忘懷。

隨著出版成冊，故事的主要情節沒有變動，不過整體經過修改，增添了許多橋段，我想無論是新讀者或老讀者都能充分享受故事的樂趣。

特別是作為旅行搭檔的精靈，更是以全新角色登場。看過WEB版小說的讀者請不要吐槽：「這是誰啊！」

最後，感謝起初找我洽詢的責任編輯O與總編輯A。特別是在我什麼都一竅不通的時候，承蒙兩位陪我商量各種事宜，才得以寫成本書。

還有繪製美麗插畫的ゆーにっと老師，謝謝您細心地回應我的各種無理要求。

在投稿網站上給予我許多支持留言的網友們，那對我來說也成為很大的力量來源。若有讀者看到內容覺得「這是我指出過有問題的地方！」，大概正是這樣沒錯。請感到自豪吧。以及拿起這本書並閱讀到這裡的讀者們，真的非常感謝你們。如果有緣，希望在下集再會。

あるくひと

菜鳥鍊金術師開店營業中 1~3 待續

作者：いつきみずほ　插畫：ふーみ

艾莉絲為了老家債務被迫接受策略婚姻!?
靠火蜥蜴還清負債大作戰即將展開！

艾莉絲的父親在扛著不少負債的情況下突然登門拜訪。原來艾莉絲很可能得為了還清這筆債，被迫接受策略婚姻。除非湊齊一大筆錢，就可以避免這件事發生。於是，珊樂莎一行人立刻前往大樹海收集火蜥蜴的鍊金材料，試圖在短時間內賺大錢——

各 **NT$250/HK$83**

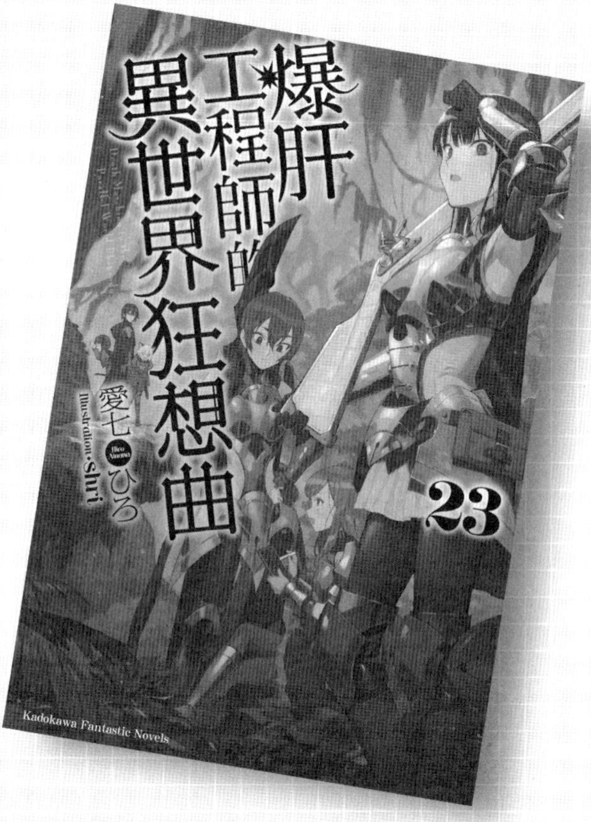

爆肝工程師的異世界狂想曲 1~23 待續

作者：愛七ひろ　插畫：shri

在新迷宮相遇的是與露露如出一轍的美少女!?
溫馨和諧的異世界觀光記第二十三集登場！

離開西方諸國，佐藤一行人造訪位於樹海迷宮「內部」的要塞都市，在那裡遇見了和露露相貌如出一轍的美少女蘿蘿。眾人一邊在她經營的店裡幫忙，一邊著手準備攻略迷宮。在佐藤開發新道具並被人誤會成年輕老闆時，迷宮方面傳出了奇怪的動靜……？

各 **NT$220~280/HK$68~93**

戰鬥員派遣中！ 1~7 待續

作者：暁なつめ　插畫：カカオ・ランタン

愛麗絲將如月最強戰力業火之彼列召喚而來！
沒想到卻發生了連愛麗絲都臉色鐵青的慘事！

六號讓自稱「正義使者」的山寨集團柊木吃了一記邪惡之槌，也成功收回資源。原以為事情告一段落，卻得知有個雙腳步行、會喵喵叫的超強貓科魔獸搶走了某個國家的國寶。而且破頭族小妹還跑到基地小鎮請求支援——要跟龍族對戰！動盪不安的第七集！

各 NT$200~250/HK$67~83

怕痛的我，把防禦力點滿就對了 1~14 待續

Kadokawa Fantastic Novels

作者：夕蜜柑　插畫：狐印

【大楓樹】與【聖劍集結】共組戰線
將與敵對陣營展開一番慘烈廝殺！

大型對抗戰終於開幕！梅普露所率領的【大楓樹】與培因為首的【聖劍集結】共組戰線。眾強力玩家紛紛祭出祕密武器。為打破僵局，培因下令發動總攻擊，同時參謀莎莉打出奇策，要梅普露成為「空中戰略兵器」，嚇破敵人的膽……？

各 **NT$200~230/HK$60~77**

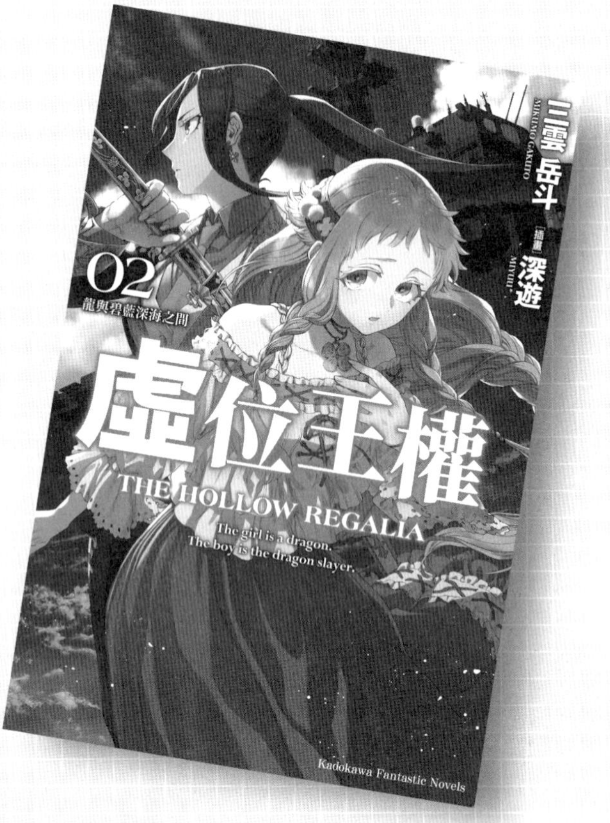

三雲岳斗 MIKUMO GAKUTO
[插畫] 深遊 MIYUU
02
龍與碧藍深海之間
虛位王權
THE HOLLOW REGALIA
The girl is a dragon.
The boy is the dragon slayer.
Kadokawa Fantastic Novels

虛位王權 1~2 待續

作者：三雲岳斗　插畫：深遊

志在讓日本再次獨立的流亡政府背後，
另有新的龍之巫女與不死者的影子！

八尋拜訪了橫濱要塞，在那裡等著他的是「沼龍巫女」姬川丹奈，以及不死者湊久樹。彩葉則接到來自歐洲大企業基貝亞公司的合作提案。然而基貝亞公司是日本人流亡政府「日本獨立評議會」的贊助者，其目的在於將彩葉拱為日本再次獨立的象徵——

各 **NT$240~260/HK$80~87**

這是妳與我的最後戰場，或是開創世界的聖戰 1~12 待續

Kadokawa **Fantastic** Novels

作者：細音 啓　插畫：猫鍋蒼

強者們群集的帝國，將化為熾烈的戰場！
愛麗絲，妳的身邊可有守護在側的騎士？

愛麗絲追蹤著覺醒的始祖，終於抵達了帝國。為了實現自己所期盼的和平，她試圖阻止失控的始祖，但看到的卻是姊姊今非昔比的模樣。而化身為真正魔女的伊莉蒂雅和反叛的使徒聖約海姆計劃毀滅帝國與皇廳。超人氣奇幻故事，白熱化的第十二集！

各 **NT$200~240/HK$67~80**

國家圖書館出版品預行編目資料

異世界漫步. 1, 艾雷吉亞王國篇/あるくひと作；K.K.譯. -- 初版. -- 臺北市：臺灣角川股份有限公司, 2023.02
面；　公分. -- (Kadokawa fantastic novels)

譯自：異世界ウォーキング. 1, エレージア王国編
ISBN 978-626-352-273-2(平裝)

861.57　　111020763

Kadokawa Fantastic Novels

異世界漫步 1
～艾雷吉亞王國篇～

（原著名：異世界ウォーキング ～エレージア王国編～）

2023年2月23日　初版第1刷發行

作　者：あるくひと
插　畫：ゆーにっと
譯　者：K.K.

發行人：岩崎剛人
總編輯：蔡佩芬
編　輯：楊芫青
美術設計：吳佳昫
印　務：李明修（主任）、張加恩（主任）、張凱棋

發行所：台灣角川股份有限公司
地　址：104台北市中山區松江路223號3樓
電　話：（02）2515-3000
傳　真：（02）2515-0033
網　址：www.kadokawa.com.tw
劃撥帳戶：台灣角川股份有限公司
劃撥帳號：19487412
法律顧問：有澤法律事務所
製　版：尚騰印刷事業有限公司
ISBN：978-626-352-273-2